中華書局

西遊記

吳承恩 著

三

第六十六回　諸神遭毒手　彌勒縛妖魔

話表大聖無計可施，縱觔斗徑轉南贍部洲，去拜求武當山蕩魔天尊，解釋三藏等眾之災。他在半空中不一日，早望見祖師仙境。那上帝祖師，乃淨樂國王與善勝皇后夢吞日光，覺而有孕，懷胎一十四個月，於開皇元年甲辰之歲三月初一日午時降誕於皇宮。那爺爺：

幼而勇猛，長而神靈。不統王位，惟務修行。父母難禁，棄捨皇宮。參玄入定，在此山中。功完行滿，白日飛昇。玉皇敕號，真武之名。玄虛上應，龜蛇合形。劫終劫始，剪伐魔精。

大聖玩看仙境景致，早來到三天門太和宮外。只見那祥光瑞氣之間，簇擁著五百靈官，上前迎著道：「那來的是誰？」大聖道：「我乃齊天大聖孫悟空，要見師相。」眾靈官隨報，祖師即下殿迎入宮中。行者作禮道：「我有一事奉勞。」祖師問何事，行者將上項事說了一遍，道：「我今無計可施，特來拜求師相一助力也。」祖師道：「我當年威鎮北方，統攝真武之位，剪伐天下妖邪，乃奉玉帝敕旨。後又領五雷神將、猛獸毒龍，收降東北方黑氣妖氛，乃奉元始天尊符召。今日靜坐武當山，一向我南贍部洲並北俱蘆洲之地，魔鬼潛蹤。今蒙大聖見召，只是上界無有旨意，不敢擅動干戈。十分卻了大聖，又是我逆了人情。諒著那西路上縱有妖邪，也不為大害。我今著龜、蛇二將並五大神龍與你助力，管教擒住妖精，可救你師之難。」行者拜謝了祖師，即同龜、蛇、龍神各帶精兵，到了小雷音寺，徑至山門外叫戰。

卻說那妖王聚眾怪在寶閣下說：「孫行者這兩日不來，又不知往何方去借兵也？」說不了，只見小妖報道：「行者引幾個龍蛇龜相，在門外叫戰。」妖魔即披掛出門，高叫：「汝等是那路龍神，敢來造我仙境？」五龍、二將喝道：「那潑怪！我乃武當山太和宮混元教主蕩魔天尊之前五位龍神、龜、蛇二將。今蒙齊天大聖相邀，我天尊符召，到此捕你。你這妖精，快送唐僧與天星等出來，免你一死！不然，將你碎劈其屍，房屋燒為灰燼。」那怪聞言，大怒道：「這畜生有何法力，敢出大言。不要走，吃吾一棒！」這五條龍翻雲使雨，那兩員將播土揚沙，各執槍刀劍戟，一擁而攻。大聖又使鐵棒隨後。戰經半個時辰，那妖即解下搭包在手。行者見了叫道：「列位仔細！」那龍神、蛇、龜不知甚麼仔細，一個個停兵抵擋。那妖幌的一聲，把搭包兒撇將起去；大聖仍駕觔斗，跳在九霄逃脫。他把個龍神、龜、蛇，一搭包子又裝將去了。妖精得勝回寺，也將繩捆了，擡在地窖子裏蓋住。

那大聖落下雲頭，斜倚山巔，沒精沒采，不覺的合著眼，似睡一般。猛聽得有人叫道：「大聖休睡，快早上緊求救，你師父性命只在須臾間矣。」行者急睜睛跳起來看，原來是值日功曹。行者喝道：「你這毛神，一向在那方不來點卯，今日卻來驚我！」功曹慌忙施禮道：「我等奉菩薩旨令，暗中護祐唐僧，不敢暫離左右，是以不得常來參謁。這兩日不聞大聖消息，卻纔見妖精又拿了神龍、龜、蛇，方知是大聖請來的兵，小神特來尋大聖。大聖莫辭勞倦，千萬再急急去求救援。」

行者聞言，不覺對功曹滴淚道：「我如今愧上天宮，羞臨海藏，怕問菩薩之原由，愁見如來之玉像。纔拿去者，乃真武師相龜、蛇、五龍。教我再無方求救奈何？」功曹道：「大聖寬懷。小神想起一處精兵，請來斷然可降。適纔大聖至武當是南贍部洲之地，這枝兵也在南贍部洲盱眙山蠙城，即今泗州是也。那裏有個大聖國師王菩薩，神通廣大。他手下有一個徒弟，叫作小張太子，還有四大神將，昔年曾降伏水母娘娘。你今去請他，他若肯來相助，準可捉怪救師也。」行者喜道：「你且去保護我師父，待老孫去請也。」

行者縱觔斗雲直奔盱眙山。過淮河，入蠙城之內，到大聖禪寺山門外。又見那殿宇軒昂，長廊炫麗，有一座寶塔崢嶸。行者且看且走，直至二層門下。那國師王菩薩早已知之，即與小張太子出門迎迓。相見敘禮畢，行者說了來意道：「今弟子無依無倚，故來拜請菩薩，乞大展威力，將那收水母之神通，同弟子去救師父一難，取得經回，永遠中國傳揚也。」國師王道：「你今日之事，誠為佛門之大緣，理當親去。奈時值初夏，淮水泛漲，新收了水猿大聖，那廝遇水即興，恐我去後，他乘空生禍，無神可治。今著小徒領四將，和你去助力降魔去。」行者稱謝，即同四將並小張太子，又駕雲回小西天，直至小雷音寺。

小張太子使一條楮白槍，四大將輪四把鋸鋘劍，和孫大聖上前罵戰。小妖報知，妖王復帥眾鼓噪而出道：「潑猴！你今又請得何人來也？」說不了，小張太子指揮四將上前，喝道：「潑妖精，吾乃泗州大聖國師王菩薩弟子，帥領四大神將，奉令擒你！」妖王笑道：「你這孩兒有甚手段，只好欺負那淮河水怪罷了，卻怎麼聽信孫行者，千山萬水，來此納命。」小張聞言大怒，纏槍當面便刺，四大將一擁齊攻，大聖使鐵棒上前又打。那妖公然不懼，輪著狼牙棒左遮右架，直挺橫衝，爭戰多時，不分勝負。那妖卻又解搭包。行者又叫：「列位仔細！」太子等不知「仔細」之意。那怪滑的一聲，把四大將與太子一搭包又裝進去，只是行者預先駕雲走了。那妖得勝回寺，又叫取繩捆了，送在地窖封鎖不題。

這行者獨立於西山坡上，正當淒慘之時，忽見那西南上一朵彩雲墜地，滿山頭花雨繽紛，有人叫道：「孫悟空，認得我麼？」行者急看處，原來就是極樂場中第一尊，南無彌勒佛祖。行者見了，連忙下拜道：「東來佛祖那裏去？弟子失瞻了。」佛祖道：「我此來，專為這小雷音妖怪也。」行者道：「多蒙盛情。敢問那妖是那方怪物，他那搭包兒是件甚麼寶貝，煩老佛指示指示。」佛祖道：「他是我面前司磬的一個黃眉童兒。三月三日，我因赴元始會去，留他在宮看守，他把我這幾件寶貝拐來，假佛成精。那搭包兒是我的後天袋子，俗名喚作人種袋。那條狼牙棒是我敲磬的槌兒。」行者聽說，高叫道：「好個笑和尚！你走了這童兒，教他誑稱佛祖，陷害老孫，未免有個家法不謹之過。」彌勒道：「一則是我不謹，走失人口，二則是你師徒們魔障未完，故此百靈下界，應該受難。我今來與你收他去也。」行者道：「這妖精神通廣大，你又無些兵器，何以收之？」彌勒笑道：「我在這山坡下化一草菴，種一田瓜果在此。你去與他交戰，許敗不許勝，引他到我這瓜田裏。我別的瓜都是生的，你卻變作一個大熟瓜。他來定要瓜吃，我卻將你與他吃。吃下肚中，任你怎麼在內擺佈他。那時等我取了他的搭包兒，裝他回去。」行者道：「此計雖妙，但恐那怪不肯跟來奈何？」彌勒笑道：「你伸手來。」行者即舒左手過去。彌勒將右手食指，蘸著口中神水，在行者掌上寫了一個「禁」字。教他捏著拳頭，見妖精當面放手，他就跟來。

行者欣然領教。一隻手輪著鐵棒，直至山門外，高叫道：「妖魔，你孫爺爺又來了，可快出來見個上下！」那妖聞知，隨又結束整齊，帶了寶貝，舉著狼牙棒，出門叫道：「孫悟空，今番掙挫不得了！」行者罵道：「潑怪物，我怎麼掙挫不得？」妖王道：「我見你計窮力竭，無處求人，獨自個要來送命，如今拿住，再有何人救援？」行者道：「這怪不知死活。莫說嘴，吃我一棒！」那妖即舉狼牙棒上前來鬥。行者迎著面把拳頭一放，雙手輪棒，戰不數合，敗陣就走。那妖著了禁，不思退步，果然不弄搭包，只顧向前來趕，一直趕到西山坡下。

行者見有瓜田，打個滾，鑽入裏面，即變作一個大熟瓜。那妖精停身四望，不知行者那方去了，卻趕至菴邊叫道：「瓜是誰人種的？」彌勒變作一個種瓜叟，出草菴答道：「大王，瓜是小人種的。」妖王道：「可有熟的？摘個來我解渴。」彌勒即將行者變的那瓜，雙手遞與妖王。妖王接過手，張口便啃。行者乘此機會，一轂轆鑽入嚥喉之下，就弄手腳，抓腸蹬腹，翻跟頭，豎蜻蜓，任他在裏面擺佈。那妖精疼得傞牙俫嘴，眼淚汪汪，把一塊種瓜之地，滾得似個打麥之場，口中只叫：「罷了，罷了，誰人救我一救！」彌勒即現了本相，嘻嘻笑道：「孽畜！認得我麼？」那妖擡頭看見，慌忙跪倒在地，雙手揉著肚子，磕頭撞腦，只叫：「主人公，饒我命罷，再不敢了！」彌勒上前一把揪住，解了他的後天袋，奪了他的敲磬槌，叫孫悟空：「看我面上，饒他命罷！」行者十分恨苦，卻又左一拳，右一腳，在裏面亂掏亂搗。那怪萬分疼痛難忍，倒在地下。彌勒又道：「悟空，他也彀了，你饒他罷！」行者纔叫他張開口，「等老孫出來」。那怪即便忍著疼，把口大張，行者跳出，現了本相。掣棒還要打時，早被佛祖把妖精裝在袋裏，斜跨在腰間，手執著磬槌罵道：「業畜！金鐃偷了那裏去了？」那怪在袋內哼哼嚌嚌的道：「金鐃是孫悟空打破了。」佛祖道：「鐃破，還我金來。」那怪道：「碎金堆在殿臺上哩！」

那佛祖嘻嘻笑道：「悟空，我和你去尋金還我。」行者即引回至寺內。只見那山門緊閉，佛祖使槌一指門開。入裏看時，那些小妖已知老妖被擒，正要逃生四散，被行者盡皆打死。佛祖將金收攢一處，吹口仙氣，念聲咒語，即時返本還原，復得金鐃一副。別了行者，駕祥雲，徑轉極樂世界。

這大聖卻纔解下唐僧、八戒、沙僧。到後面打開地窖，將眾神解放，請出珍樓之下。三藏披了袈裟，朝上一一拜謝。這大聖纔送各位神將各歸本宮而去。師徒寬住半日，飽餐登程。臨行時，放上一把火，將那些寶閣珍樓，俱盡燒為灰燼。這纔是：

無難無魔朝佛去，消災消瘴脫身行。

畢竟不知幾時纔到大雷音，且聽下回分解。

第六十七回　拯救駝羅禪性穩　脫離污穢道心清

話說三藏四眾，躲離了小西天，忻然上路。行經個月程途，正是春深花放之時。三藏勒馬道：「徒弟呵，天色晚矣，往那條路上求宿去？」行者笑道：「師父放心，前行自有宿處。」正講論間，忽見一座山莊不遠。行者道：「好了，那樹叢裏不是個人家？我們好去借宿。」長老至莊前，忻然下馬。只見那柴扉緊閉。長老向前敲門，裏面有一老者，手拖藜杖，開了門，問是甚人。三藏合掌躬身道：「貧僧乃東土差往西天取經者。適到貴地天晚，特造尊府，假宿一宵，萬望方便。」老者道：「和尚，你要西行，卻是去不得呵！此處乃小西天，若到大西天路途甚遠。且休道前去艱難，只這個地方，已是難過。」三藏問怎麼難過，老者用手指道：「我這莊村西去三十餘里，有一條稀柿衕，山名七絕。」三藏道：「何為七絕？」老者道：「這山徑過有八百里，滿山盡是柿果。古云柿樹有七絕：一益壽，二多陰，三無鳥巢，四無蟲，五霜葉可玩，六嘉實，七落葉肥大。故名七絕山。我這敝處地闊人稀，那深山亘古無人走到。每年家柿子熟爛，落在路上，將一條夾石衚衕，盡皆填滿。又被雨露雪霜，經霉過夏，作成一路污穢。這方人家，俗呼為稀屎衕。但颳西風，有一股穢氣，就是淘東圊也不是這般惡臭。如今正值春深，東南風大作，所以還不聞見也。」三藏心中煩悶不言。

行者忍不住，高叫道：「你這老兒甚不通。我等遠來投宿，你就說出這許多話來唬人。十分你家沒處睡，我等在樹下蹲一蹲，也就過了一宵，何故這般絮聒？」那老者見了他相貌醜陋，便也擰住口，硬著膽，喝了一聲，用藜杖指定道：「你這癆病鬼，不知高低，尖著個嘴，敢來衝撞我老人家。」行者陪笑道：「老官兒，你原來有眼無珠，不知我這癆病鬼哩！相法云：『形容古怪，石中有美玉之藏。』你若以言貌取人，便就差了。我醜便醜，卻倒有些兒手段，專會降魔捉怪哩！」老者聞言，便回嗔作喜，躬身請講。遂此四眾牽馬挑擔，一齊進到裏邊。老者安坐待茶，又叫辦齋。少頃移過桌子，擺設許多餚品，師徒們儘飽一餐。吃畢，八戒扯過行者，說道：「你老兒始初不肯留宿，今反設此盛齋，何也？」行者道：「必有緣故，待我問他。」

不多時，漸漸黃昏，老者又叫掌燈。行者問道：「公公高姓？」老者道：「姓李。」行者道：「貴地想就是李家莊了？」老者道：「不是，這裏喚作駝羅莊，共有五百多人家居住。別姓俱多，惟我姓李。」行者道：「李施主，府上有何善意，賜我等盛齋？」那老者起身道：「纔聞得你說會拿妖怪，我這裏卻有個妖怪，累你替我們拿拿，自有重謝。」行者就朝上唱個喏道：「承照顧了！」八戒道：「你看他惹禍！聽見說拿妖怪，就是他外公也不這般親熱，預先就唱個喏。」行者道：「賢弟，你不知。我唱個喏就是下了個定錢，他再不去請別人。」便問老者道：「你這貴處，地勢清平，又許多人家居住，有甚麼妖精，敢到這去處來？」老者道：「不瞞你說。我這裏久矣康寧。只這三年六月間，忽然一陣風起。那時人家甚忙，打麥的在場上，插秧的在田裏，俱著了忙，只說是天變了。誰知風過處，有個妖精，將人家牧放的牛馬豬羊吃了，見雞鵝囫圇嚥，遇男女夾活吞。自從那次，這二年常來傷害。長老呵，你若果有手段，拿了妖怪，我等決然重謝，不敢輕慢。」行者道：「這個卻是難拿。」八戒道：「真是難拿！我們乃行腳僧，借宿一宵，明日走路，拿甚麼妖精？」老者道：「你原來是騙飯吃的和尚，初見時誇口弄舌，說會拿妖縛怪，及說起此事，就推卻難拿。」

行者道：「老兒，妖精好拿，只是你這方人家不齊心，所以難拿。」老者道：「怎見得人心不齊？」行者道：「妖精攪擾了三年，也不知傷害了多少生靈。我想著每家只出銀一兩，五百家可湊五百兩銀子，不拘到那裏，也尋一個法官把妖拿了，卻怎麼就甘受他三年磨折？」老者道：「若論說使錢，好道也羞殺人，我們那家不花費三五兩銀子！前年曾訪著山南裏有個和尚，請他到此拿妖，未曾得勝。」行者道：「那和尚怎的拿來？」老者道：

那個僧伽，披領袈裟。先談《孔雀》，後念《法華》。香焚爐內，手把鈴拿。正然念處，驚動妖邪。風生雲起，徑至莊家。僧和怪鬥，其實堪誇。一遞一拳搗，一遞一把抓。和尚還相應，相應沒頭髮。須臾怪物勝，徑直返煙霞。我等眾人近前看，光頭打的似個爛西瓜！

行者笑道：「這等說，吃了虧也。」老者道：「他只拚得一命，還是我們吃虧，與他買棺殯葬，又把些銀子與他徒弟。那徒弟心還不歇，至今還要告狀，不得乾淨。」行者道：「再可曾請甚麼人拿他？」老者道：「舊年又請了一個道士。」行者道：「那道士怎麼拿他？」老者道：「那道士：

頭戴金冠，身穿法衣。令牌敲響，符水施為。驅神使將，拘到妖魑。狂風滾滾，黑霧迷迷。即與道士，兩個相持。鬥到天晚，怪返雲霓。乾坤清朗朗，我等眾人齊。出來尋道士，淹死在山溪。撈得上來大家看，卻如一個落湯雞！」

行者笑道：「這等說，也吃虧了。」老者道：「他也只捨得一命，我們也又使彀悶數錢糧。」行者道：「不打緊，不打緊，等我替你拿他。」老者道：「你若果有手段拿得他，我請幾個本莊長者，與你寫個文書。若得勝，憑你要多少銀子相謝，半分不少。如若有虧，切莫和我等放賴，各聽天命。」行者笑道：「這老兒被人賴怕了。我等不是那樣人。快請長者去。」

那老者滿心歡喜，即命家僮，請了八九位老者，都來相會，言及妖怪一事，無不忻然。眾老道：「是那一位師父去拿？」行者叉手道：「是我小和尚。」眾老悚然道：「不濟、不濟！那妖精神通廣大，身體狼犺。你這個長老瘦瘦小小，還不彀他填牙齒縫哩！」行者笑道：「老官兒，你估不出人來。我小自小，結實，都是吃了磨刀水的，秀氣在內哩！」眾老見說，只得依從道：「長老，拿住妖精，你要多少謝禮？」行者道：「何必說甚麼謝禮！我等乃積德的和尚，決不要錢。」眾老道：「既不要錢，豈有空勞之理！我等各家俱以魚田為活。若果降了妖，我等每家送你兩畝良田，共湊一千畝，坐落一處，你師徒們在上起蓋寺院，打坐參禪，強似方上雲遊。」行者又笑道：「越不停當。但說要了田，就要養馬當差，納糧辦草，黃昏不得睡，五鼓不得眠，倒好弄殺人也！」眾老道：「諸般不要，卻將何謝？」行者道：「我出家人，但只是一茶一飯，便是謝了。」眾老喜道：「這個容易。但不知你怎麼拿他？」行者道：「他但來，我就拿住他。」眾老道：「那怪大著哩，上拄天，下拄地，來時風，去時霧。你卻怎生近得他？」行者笑道：「若論呼風喚霧的妖精，我把他當孫子罷了。若說身體長大，一發不難。」

正講處，只聽得呼呼風響，慌得那八九個老者，戰戰兢兢道：「這和尚鹽醬口，說妖精，妖精就來了！」那老李開了腰門，把幾個親戚，連唐僧都叫：「進來，進來，妖怪來了！」唬得那八戒、沙僧也要進去。行者兩隻手扯住道：「你們忒不循理！出家人怎麼不分內外！站住，不要走，跟我看看是個甚麼妖精。」遂一把拉在天井裏站下。那陣風越發大了，慌得那八戒戰兢伏地，把嘴拱開土埋在地下，卻如釘了釘一般。沙僧蒙著頭臉，眼也難睜。

行者聞風認怪，一霎時風頭過處，只見那半空中隱隱的兩盞燈來，即低頭叫道：「兄弟們，風過了，起來看！」那獃子扯出嘴來，抖抖灰土，仰著臉，朝天一望，見有兩盞燈光，忽失聲笑道：「好耍子，原來是個有行止的妖精，該和他做朋友。」沙僧道：「這般黑夜，怎麼就知他好歹？」八戒道：「古云：『夜行以燭，無燭則止。』你看他打一對燈籠引路，必定是個好的。」沙僧道：「你錯看了。那不是燈籠，是妖精的兩隻眼亮。」那獃子就唬矮了三寸，道：「爺爺呀，眼有這般大，不知口有多少大哩！」行者道：「賢弟莫怕。你兩個護持著師父，待老孫上去討他個口氣，看他是甚妖精。」即縱身打個唿哨，跳到空中執鐵棒厲聲高叫道：「慢來，慢來，有吾在此！」那怪見了，挺住身軀將一根長槍亂舞。行者問道：「你是那方妖怪？」那怪更不答應。行者又問，又不答，只是舞槍。行者笑道：「好是耳聾口啞，不要走，看棍！」那怪更不怕，亂舞槍遮攔。在那半空中，一來一往，鬥到三更時分。八戒、沙僧在李家天井裏看得明白，原來那怪只是舞槍遮架，並無半分兒攻殺，行者一條棒不離那怪的頭上。八戒笑道：「沙僧，你在這裏護持，讓老豬去幫打幫打，莫教那猴子獨幹這功，領頭一鍾酒。」獃子即便跳起雲頭，舉鈀就築。那怪物又使一條槍抵住，兩條槍就如飛蛇掣電。八戒誇獎道：「這妖精好槍法，不是山後槍，不是纏絲槍，也不是馬家槍，想是個軟柄槍！」行者道：「那裏有個甚麼軟柄槍！」八戒道：「你看他使出槍尖來架住我們，不見槍柄，不知收在何處？」行者道：「或者是個軟柄槍。但這怪物還不會說話，想是未歸人道，陰氣還重。只怕天明時陽氣勝，他必要走。但走時一定趕上，不可放他。」八戒道：「正是，正是。」

又鬥多時，不覺東方發白。那怪果不敢戀戰，回頭就走。這行者與八戒一齊趕來，忽聞得那污穢之氣觸人，乃是七絕山稀柿衕也。八戒道：「是那家淘毛廝哩，哏，臭氣難聞！」行者侮著鼻子，只叫：「快趕，快趕！」那怪物攛過山去，現了本相，乃是一條紅鱗大蟒。八戒道：「原來是這般一個長蛇！若要吃人呵，一頓也得五百個，還不飽足。」行者道：「那軟柄槍乃是兩條信梂。我們趕他困了，從後打出去！」這八戒縱身趕上，將鈀便築。那怪物一頭鑽進窟裏，還有七八尺長尾巴露在外邊。八戒放下鈀，一把撾住道：「著手，著手！」儘氣力往外亂扯，莫想扯得動一毫。行者笑道：「獃子！放他進去，自有處置，不要這等倒扯蛇。」八戒真個撒了手，那怪縮進去了。八戒怨道：「纔不放手時，半截子已是我們的了。是這般縮了，卻怎麼得他出來，這不叫作沒蛇弄了？」行者道：「這廝身體狼犺，窟穴窄小，斷然轉身不得，一定是個照直攛的，定有個後門出頭。你快去後門外攔住，等我在前門外打。」那獃子一溜煙跑過山去，果然有個孔窟。他紮住腳，還不曾站穩。不期行者在前門外使棍子往裏一搗，那怪物護疼，徑往後門攛出。八戒未曾防備，被他一尾巴打了一跌，掙扎不起，睡在地下忍疼。行者見窟中無物，搴著棒，跑過來叫趕妖怪。那八戒聽得吆喝，自已害羞，忍著疼，爬起來，使鈀亂撲。行者見了，笑道：「妖怪走了，你還撲甚的？」八戒道：「老豬在此打草驚蛇哩！」行者道：「活獃子，快趕上！」

二人趕過澗去，見那怪盤作一團，豎起頭來，張開巨口，要吞八戒。八戒慌得往後飛跑。這行者反迎上前，被他一口吞之。八戒搥胸跌腳的叫喊。行者在妖精肚裏，支著鐵棒道：「八戒莫喊，我叫他搭個橋兒你看！」那怪物躬起腰來，就是一條路東虹。八戒道：「雖是像橋，只是沒人敢走。」行者道：「我再叫他變作個船兒你看！」在肚裏將鐵棒撐著肚皮。那怪物肚皮貼地，翹起頭來，就是一隻贛保船。八戒道：「雖是像船，只是沒有桅篷，不好使風。」行者道：「你讓開路，等我叫他使個風你看。」又在裏面儘著力，把鐵棒從脊背上搠將出去，約有五七丈長，就似一根桅杆。那廝忍疼掙命，往前一攛，比使風更快，攛回舊路，下了山，有二十餘里，卻纔倒在塵埃，動盪不得，嗚呼喪矣。八戒隨後趕上，又舉鈀亂築。行者把那物穿了一個大洞，鑽將出來道：「獃子！他死也死了，你還築他怎的？」八戒道：「哥呵，你不知我老豬一生好打死蛇？」遂此收了兵器，抓著尾巴，倒拉將來。

卻說那駝羅莊上李老兒與眾等對唐僧道：「你那兩個徒弟，一夜不回，斷然傾了命也。」三藏道：「決不妨事。我們出去看看。」須臾間，只見行者與八戒拖著一條大蟒，吆吆喝喝前來，眾人卻纔歡喜。滿莊上老幼男女，都來跪拜道：「爺爺！正是這個妖精，在此傷人。今幸老爺剿除，我輩庶各得安生也。」眾家都感激邀請，各各酬謝。師徒們被留住五七日，苦辭無奈，方肯放行。又各家見他不要財物，都備辦乾糧果品，花紅彩旗，盡來餞行。此處五百人家，到有七八百人相送。

一路上喜喜歡歡，不時到了七絕山稀柿衕口。三藏聞得那般穢氣，又兼路道填塞，道：「悟空，似此怎生過得？」行者侮著鼻子道：「這個卻難也。」三藏見行者說難，便就眼中垂淚。李老兒與眾上前道：「老爺勿得心焦。我等送到此處，俱已約定主意了。令高徒與我們降了妖，除了一方禍害，我們各辦虔心，另開一條好路，送老爺過去。」行者笑道：「你這老兒，言之欠當。你初然説這山徑過有八百里，你等又不是大禹的神兵，那裏會開山鑿路！若要我師父過去，還得我們著力，只恐無人管飯。」李老兒道：「長老説那裏話！憑你四位耽閣多少時，我等俱養得起，怎麼説無人管飯！」行者道：「既如此，你們去辦得兩石米的乾飯，再做些蒸餅饃饃來。等我那長嘴和尚吃飽了，變個大豬，拱開舊路。我師父騎在馬上，我等扶持著，管情過去了。」

八戒聞言道：「哥哥，你們都要圖個乾淨，怎麼獨教老豬受臭？」三藏道：「悟能，你果有本事拱開衚衕，領我過山，註你這場頭功。」八戒笑道：「師父在上，我老豬本來有三十六般變化，若要變大豬不難。只是身體變得大，肚腸越發大。須是吃得飽了，纔好幹事。」眾人道：「有東西，有東西！我們都帶得有乾糧、燒餅在此，原要開山相送的，且都拿出來，憑你受用。待行動之時，我們再著人回去做飯送來。」八戒滿心歡喜，脱了皂直裰，丟了九齒鈀，對眾道：「休笑話，看老豬幹這場臭功。」

好獃子，捻著訣，搖身一變，果然變作一個大豬。真個是：

剛鬃身長百丈饒，白蹄千尺賽神獒。一時僧俗齊稱讚，爭羨天蓬法力高。

行者見八戒變得如此，即命那些人快將乾糧等物，堆攢一處，叫八戒受用。那獃子一湧食之，即上前拱路。行者叫沙僧脱了腳挑擔，請師父穩坐雕鞍。他也脱了鞋，吩咐眾人回去：「若有情意，快早送些飯來，與我師弟接力。」那七八百人中，一多半有騾馬的，飛星回莊做飯。及至取飯來，他師徒們已去遠了，眾人不捨，催趲騾馬，連夜趕去，次日方纔趕上，叫：「取經的老爺慢行，我等送飯來也！」長老謝之不盡，叫八戒住了，再吃些飯食壯神。那獃子拱了兩日，正在飢餓之際。他儘量飽餐一頓，卻又上前拱路。三藏與行者、沙僧謝了眾人，分手兩別。這一去不知又到甚地方，且聽下回分解。

第六十八回　朱紫國唐僧論前世　孫行者施為三折肱

話表三藏師徒，洗污穢之衚衕，上逍遙之道路。光陰迅速，又值炎天。進前行處，忽見有一城池相近。三藏勒馬叫徒弟們：「你看那是甚麼去處？」行者道：「師父原來不識字。」三藏道：「我自幼為僧，千經萬典皆通，怎麼說我不識字？」行者道：「既識字，怎麼那城頭上杏黃旗明書三個大字，就不認得？」三藏道：「這般遙望，城池尚不明白，如何就見是甚字號？」行者道：「卻不是『朱紫國』三字？」三藏道：「朱紫國必是西邦王位，卻要倒換關文。」

不多時至城門，下馬過橋，入進三層門裏，真正好個皇州！師徒們在那大街市上行時，但見人物整齊，言語清朗，真不亞大唐世界。那兩邊做買賣的，忽見他四眾走過，都來爭看。三藏只叫：「不要撞禍，低著頭走！」八戒遵依，把個蓮蓬嘴揣在懷裏，沙僧不敢仰視，惟行者東張西望，緊隨唐僧左右。那些人閧閧笑笑，挨擠不開。不多時，轉過隅頭，忽見一座門牆，上有「會同館」三字。唐僧道：「徒弟，我們且進這衙門裏面歇下。待我見駕，倒換了關文，再趕出城走路。」八戒聞言，掣出嘴來，把那些隨看的人，唬倒了數十個，遂進館去。

那館中有兩個大使，乃是一正一副，都在廳上查點人夫，要往那裏接官。忽見唐僧來到，個個心驚，齊道：「是甚麼人？往那裏走？」三藏合掌道：「貧僧乃東土大唐駕下，差往西天取經者。今到寶方，有關文欲倒驗放行，權借高衙暫歇。」那兩個館使聽言，整冠束帶，下廳迎上相見，即命打掃客房安歇，教辦清素支應。三藏謝了。二官帶領人夫，出廳而去。手下人請老爺客房安歇。管事的送支應來，乃是米麵蔬菜之類，道：「西房裏有現成鍋竈、柴火，請自去做飯。」三藏道：「我問你一聲，國王可在殿上麼？」管事的道：「我萬歲爺爺久不坐朝，今日乃黃道良辰，正與文武多官議出黃榜。你若要倒換關文，趁此急去，還趕得上。到明日就不能彀了，不知還有多少時伺候哩！」三藏道：「悟空，你們在此安排齋飯，等我急急去驗了關文回來，吃了走路。」八戒急取出袈裟關文，三藏整束了進朝。

不一時，已到五鳳樓前，說不盡那殿閣崢嶸，樓臺壯麗。直至端門外，見奏事官說了來意，煩他轉達天廷，欲倒驗關文。那黃門官果至玉階前啟奏。國王聞言，喜道：「寡人久病，不曾登基。今上殿出榜招醫，就有高僧來國！」即傳旨宣至階下，三藏禮拜俯伏。國王又宣上金殿賜坐，命光祿寺辦齋。三藏謝了恩，將關文獻上。國王看畢，十分歡喜道：「法師，你那大唐，幾朝君正，幾輩臣賢？至於唐王，因甚作疾回生，著你遠涉求經？」長老欠身合掌道：「貧僧那裏：

三皇治世，五帝分倫。堯舜正位，禹湯安民。成周子姓，分國稱君。七雄爭霸，六國歸秦。不久屬漢，約法欽遵。漢歸司馬，晉又紛紜。南北十二，宋齊梁陳。五代相繼，隋主紹真。荒淫無道，塗炭多民。我王李氏，國號唐君。高祖晏駕，當今世民。河清海晏，大德寬仁。茲因長安城北，有個水怪龍神，刻減甘雨，應該殞身。夜間託夢，告王救迍。王言許救，早召賢臣。款留殿內，慢把棋輪。時當日午，那賢臣夢斬龍身。」

國王聞言道：「法師，那賢臣是那邦來者？」三藏道：「就是我王駕前丞相，姓魏名徵。他識天文，知地理，乃安邦立國之宰輔也。因他夢斬了涇河龍王，那龍王告到陰司，我王遂得促病身危。魏徵又寫書一封，與我王帶至陰司，寄與酆都判官崔珏。虧他用情，我王身死三日，復得回生。今要做水陸大會，故遣貧僧遠涉道途，拜佛祖，取大乘經三藏，超度幽魂昇天也。」那國王呻吟歎道：「誠乃是天朝大國，君正臣賢！似我寡人久病多時，並無一臣拯救。」長老聽說，偷睛觀看，見那國王面黃肌瘦，形脱神衰。長老正欲啟問，有光祿寺官奏請唐僧奉齋。王傳旨：「教在披香殿連朕之膳擺下，與法師同享。」三藏謝了恩，與王同進齋膳不題。

卻說行者在會同館中，著沙僧安排茶飯、素菜。沙僧道：「茶飯易煮，蔬菜不好安排。油、鹽、醬、醋俱無也。」行者道：「我這裏有幾文襯錢，教八戒上街買去。」那獃子躲懶道：「我不敢去，嘴臉欠俊，恐惹下禍來。」行者道：「公平交易，何禍之有！」八戒道：「你纔不曾看見獐智？在這門前扯出嘴來，把人唬倒了十來個。若到鬧市叢中，也不知唬殺多少人哩！」行者道：「你只知鬧市叢中，你可曾看見那市上賣的是甚麼東西？」八戒道：「師父只叫我低著頭，莫撞禍，實是不曾看見。」行者道：「酒店、米鋪、磨坊並綾羅雜貨不消説，著實有好茶房、麵店，大燒餅、大饃饃，飯店又有好湯飯、椒料、蔬菜，與那異品的糖糕、蒸酥、油食、蜜食，無數好東西，我去買些兒請你如何？」那獃子聞說，流涎嚥唾，跳起來道：「哥哥！這遭我擾你，待下次攢錢，我也請你回席。」行者暗笑道：「沙僧，好生煮飯，等我們去買調和來。」那獃子撈個碗盞拿了，就跟行者出門，問人道：「調和在那裏買？」那人道：「這條街往西去，轉過拐角鼓樓，那鄭家雜貨店，憑你買多少，油、鹽、醬、醋、薑、椒、茶葉俱全。」

他二人徑上街西而去。行者過了幾處茶房、飯店，當買的不買。兩個人説著走著，又惹上許多人跟隨爭看。不一時，到了鼓樓邊，只見那樓下無數人喧嚷擠挨，填街塞巷。八戒見了道：「哥哥，我不去了。那裏人嚷得緊，只怕是拿和尚的。」行者道：「亂談！和尚又不犯法，拿我怎的？我們走過去，到鄭家店買些調和來。」八戒道：「罷，罷，罷，我不惹禍。這一擠到人叢裏，唬得跌死幾個，我倒償命是！」行者道：「既然如此，你在這壁根下站定，等我去買了回來，與你買素麵燒餅吃罷！」那獃子將碗盞遞與行者。行者走至樓邊，直挨入人叢裏。原來是皇榜張掛在樓下，故多人爭看。行者近前仔細看時，那榜上云：

朱紫國王諭：朕自立業以來，四方平服，百姓清安。近因國事不祥，沈痾伏枕，淹延日久難痊。本國太醫院屢選良方，未能調治。今出此榜文，普招天下賢士，不拘中華外國，若有精醫藥者，請登寶殿，療理朕躬。但得病癒，願將社稷平分，決不虛示。為此出給張掛，須至榜者。

行者看罷，滿心歡喜道：「古人云：『行動有三分財氣。』早是不在館中獃坐。即此不必買甚調和，且把取經事寧耐一日。等老孫做個醫生耍耍。」他朝著巽方上吹口氣，立時起一陣旋風，把人都驚散。又使個隱身法，上前揭了榜文。卻回到八戒站處，只見那獃子嘴拄著牆根，卻像睡著了一般。行者更不驚他，將榜文折了，輕輕揣在他懷裏，拽轉步，先回會同館去了。

那樓下眾人，見一陣風過處，沒了皇榜，個個悚懼。那榜原有十二個太監、校尉，早朝領出，纔掛不上三個時辰，被風吹去，急忙左右追尋。忽見八戒懷中露出個紙邊兒來，眾人近前道：「你揭了榜來耶？」那獃子猛擡頭，把嘴一揣，唬得那幾個校尉，踉踉蹡蹡，跌到在地。他卻轉身要走，又被幾個膽大的扯住道：「你揭了招醫的皇榜，還不進朝醫治我萬歲去，卻待何往？」那獃子慌慌張張道：「你兒子便揭了皇榜！你孫子便會醫治！」校尉道：「你懷中揣的是甚？」獃子卻纔低頭看時，真個有張字紙，展開來一看，咬著牙罵道：「那猴頭害殺我也！」恨一聲，便要扯破，早被眾人架住道：「你是死了！此乃當今國王出的榜文，誰敢扯壞？你既揭在懷中，必有醫國之手，快同我去！」八戒喝道：「汝等不知。這榜不是我揭的，是我師兄孫悟空揭的，他暗暗揣在我懷中去了。若得此事明白，我與你尋他去。」眾人道：「說甚麼亂話，現鐘不打去鑄鐘，你現揭了榜文，教我們尋誰？不管你，扯了去見主上。」那夥人不管好歹，將獃子推推扯扯。這獃子立定腳，就如生了根一般，十來個人也弄他不動。八戒道：「汝等不知高低！再扯一會，扯得我獃性子發了，你卻休怪。」

不多時，鬧動了街坊，將他圍繞。內有兩個年老的太監道：「你這相貌稀奇，聲音不對，是那裏來的，這般村強？」八戒道：「我乃是東土差往西天取經的。我師父乃唐王御弟法師，卻纔入朝倒換關文去了。我與師兄來此買辦調和，他教我在此等候。原來他揭了榜文，暗揣在我懷內去了。」那太監道：「我先前見個白面胖和尚，徑奔朝門而去，想就是你師父？」八戒道：「正是，正是。」太監道：「你師兄往那裏去了？」八戒道：「我們一行四眾，俱歇在會同館。師兄弄了我，他先回館中去了。」太監道：「校尉，不要扯他。我等同到館中，便知端的。」八戒道：「你這兩個奶奶知事。」眾校尉道：「這和尚委不識貨，怎麼趕著公公叫起奶奶來耶？」八戒笑道：「不羞，你這反了陰陽的。他二位老媽媽兒，不叫他作婆婆、奶奶，倒叫他作公公！」那街上人吵吵鬧鬧，何止三五百，共扛到館門首。八戒道：「列位住了。我師兄卻不比我們任你作戲，他是個猛烈認真之士。汝等見他，須要行個大禮，叫他聲孫老爺，他就招架了。不然呵，他就變了嘴臉，這事卻弄不成也。」眾太監、校尉俱道：「你師兄果有手段，醫好國王，他也該有一半江山，我等合當下拜。」

那些閒雜人都在門外喧嘩。八戒領著一行太監、校尉，徑入館中，只聽得行者與沙僧在客房裏正說那揭榜之事耍笑哩。八戒上前扯住，亂嚷道：「你可成個人，哄我去買素麵燒餅我吃，原來都是空頭。又揭了甚麼皇榜，暗揣在我懷裏，拿我裝胖，這可成個弟兄！」行者笑道：「你這獃子，想是錯走向別處去。我買了調和，急回來尋你不見，我就來了，在那裏揭甚皇榜？」八戒道：「見有看榜的官員在此。」說不了，只見那幾個太監、校尉朝上禮拜道：「孫老爺，今日我王有緣，天遣老爺下降，是必大展經綸手，微施三折肱。治得我王病癒，江山有分，社稷平分也。」行者聞言，正了聲色，接了榜文，對眾道：「你們想是看榜的官麼？」太監叩頭道：「奴婢乃司禮監內臣。這幾個是錦衣校尉。」行者道：「這招醫榜，委是我揭的，故遣我師弟引見。既然你主有病，常言道：『藥不跟賣，病不討醫。』你去教那國王親來請我，我有手到病除之功。」太監聞言，無不驚駭。校尉道：「口出大言，必有廣學。我等著一半在此啞請，著一半入朝啟奏。」

當分了四個太監，六個校尉，徑入朝當階奏道：「主公萬千之喜！」那國王正與三藏膳畢清談，忽聞此奏，問道：「喜自何來？」太監奏道：「奴婢等早領出招醫皇榜，鼓樓下張掛，有東土大唐遠來的一個聖僧孫長老揭了，現在會同館內，要王親自去請他，他有手到病除之功。故此特來啟奏。」國王聞言，滿心歡喜，就問唐僧道：「法師有幾位高徒？」三藏合掌答曰：「貧僧有三個頑徒。」國王問：「那一位高徒善醫?」三藏道:「實不瞞陛下説,我那頑徒,俱是山野庸才,只會登山涉嶺,或者到峻險之處,可以伏魔擒怪,捉虎降龍而已,更無一個能知藥性者。」國王道:「法師何必太謙!朕當今日登殿,幸遇法師來朝,誠天緣也。高徒既不知醫,他怎肯揭我榜文,教寡人親迎?斷然有醫國之能也。」遂叫:「文武眾卿,寡人身虛力怯,不敢乘輦,汝等可替寡人俱到館中,敦請孫長老看朕之病。汝等見他,當稱他為神僧孫長老,以君臣之禮相見。」

眾臣領旨,與看榜的太監、校尉徑至會同館,排班參拜,唬得那八戒躲在廂房,沙僧閃於壁下。那大聖坐在當中,端然不動。不多時,禮拜畢,分班啟奏道:「上告神僧孫長老,我等俱朱紫國王之臣,今蒙王旨,敬請神僧,入朝看病。」行者方纔立起身來,對眾道:「你王如何不來?」眾臣道:「我王身虛力怯,不敢乘輦,特令臣等代見君之禮,拜請神僧也。」行者道:「既如此説,列位請前行,我當隨至。」眾臣各依品從,作隊而走。行者整衣而起。

頃刻便到朝中。眾臣先走奏知,那國王高捲珠簾,閃龍睛,開金口,便問:「那一位是神僧孫長老?」行者進前一步,厲聲道:「老孫便是!」那國王聽得聲音兇狠,又見相貌刁鑽,唬得戰兢兢,跌在龍牀之上。慌得那女官內宦,急扶入宮中。道:「唬殺寡人也!」眾官都嗔怨行者道:「這和尚怎麼這等粗魯,就敢擅揭皇榜!」

行者笑道:「列位錯怪了我也。若像這等慢人,你國王之病,就是一千年也不得好。」眾臣道:「人生能有幾多陽壽,就一千年也還不好?」行者道:「他如今是個病君,死了是個病鬼,再轉世也還是個病人,卻不是一千年也還不好?」眾臣怒曰:「你這和尚,甚不知禮,怎麼這等滿口狂談!」行者笑道:「不是狂談。你聽我道來:

醫道通仙有異傳，望聞問切四般全。若不望聞並問切，今生莫想得安痊。」

那兩班文武叢中，有太醫院官聞言，對衆稱揚道：「這和尚也説得有理。就是神仙看病，也須望、聞、問、切，方合得神聖功巧也。」衆官依説，著近侍傳奏道：「長老要用望、聞、問、切之理，方可認病用藥。」那國王睡在龍牀上，叫近侍的傳出來道：「那和尚，我王旨意，教你去罷，見不得生人面哩！」行者道：「若見不得生人面呵，我會懸絲診脈。」衆官暗喜道：「懸絲診脈，我等耳聞，不曾眼見，再奏去來。」那近侍的又入宮奏聞。國王想道：「寡人病了三年，未曾試此，宣他進來。」近侍的即忙宣行者進宮。

行者上了寶殿。唐僧迎著罵道：「你這潑猴，害了我也！」行者笑道：「好師父，我倒與你壯觀，你反説我害你！」三藏喝道：「你跟我這幾年，那曾見你醫好誰來？你連藥性也不知，醫書也未讀，怎麼大膽撞這個大禍！」行者笑道：「師父，你不曉得。我有幾個草頭方兒，能治大病，管情醫得他好便了。就是醫死了，也只問得個庸醫殺人罪名，也不該死，你怕怎的！不打緊，你且坐下看我的脈理如何。」長老又道：「你那曾見《素問》、《難經》、《本草》、《脈訣》，就這等狂説亂道，會甚麼懸絲診脈！」行者笑道：「我有金綫在身，你不曾見哩！」即伸手拔了三根毫毛，變作三條絲綫，每條各長二丈四尺，按二十四氣，托於手內，對唐僧道：「這不是我的金綫？」遂別了唐僧，隨著近侍入宮看病。正是：

心有秘方能治國，手藏妙訣保長生。

畢竟不知看出甚麼病來，且聽下回分解。

話表大聖同近侍宦官，到於皇宮內院，直至寢宮門外立定。將三條金綫與宦官拿入裏面，吩咐先繫在聖躬左手腕下，按寸、關、尺三部上，卻將綫頭從窗櫺兒穿出。行者接了綫頭，以自己右手托著左手三指，看了寸、關、尺三部之脈，調停自家呼吸，分定四氣、五郁、七表、八裏、九候，浮中沈，沈中浮，辨明了虛實之端。又教解下左手，繫在右手腕下部位。行者即以右手指一一看畢，卻將身一抖，把金綫收上身來，高呼道：「陛下左手寸脈強而緊，關脈濇而緩，尺脈芤而沈；右手寸脈浮而滑，關脈遲而結，尺脈數而牢。夫左寸強而緊者，中虛心痛也；關濇而緩者，汗出肌麻也；尺芤而沈者，小便赤而大便帶血也。右寸浮而滑者，內結經閉也；關遲而結者，宿食留飲也；尺數而牢者，煩滿虛寒相持也。診此貴恙，是一個驚恐憂思，號為雙鳥失群之症。」那國王在內聞言，滿心歡喜，打起精神，高聲應道：「指下明白，指下明白，果是此疾！請出外面用藥來也。」

大聖卻纔緩步出宮。早有在旁的太監，已先對眾報知。須臾行者出來，唐僧即問如何。行者道：「診了脈，如今對症製藥哩！」眾官上前道：「神僧長老，適纔說雙鳥失群之症何也？」行者笑道：「有雌雄二鳥，原在一處同飛，忽被暴風驟雨驚散，雌不見雄，雄不見雌，雌乃想雄，雄亦想雌，這不是雙鳥失群也？」眾官聞說，齊聲喝采道：「真是神僧，真是神醫！」稱讚不已。當有太醫官問道：「病勢已看出矣，但不知用何藥治之？」行者道：「不必執方，見藥就要。」醫官道：「經云：『藥有八百八味，人有四百四病。』病不在一人之身，藥豈有全用之理？」行者道：「古人云：『藥不執方，合宜而用。』故此全徵藥品，而隨便加減也。」那醫官不復再言，即出朝門之外，將藥品並一應製藥器皿，都送入會同館內。

行者請師父同去。長老正要起身，忽見內宮傳旨，教閣下留住法師，同宿文華殿，待明朝服藥之後，病痊酬謝，倒換關文送行。三藏大驚道：「徒弟呵，此意留我做當頭哩！若醫得好，歡喜起送；若醫不好，我命休矣。你須仔細上心。」行者笑道：「師父放心，老孫自有醫國之手。」

他即別了三藏，徑至館中。八戒迎著笑道：「師兄，我知道你了。你取經之事不果，欲做生意無本，今日見此處富庶，設法要開藥鋪哩。」行者道：「醫好國王，辭朝走路，開甚麼藥鋪！」八戒道：「這裏有八百八味藥，只醫一人，能用多少？」行者道：「那裏用得多少？他那太醫院官都是些愚盲之輩，所以取這許多藥品，教他沒處捉摸，不知我用的是那幾味，難識我神妙之方也。」正說處，只見兩個館史跪下道：「請神僧老爺進晚齋。」行者忻然登堂上坐。擺上齋來，兄弟們自在受用一番。

天色已晚，行者叫館史多辦油蠟送進。至半夜，天街人靜，萬籟無聲，八戒道：「哥哥，製何藥，趕早幹事，我瞌睡了。」行者道：「你將大黃取一兩來，碾為細末。」沙僧道：「大黃味苦，性寒無毒。其性沉而不浮，其用走而不守。奪諸鬱而無壅滯，定禍亂而致太平。名之曰將軍。此行藥耳。但恐久病虛弱，不可用此。」行者笑道：「賢弟不知。此藥利痰順氣，蕩肚中凝滯之寒熱。你莫管我。你去取一兩巴豆，去殼去膜，捶去油毒，碾為細末來。」八戒道：「巴豆味辛，性熱有毒。削堅積，蕩肺腑之沈寒；通閉塞，利水穀之道路。乃斬關奪門之將，不可輕用。」行者道：「賢弟，你也不知。此藥破結宣腸，能理心膨水脹。快製來，我還有佐使之味輔之也。」他二人即時將二藥碾細道：「師兄，還用那幾十味？」行者道：「不用了。」八戒道：「八百八味，只用此二兩，誠為起奪人了！」行者將一個花磁盞子道：「賢弟莫講。你拿這個盞兒，將鍋臍灰刮半盞來。」八戒道：「要怎的？」行者道：「鍋灰名為百草霜，能調百病，你不知道？」那獃子真個刮了半盞，碾細了。行者又將盞子遞與他道：「你再去把我們的馬尿等半盞來。」八戒道：「要他怎的？」行者道：「要丸藥。」沙僧笑道：「哥哥，從來未見馬尿為丸？那東西腥腥臊臊，脾虛的人，一聞就吐，再服巴豆、大黃，弄得人上吐下瀉，可是耍子？」行者道：「你不知就裏。我那馬不是凡馬，他本是東海龍身。若得他肯去便溺，憑你何疾，服之即癒。」八戒聞言，真個去到馬邊，那馬斜伏地下睡哩！獃子一頓腳踢起，襯在肚下，等了半會，全不見撒尿。他跑將來對行者說：「哥啊，且莫去醫皇帝，且快去醫醫馬來。那亡人乾結了，莫想尿得出一點兒。」行者笑道：「我和你去。」遂同到馬邊，取了半盞尿。回至廳上，把前項藥末攪和一處，搓了三個大丸子，收在一個小盒兒裏。兄弟們連衣睡下。

次早天曉。那國王耽病設朝，請唐僧見了，即命眾官快往會同館，參拜神僧孫長老取藥去。多官隨至館中拜領，行者叫八戒取盒兒，遞與多官。多官啟問：「此藥何名？」行者道：「此名烏金丹。」多官問：「用何引子？」行者道：「用無根水送下。」眾官笑道：「這個易取。」行者道：「怎見得易取？」多官道：「我這裏人家俗論，將一個碗盞，到井邊或河下，舀了水，急轉步，更不落地，亦不回頭，便是無根水也。」行者道：「井中河內之水，俱是有根的。我這無根水，非此之論，乃是天上落下的，不沾地就吃，纔叫作無根水。」多官又道：「這也容易，等到天陰下雨時再吃藥便罷了。」遂拜謝了行者，將藥持回獻上。

國王命近侍接上來，看了道：「此是甚麼丸子？」多官道：「神僧說是烏金丸，用無根水送下。」國王便叫宮人取無根水。眾臣道：「神僧說，無根水非井河中者，乃是天上落下不沾地的纔是。」國王即喚當駕官傳旨，教請法官求雨。眾官遵依出榜不題。卻說行者在會同館廳上，叫八戒、沙僧道：「適間與他說天落之水，纔可用藥，此時急忙，怎麼得個雨水？我看這王，倒也是個賢德之君，我與你助他些雨如何？」八戒道：「怎麼樣助？」行者叫他兩個立在左右兩邊，做個輔弼，他即步罡念咒。早見那正東上一朵烏雲，漸近頭頂，叫道：「大聖，東海龍王敖廣來見。」行者道：「無事不敢相煩，請你來助些無根水，與國王下藥。」龍王道：「大聖呼喚時，不曾說要水，小龍不曾帶得雨器，怎生降雨？」行者道：「如今不須多雨，只要些引藥之水便了。」龍王道：「既如此，待我打兩個噴涕，吐些津液，與他吃藥罷！」行者大喜道：「最好，最好！不必遲疑，趁早行事。」

那老龍在空中，漸漸低下烏雲，直至皇宮之上，噀一口津唾，遂化作甘霖。那滿朝官齊聲喝采道：「我主萬千之喜，天公降下甘雨來也！」國王即傳旨教取器皿盛著。你看那文武多官並三宮六院妃嬪，一個個擎杯托盞，舉碗持盤，等接甘雨。將有一個時辰，龍王辭了大聖回海。眾臣將杯盂碗盞收來，共合一處，約有三盞之多，總獻至御案。

那國王將著「烏金丹」並甘雨至宮中，將三丸分三次送下。不多時，腹中作響，如轆轤之聲不絕，即取淨桶，連行了三五次，服了一些米飲，攲倒在龍牀之上。有兩個妃子將淨桶撿看，說不盡穢污痰涎，內有糯米飯塊一團。妃子近龍牀來報：「病根都行下來也！」國王聞言甚喜，又進一次米飯。少頃，漸覺心胸寬泰，氣血調和，就精神抖擻，腳力強健。下了龍牀，穿了朝服，即登寶殿，見了唐僧，倒身下拜。長老忙忙還禮。國王拜畢，以御手攙著，便教閣下：「快具簡帖，帖下寫朕『再拜頓首』字樣，差官奉請法師高徒三位。一壁廂大開東閣，光祿寺排宴酬謝。」多官領旨備辦，霎時俱完。

卻請他三眾入朝。眾官接引，上了東閣，早見唐僧、國王都在那裏。這行者三眾對師父唱了喏。隨後眾官都至。只見那葷素桌面，真個排得整齊。那國王御手擎杯，先與唐僧安坐。三藏道：「酒乃僧家第一戒。貧僧從不敢飲，著頑徒們代飲罷！」國王卻轉金卮，遞與行者。行者接了酒，吃了一杯。國王又奉一杯，行者又吃了。國王笑道：「吃個三寶鍾兒。」行者不辭，又吃了。國王又命斟上，「吃個四季杯兒」。八戒在旁，見酒不到他，忍不住就叫將起來道：「陛下，吃的藥也虧了我，那藥裏有馬……」這行者聽說，恐怕獃子走了消息，卻將手中酒遞與。八戒接著就吃，便不言語。國王問道：「神僧說藥裏有馬，是甚麼馬？」行者接過口來道：「我這兄弟，是這般口敞。但有個經驗的好方兒，他就要說與人。陛下早間藥內有馬兜鈴。」國王問眾官道：「馬兜鈴能醫何症？」時有太醫院官在旁道：「主公：

兜鈴味苦寒無毒，定喘消痰大有功。通氣最能除血蠱，補虛寧嗽又寬中。」

國王笑道：「用得當，用得當，豬長老再飲一杯！」卻也吃了個三寶鍾。國王又遞了沙僧三杯，方各敘坐。

飲宴多時，國王又斟巨觥奉行者。行者道：「陛下請坐。老孫依巡痛飲，決不敢辭。」國王道：「神僧恩重如山，寡人酬謝不盡，好歹進此一巨觥，朕有話說。」行者道：「有甚話？說了老孫好飲。」國王道：「寡人有數載憂疑病，被神僧一貼靈丹打通，所以就好了。」行者笑道：「昨日老孫看了陛下，已知是憂疑之疾，但不知憂疑何事？」國王道：「古人云：『家醜不可外談。』奈神僧是朕恩主，方敢奉告。」行者道：「請說無妨。」國王道：「神僧東來，不知經過幾個邦國？」行者道：「經有五六處。」又問：「他國之后，不知是何稱呼。」行者道：「國王之后，都稱為正宮、東宮、西宮。」國王道：「寡人不是這等稱：將正宮稱為金聖宮，東宮稱為玉聖宮，西宮稱為銀聖宮。現今只有銀、玉二后在宮。」行者道：「金聖宮因何不在？」國王淚滴道：「不在已三年矣！」行者道：「向那廂去了？」國王道：「三年前，正值端陽之節，朕與嬪后都在御花園海榴亭下解粽飲酒，看鬥龍舟。忽然一陣風至，半空中現出一個妖精，自稱賽太歲，說他在麒麟山獬豸洞居住，洞中少個夫人，訪得我金聖宮生得美貌嬌姿，教朕快早送出。如若不獻出來，就要先吃寡人，後吃眾臣，將滿城黎民盡皆吃絕。那時節，朕卻憂國憂民，無奈將金聖宮推出海榴亭外，被那妖響一聲攝將去了。寡人為此著了驚恐，把那粽子凝滯在內，況又晝夜憂思不息，所以抱病三年。今得神僧靈丹服後，行了數次，盡是那三年前積滯之物。所以這會體健神清，精神如舊。今日之命，皆是神僧所贈也！」

行者聞言，滿心喜悅，將那巨觥之酒，兩口吞之，笑問國王道：「陛下原來是這般驚憂！今遇老孫，幸而獲癒。但不知可要金聖宮回國？」那國王滴淚道：「朕切切思思，無晝無夜，但只是沒一個能降得妖精的，豈有不要他回國之理！」行者道：

「我老孫與你去降妖何如？」國王跪下道：「若救得朕后，朕願領三宮九嬪，出城為民，將一國江山，盡付神僧，讓你為帝。」八戒在旁，見國王出此言，行此禮，忍不住呵呵大笑道：「這皇帝失了體統！怎麼為老婆就不要江山，跪著和尚？」行者急將國王攙起道：「陛下，那妖精自得金聖宮去後，這一向可曾再來？」國王道：「他前年五月節攝了金聖宮，至十月間來，要取兩個宮娥去伏侍娘娘，朕即獻出兩個。至舊年三月間，又來要兩個宮娥。七月間，又要去兩個。今年二月裏，又要去兩個。不知到幾時又來也。」行者道：「似他這等頻來，你們可怕他麼？」國王道：「寡人見他來得多次，一則懼怕，二來恐有傷害之意，舊年四月內，是朕命工起了一座避妖樓。但聞風響，知是他來，即與二后、九嬪，入樓躲避。」行者道：「陛下不棄，可攜老孫去看那避妖樓何如？」那國王即攜著行者出席，眾官亦皆起身。八戒道：「哥哥，你不達理，這般御酒不吃，搖席破坐的，且去看甚麼哩！」國王情知八戒為嘴，即命當駕官擡兩張素桌面看酒，在避妖樓外俟候。獃子卻纔不嚷，和師父、沙僧同行。

一班文武官引導，那國王並行者相攙穿過皇宮，到了御花園後，更不見樓臺殿閣。行者道：「避妖樓何在？」說不了，只見兩個太監，拿兩根紅漆扛子，往那空地上掬起一塊四方石板。國王道：「此間便是。這底下有三丈多深，挖成的九間朝殿。內有四個大缸，缸內滿注清油，點著燈火，晝夜不息。寡人聽得風響，就入內躲避，外面著人蓋上石板。」行者笑道：「那妖精還是不害你。若要害你，這裏如何躲得？」正說間，只見那正南上呼呼的吹得風響，播土揚塵。唬得那多官齊聲報怨道：「這和尚鹽醬口，講甚麼妖精，妖精就來了！」慌得那國王丟了行者，即鑽入地穴。唐僧也就跟入。眾官躲一個魆淨。

八戒、沙僧也都要躲，被行者兩手扯住道：「兄弟們，不要怕，我和你認他一認，看是個甚麼妖精。」那獃子掙不脱手，被行者拿定多時。只見那半空裏閃出一個妖精，行者道：「你兩個可認得他？」八戒沙僧都道：「不認得。」行者道：「他卻像東嶽天齊手下把門的那個醮面金睛鬼。」八戒道：「不是，不是！鬼乃陰靈，交申酉時方出。今日還在巳時，那裏有鬼敢出來？就是鬼會弄風，只是一陣旋風而已，那有這等狂風？或者他就是賽太歲也。」行者笑道：「既如此説，你兩個且在此，等老孫去問問他來。」即縱祥光，跳將上去。正是：

安邦先卻君王病，守道須除愛惡心。

畢竟不知去到空中事體如何，且聽下回分解。

第七十回　妖魔寶放煙沙火　悟空計盜紫金鈴

卻說行者抖擻神威，持鐵棒起在空中，迎面喝道：「你是那裏來的邪魔，待往何方猖獗？」那怪物厲聲叫道：「吾黨不是別人，乃麒麟山獬豸洞賽太歲大王爺爺部下先鋒。今奉大王令，到此取宮女二名，伏侍金聖娘娘。你是何人，敢來問我？」行者道：「我乃齊天大聖孫悟空。因保東土唐僧西天拜佛，路過此國，知你這夥邪魔欺主。正沒處尋你，卻來此送命！」那怪聞言，不知好歹，展長槍就刺行者，行者舉鐵棒劈面相迎。在半空裏略戰兩合，那妖被行者一棒，把根槍打作兩截，慌得撥轉風頭，徑往西方逃命。

行者且不趕他，按下雲頭，來至避妖樓外，叫道：「師父，請同陛下出來，怪物已趕去矣！」那唐僧纔扶著君王，同出穴來，見滿天清朗，更無妖邪之氣。那國王即至席前，自己拿壺把盞，滿斟金杯，奉與行者道：「神僧，權謝，權謝！」這行者接杯在手，還未回言，只聽得朝門外有官來報：「西門上火起了！」行者聞說，將金杯連酒望空一撇，當的一聲響亮，那個金杯落地。君王著了忙，躬身施禮道：「神僧，莫不有見怪之意？是寡人得罪了。」行者笑道：「不是這話。」少頃，又有官來報：「好雨呀！纔西門上起火，被一場大雨把火滅了，滿街上流水盡都是酒氣。」行者道：「陛下，那妖敗走西方，我不曾趕他，他就放起火來。這一杯酒，卻是我滅了妖火，救了西城裏外人家，豈有他意！」

國王更十分歡喜加敬，即請三藏四眾，同上寶殿，就有推位讓國之意。行者笑道：「陛下，纔那妖精，他稱是賽太歲部下先鋒，來此取宮女的。他如今戰敗而回，定然報與那廝。那廝定要來與我相爭。我恐他此一來，未免驚傷百性，恐唬陛下。欲去迎他一迎，就在那半空中擒了他，取回聖后。但不知向那方去，這裏到他那山洞有多少遠近？」國王道：「寡人曾差夜不收軍馬到那裏探聽消息，往來到行五十餘日，坐落南方，約有三千餘里。」行者聞言，叫八戒、沙僧護持在此，「老孫去來」。國王扯住道：「神僧且從容一日，待安排些乾糧烘炒，與你些盤纏銀兩，選一匹快馬，方纔可去。」行者笑道：「陛下說的是巴山轉嶺步行之話。我老孫不瞞你說，似這三千里路，斟酒在鍾不冷，就打個往回。」國王道：「神僧，你不要怪我說。你這尊貌，卻像個猿猴一般，怎生有這般法力？」行者道：

我身雖是猿猴數，駕來觔斗如神助。往來霄漢沒遮攔，一打十萬八千路！

那國王見說，又驚又喜，笑吟吟捧著一杯御酒遞與行者道：「神僧遠勞，進此一杯引意。」這大聖一心要去降妖，那裏有心吃酒，只叫：「且放下，等我去了來再飲。」說聲去，唿哨一聲，寂然不見。那一國君臣皆驚訝不題。

卻說行者將身一縱，早見一座高山阻住，即按雲頭，立在巔峰，觀看良久。正欲尋洞口，只見那山凹裏烘烘火光飛出，霎時間，撲天紅焰，紅焰之中冒出一股惡煙，比火更毒。大聖正自恐懼，又見那山中迸出一道沙來，真個是遮天蔽日。行者看了半晌，不解其故，即搖身一變，變作一個鑽火的鷂子，飛入煙火中間，驀了幾驀，卻就沒了沙灰，煙火也息了。急現本相下來，又看時，只聽得叮叮噹噹的銅鑼聲響。他道：「我走錯了路也，這裏不是妖精住處。鑼聲似鋪兵之鑼，想是通國的大路，有鋪兵去下文書。且等老孫去問他一問。」

正走處，忽見一個小妖兒，擔著黃旗，背著文書，敲著鑼急走如飛而來。行者笑道：「原來是這廝打鑼！他不知送的是甚麼書信，等我聽他一聽。」即又搖身一變，變作個蟭蟲兒，輕輕的飛在他書包之上。只聽得那妖精敲著鑼，自言自語道：「我家大王，忒也心毒。三年前到朱紫國強奪了金聖皇后，一向無緣，未得沾身，只苦了取來的宮女頂缸。兩個來弄殺了，四個來也弄殺了。前年要了，去年又要，今年又要，這番卻撞個對頭來了。那個要宮女的先鋒，被個甚麼孫行者打敗了，不發宮女。我大王因此發怒，要與他國爭持，教我去下甚麼戰書。這一去，那國王不戰則可，戰必不利。我大王使煙火飛沙，那國王君臣百姓等莫想一個得活。那時我等佔了他的城池，大王稱帝，我等稱臣，雖然也有個大小官爵，只是天理難容也！」

行者聽了，暗喜道：「妖精也有存心好的。似他後邊這句話，說天理難容，卻不是好？但只說金聖皇后一向無緣，未得沾身，此話卻不解其意。等我問他一問。」嚶的一聲，一翅飛離了妖精，轉向前有數里地，搖身一變，變作了一個道童：

頭挽雙抓髻，身穿百衲衣。手敲魚鼓簡，口唱道情詞。

轉山坡迎著小妖，打個稽首道：「長官，那裏去，送的是甚麼公文？」那妖就像認得他的一般，住了鑼槌，笑嘻嘻的還禮道：「我大王差我到朱紫國下戰書的。」行者趁口問道：「朱紫國那話兒，可曾與大王配合哩？」小妖道：「自前年攝得來，當時就有一個神仙，送一件五彩仙衣與娘娘粧新。他自穿了那衣，就渾身上下都生了針刺，我大王摸也不敢摸他一摸。但挽著些兒，手心就痛，不知是甚緣故。自始至今，尚未沾身。早間差先鋒去要宮女伏侍，被一個甚麼孫行者戰敗了。大王奮怒，所以教我去下戰書，明日與他交戰也。」行者道：「恁的大王卻著惱？」小妖道：「正在那裏著惱哩！你去與他唱個道情詞兒解解悶也好。」

行者拱手抽身就走。那妖依舊敲鑼前行。行者就掣棒轉身，望小妖腦後一下，早已了賬，卻又悔道：「急了些兒！不曾問他個名字。」卻去取下戰書，藏於袖內，將黃旗、銅鑼，藏在路旁草裏。忽聽得他腰間一聲響，露出一個鑲金牙牌，牌上有字，寫道：

心腹小校一名，有來有去，五短身材，扢撻臉，無鬚。長川懸掛，無牌即假。

行者笑道：「這廝名字叫作有來有去，這一棍子，打得『有去無來』也！」將牙牌解下，帶在腰間，欲要捽下屍骸，卻又想起那煙火之毒，且不敢尋他洞府，即將棍子著小妖胸前，搗了一下，挑在空中，徑回本國，且當報一個頭功。

你看他唿哨一聲，早到了金鑾殿前，將妖精捽在階下，叫八戒請師父下殿。行者將一封戰書，揣在三藏袖裏，道：「師父收下，且莫與國王看見。」

說不了，那國王也下殿，迎著行者道：「神僧長老來了！拿妖之事如何？」行者用手指道：「那階下不是妖精，被老孫打殺了也。」國王見了道：「是便是個妖屍，卻不是賽太歲。賽太歲寡人親見他兩次：身長丈八，膊闊五停；面似金光，聲如霹靂；那裏是這般鄙猥。」行者笑道：「陛下認得，果然不是。這是一個報事的小妖，撞見老孫，先打死挑來報功。」國王大喜道：「好，好，好，該算頭功！寡人這裏常差人去打探，更不曾得個的實。似神僧一出，就捉了一個回來，真神通也！」叫：「看暖酒來，與長老賀功。」

行者道：「吃酒還是小事。我問陛下，金聖宮別時，可曾留下個甚麼表記？你與我些兒。」那國王聽説「表記」二字，卻似刀劍剜心，忍不住失聲淚下，説道：

當年佳節慶朱明，太歲兇妖忽震驚。強奪御妻殊倉猝，誰留表記繫離情。

行者道：「娘娘既無表記，他在宮時，可有甚麼心愛之物，與我一件也罷！」國王道：「你要怎的？」行者道：「那妖王實有神通。我見他放火、放煙沙，果是難收。縱收了，又恐娘娘見我面生，不肯同我回國。須是得他平日心愛之物一件，他方信我。為此故要帶去。」國王道：「昭陽宮裏，梳粧閣上，有一雙黃金寶串，原是金聖宮手上戴的。只因那日端午，要縛五色彩綫，故此褪下，不曾戴上。此乃是他心愛之物，如今現收在減粧盒裏。寡人更不忍見，一見即如見他玉容，病又重幾分也。」行者道：「且休題這話，可將金串取來。」國王即命玉聖宮取出。國王見了，叫了幾聲「知疼著熱的娘娘」，遂遞與行者。

行者接了，套在肐膊上，且不吃得功酒，駕起雲，唿哨一聲，又至麒麟山上，徑尋洞府。正行時，只聽得人語喧嚷，即佇立觀看，原來那獬豸洞口，大小頭目約摸有五百名在那裏。行者見了，抽身徑轉舊路，卻至那打死小妖之處，尋出黃旗、銅鑼，迎風捏訣，即搖身一變，變作那有來有去的模樣，乒乓敲著鑼，大踏步一直前來，徑撞至獬豸洞。只聞得猩猩出語道：「有來有去，你回來了？」行者應道：「來了。」猩猩道：「快走，大王爺爺正在剝皮亭上等你回話哩！」行者拽開步，敲著鑼，徑入二門之內。忽擡頭見一座八窗明亮的亭子，亭子中間有一張戧金交椅，椅上端坐著一個魔王，真個生得惡像。行者見了，公然不懼，調轉臉，朝著外，只管敲鑼。妖王問道：「你來了？」行者不答。又問：「有來有去，你來了？」也不答應。妖王上前扯住道：「你怎麼到了家還打鑼，問之又不答。何也？」行者把鑼往地下一摜道：「甚麼何也，何也！我説我不去，你卻教我去。行到那廂，只見無數的人馬列成陣勢，見了我，都就叫：『拿妖精，拿妖精！』把我推推扯扯，扛進城去。見了那國王，國王便教斬了。幸虧那兩班謀士道：『兩家相爭，不斬來使。』把我饒了，收了戰書，又押出城外，對軍前打了三十順腿，放我來回話。他那裏不久就要來此與你交戰哩！」妖王道：「這等説，是你吃虧了。怪不得問你更不言語。」行者道：「卻不是怎的？」妖王道：「那裏有多少人馬？」行者道：「我也唬昏了，那曾查他人馬數目！只見那裏兵器森森擺列得如麻林相似。」妖王笑道：「不打緊！似那些兵器，一火皆空。你且去報與金聖娘娘得知，教他莫惱。今早他聽見我發狠，要去戰鬥，就眼淚汪汪的不乾。你如今去説那裏人馬驍勇，且寬他一時之心。」

行者聞言，十分中意。你看他偏是路熟，轉過腳門，穿過廳堂，那裏邊盡都是高堂大廈，更不是前邊的模樣。直到後面宮裏，遠見彩門壯麗，乃是金聖娘娘住處。入裏面看時，有兩班妖狐、妖鹿，一個個都粧成美女之形，侍立左右。正中間坐著那個娘娘，手托香腮，雙眸滴淚，果然是：

玉容寂莫胭脂冷，雲鬢蓬鬆翠黛空。自古紅顏多薄命，懨懨無語對東風。

行者上前打了個問訊道：「接喏。」那娘娘道：「這潑怪十分無狀！想我在朱紫國中之時，那太師宰相見了，就俯伏塵埃，不敢仰視。這村怪怎麼叫聲『接喏』，是那裏來的這般野獸？」眾侍婢上前道：「娘娘息怒，他是大王爺爺的心腹小校，喚名有來有去，今早差下戰書的是他。」娘娘聽説，忍怒問道：「你下戰書，可曾到朱紫國裏？」行者道：「我持書直到金鑾殿，面見君王，已討回音來也。」娘娘道：「你面君，君有何言？」行者道：「那國中戰鬥之事，纔已與大王說了。只是那君王有思想娘娘的一句話兒，特來上稟。奈何左右人眾，不是說處。」

娘娘聞言，喝退兩班狐鹿。行者掩上宮門，把臉一抹，現了本相，對娘娘道：「你休怕我。我是東土大唐差往西天求經的和尚，叫作孫悟空。因我師過你國中，倒換關文，見你國王出榜招醫，是我將他的病治好了。排宴謝我，因說起你被妖攝來，我會降龍伏虎，特請我來捉怪，救你回國。那戰敗先鋒是我，打死小妖也是我。我見他門外兵多，是我變作有來有去模樣，捨身到此，與你通信。」那娘娘聽說，沈吟不語。行者取出寶串，雙手奉上道：「你若不信，看此物何來。」娘娘一見垂淚，下拜道：「長老，你果是救得我回朝，沒齒不忘大恩！」

行者道：「我且問你，他那放火、放煙沙的，是件甚麼寶貝？」娘娘道：「那裏是甚寶貝，乃是三個金鈴。他將頭一個幌一幌，有三百丈火光燒人；第二個幌一幌，有三百丈煙光熏人；第三個幌一幌，有三百丈黃沙迷人。煙火還不打緊，只是黃沙最毒，若鑽入人鼻孔，就傷了性命。」行者道：「利害，利害！卻不知他的鈴兒放在何處？」娘娘道：「他那肯放下，只是帶在腰間，行住坐臥，再不離身。」行者道：「你若有意相會國王，把那憂愁權解，須使出個風流喜悅之容，與他敘個夫妻之情，教他把鈴兒與你收貯。待我取便偷了，降了這怪。那時節方好帶你回去，重諧鸞鳳也。」那娘娘一一領諾。

他仍變作心腹小校，開了宮門，喚進左右侍婢。娘娘叫：「有來有去，快往前亭，請大王來與他說話。」行者應了一聲，即至剝皮亭，對妖王道：「大王，聖宮娘娘有請。」妖王歡喜道：「娘娘常時只罵，怎麼今日有請？」行者道：「那娘娘問朱紫國王之事，是我說：『他不要你了，他國中另扶了皇后。』娘娘聽說，故此沒了想頭，纔命我來奉請。」妖王大喜道：「你卻中用。待我剿除了他國，封你做個隨朝的太宰。」

行者順口謝恩，即與妖王來至後宮門首。那娘娘歡容迎接，就去用手相攙。那妖王喏喏而退道：「多承娘娘下愛，我怕手痛，不敢相旁。」娘娘道：「大王請坐，我與你說。」妖王道：「有話但說不妨。」娘娘道：「我蒙大王辱愛，今已三年，雖未得共枕同衾，也是前世之緣，做了這場夫妻。誰知大王有外我之意，不以夫妻相待。我想著當時在朱紫國為后，外邦凡有進貢之寶，君看畢，一定與后收之。你這裏更無甚麼寶貝，或者就有，你也不教我見，不與我收。且如聞得你有三個鈴鐺，想就是件寶貝，你怎麼走也帶著，坐也帶著？你就拿與我收著，待你用時取出，未為不可，此也是做夫妻一場，也有個心腹相託之意。如此不相託付，非外我而何？」妖王大笑陪禮道：「娘娘怪得是！寶貝在此，今日就當付你收之。」便即揭衣取寶。行者在旁，眼不轉睛看著。那怪揭起兩三層衣服，貼身帶著三個鈴兒。他解下來，將些木棉塞了口兒，把一個豹皮包袱兒包了，遞與娘娘道：「物雖微賤，卻要用心收藏，切不可搖幌著他。」娘娘接過手道：「我曉得。安在這粧臺之上，無人動他。」叫：「小的們，安排酒來，我與大王交歡會喜，飲幾杯兒。」眾侍婢聞言，即安排酒餚獻上。那娘娘作出妖嬈之態，哄弄精靈。

行者在旁取事，挨挨摸摸，行近粧臺，把三個金鈴輕輕拿過。溜出宮門，到了剝皮亭前無人處，展開豹皮幅子看時，中間一個有茶鍾大；兩頭兩個有拳頭大。他不知利害，就把棉花扯了。只聞得呼的一聲響喨，骨都都迸出煙火黃沙，急收不住，滿亭中烘烘火起。唬得那把門精怪，一擁撞入後宮，驚動了妖王，慌忙教救火，救火，出來看時，原是有來有去拿了金鈴兒哩。妖王上前喝道：「好賤奴，怎麼偷了我的寶貝，在此胡弄！」叫：「拿來，拿來！」那眾妖一齊攢簇。

行者慌了手腳，丟了金鈴，現出本相，掣出金箍棒，撒開解數，往前亂打。那妖王收了寶貝，傳號令教關了前門。行者難得脱身，收了棒，搖身一變，變作個癡蒼蠅兒，釘在那無火石壁上。眾妖尋不見，報道：「大王，走了賊也！」妖王問：「可曾自門裏走出去？」眾妖都説：「前門緊鎖，不曾走出。」妖王叫仔細搜尋，更無蹤跡，大怒道：「是個甚麼賊子，大膽變作有來有去模樣，進來見我回話，又跟在身邊，乘機盜我寶貝。早是不曾拿將出去，若拿出山頭，見了天風，怎生是好？」虎將上前道：「大王，這賊不是別人，定是敗先鋒的那個孫悟空。想必路上遇著有來有去，傷了性命，奪了銅鑼、旗牌，變作他的模樣，到此欺騙大王也。」妖王道：「正是，正是，見得有理！」叫：「小的們，仔細防閑，切莫開門放出走了！」這正是：

無心弄巧翻成拙，作耍誰知卻當真。

畢竟不知行者怎得脱身，且聽下回分解。

第七十一回　行者假名降怪犼　觀音現像伏妖王

話説那賽太歲緊關了門户，搜尋行者，不見蹤跡，坐在那剝皮亭上，點聚群妖，都教提鈴敲梆，支更坐夜。原來大聖變作個癡蒼蠅，釘在門旁。見前面防備甚緊，他即抖開翅，飛入後宮門首看處，見金聖娘娘伏在案上，清清滴淚，隱隱聲悲。行者飛進去，輕輕的落在他那烏雲散髻之上，聽他哭道：「主公呵！我和你：

前生燒了斷頭香，折鳳分鸞兩處傷。未識神僧凶與吉，相思更比舊時狂。」

行者聞言，即到他耳根後，悄悄的叫道：「聖宮娘娘，你休恐懼，我還是你國差來的神僧孫長老，未曾傷命。只因自家性急，偷了金鈴，出到前亭，忍不住打開看看，不期迸出煙火。我慌把金鈴丢了，苦戰不出，恐遭毒手，故變作一個蒼蠅兒釘在門上，躲到如今。那妖王愈加嚴緊，不肯開門。你可再哄他進來安寢，我好脱身行事，別作區處救你也。」

娘娘一聞此言，心虚膽戰，淚汪汪的道：「你如今是人是鬼？」行者道：「我也不是人，也不是鬼，如今變作個蒼蠅兒在此。你休怕，快去請那妖王也。」娘娘悄語道：「你莫魘寐我。」行者道：「我豈敢魘寐你？你若不信，張開手，等我跳下來你看。」那娘娘真個把左手張開，行者便輕輕落下。金聖宫高擎玉掌，叫聲：「神僧。」行者嚶嚶的應道：「我是神僧變的。」娘娘方纔信了，悄悄的道：「我去請那妖王來時，你卻怎生行事？」行者道：「古人云：『破除萬事無過酒。』只以飲酒為上。你將那貼身的侍婢喚一個進來，指與我看，我就變作他的模樣，在旁邊伏侍，卻好下手。」

娘娘即叫：「春嬌何在？」那屏風後轉出一個玉面狐狸來，跪下道：「娘娘喚春嬌有何使令？」娘娘道：「你去叫他們來點紗燈，焚腦麝，扶我上前庭，請大王安寢也。」那春嬌即叫了七八個怪鹿妖狐，打著兩對燈籠，一對提爐，擺列左右。娘娘便欠身而起。行者腰裏摸出一個瞌睡蟲，輕輕的放在那春嬌臉上。春嬌果然漸覺困倦，立不住腳，即忙尋著睡處，丢倒頭呼呼睡去。

行者卻跳下來，搖身一變，變作那春嬌一般模樣，緊跟娘娘，往前正走，有小妖報與妖王。妖王急出剝皮亭外迎迓。娘娘道：「大王，今煙火既息，賊已無蹤，深夜之際，特請大王安置。」那怪滿心歡喜道：「娘娘珍重。卻纔那賊乃是孫悟空，他敗了我先鋒，打殺我小校，變化進來，哄了我們。我們這般搜簡，他卻渺無蹤跡，故此心上不安。」娘娘道：「那廝想是走脫了。大王放心勿慮，且自安寢去也。」妖精見娘娘侍立敬請，不敢堅辭，只得吩咐群妖，小心防守，遂與娘娘徑往後宮。行者假變春嬌，同兩班侍婢跟入。娘娘叫安排酒來與大王解勞，假春嬌即同眾怪安排酒餚齊備。那娘娘擎杯奉敬，這妖王也舉杯相答，二人穿換了酒杯。假春嬌在旁，執著酒壺道：「大王與娘娘今夜纔遞交杯盞，請各飲乾，穿個雙喜杯兒。」真個又各斟上，飲乾了。假春嬌道：「大王娘娘喜會，教眾侍婢們唱的唱，舞的舞。」他兩個又飲了許多。娘娘教住了歌舞，眾侍婢分班出屏風外擺列，惟有假春嬌執壺奉酒。娘娘與那妖王專說的是夫妻之話，一片雲情雨意，哄得那妖王骨軟筋麻，只是不得沾身，真是貓咬尿胞空歡喜！

敘了一會，娘娘問道：「大王，寶貝不曾傷損麼？」妖王道：「這寶貝乃先天摶鑄之物，如何得損！只是被那賊扯開塞口之綿，燒了豹皮包袱也。」娘娘說：「怎生收拾？」妖王道：「不用收拾，我帶在腰間哩！」假春嬌聞言，即拔下毫毛一把嚼碎，輕輕放在妖王身上，吹口仙氣，叫「變」，那些毫毛即變作三樣惡物，乃蝨子、虼蚤、臭蟲，鑽進皮膚亂咬。那妖王燥癢難禁，伸手入懷揣摸揉癢，用指頭捏出幾個蝨子來，拿近燈前觀看。娘娘見了，含忖道：「大王，想是襯衣久不曾漿洗，故生此物耳。」妖王慚愧道：「我從來不生此物，可可的今宵出醜。」娘娘笑道：「大王何為出醜，常言道：『皇帝身上也有三個御虱』哩！且脫下衣服來，等我替你捉捉。」妖王真個解帶脫衣。

假春嬌在旁著意觀看，那妖王身上衣服層層皆是蚤、蝨、臭蟲。不覺的揭到第三層見肉之處，那金鈴上也紛紛的不計其數。假春嬌道：「大王，拿鈴子來，等我也與你捉捉蝨子。」那妖王一則羞，二則慌，那裏認得真假，即將三個鈴兒遞與假春嬌。假春嬌接在手中，理弄多時，只見妖王低著頭抖衣服，他即將金鈴藏了，拔根毫毛，變作三個鈴兒，一般無二，拿向燈前翻檢。卻又把身子扭扭捏捏的，抖了一抖，將那蚤、蝨、臭蟲收了，把假金鈴兒遞與那怪。那怪接著，雙手遞與娘娘道：「今番你收好了，卻要仔細，不要像前一番。」那娘娘接過來，安在衣箱中，用黃金鎖鎖了。卻又與妖王飲了幾杯酒，教侍婢淨拂牙牀，展開錦被，「我與大王同寢」。那妖王諾諾連聲道：「沒福，沒福，不敢奉陪。我還帶個宮女往西宮裏睡去，娘娘請自安置。」遂此各歸寢處不題。

卻說假春嬌得了手，將寶貝帶在腰間，現了本相，收去那個瞌睡蟲兒，徑往前走去。只聽得梆鈴齊響，正打三更。他使個隱身法，直至門邊。又見那門上拴鎖甚緊，卻又使個解鎖之法，那門就輕輕開了。急拽步出門，站下高叫道：「賽太歲，還我金聖娘娘來！」連叫兩三遍，驚動群妖，急急看處，前門開了，即忙尋鎖鎖上，著幾個跑入裏邊去報。那裏邊侍婢出宮傳言道：「莫吆喝，大王纔睡著哩！」如此者三四遍。那大聖在外嚷嚷鬧鬧，直到天曉，忍不住輪著鐵棒上前打門。那妖王一覺方醒，聞得喧嘩，起身問道：「嚷甚麼？」眾侍婢纔跪下道：「爺爺，不知是甚人在洞外叫罵了半夜，如今卻又打門。」

妖王走出宮門，只見那幾個小妖慌張張的道：「外面有人叫罵，要金聖宮娘娘哩！說了無數的歪話，甚不中聽。見天曉大王不出，逼得打門也。」那妖道：「且休開門。你去問他是那裏來的，姓甚名誰，快來回報。」小妖急出去，隔門問道：「打門的是誰？」行者道：「我是朱紫國拜請來的外公，來取聖宮娘娘回國哩！」小妖以此言回報，那妖隨往後宮，查問來歷。原來那娘娘纔起來，急整衣出宮迎入。纔坐下，還未及問，又聽得小妖來報：「那來的外公，已將門打破矣！」那妖笑道：「娘娘，你朝中有多少將帥？」娘娘道：「在朝有四十八衛人馬，良將千員，各邊上元帥、總兵，不計其數。」妖王道：「可有個姓外的麼！」娘娘道：「我在宮中，怎曉得臣子名姓！」妖王道：「這來者稱為外公，我想《百家姓》上，更無個姓外的。娘娘賦性聰明，出身高貴，居皇宮之中，必多覽書籍，記得那本書上有此姓也？」娘娘道：「止《千字文》上有句『外受傳訓』，想必就是此矣！」

妖王喜道：「定是，定是！」即起身辭了娘娘，到剝皮亭上，結束整齊，點起妖兵，開門走出，手持一柄宣花鉞斧，厲聲叫道：「那個是朱紫國來的外公？」行者把金箍棒搭定道：「賢甥，叫我怎的？」那妖王見了，大怒道：「你這廝，敢自稱甚麼外公。看你：

相貌若猴子，嘴臉似猢猻。七分真是鬼，大膽敢欺人。」

行者笑道：「你這個潑怪，原來沒眼。想我老孫五百年前大鬧天宮時，普天神將見了我，無一個『老』字不敢稱呼。你便叫我聲『外公』，那裏虧了你。」妖王喝道：「你原來是大鬧天宮的那廝。你既脱身保唐僧西去，你走你的路罷了，怎麼替那朱紫國為奴，卻到我這裏尋死。」行者喝道：「賊潑怪，説話無知。我受朱紫國王之隆禮，他敬之如父母神明，你怎麼説出『為奴』二字？不要走，吃你外公一棒！」那妖閃身躲過，使宣花斧劈面相迎。兩個戰經五十回合，不分勝負。那妖見行者手段高強，料不能取勝，將斧架住鐵棒道：「孫行者，你且住了。我今日還未早膳，待我進了膳，再來與你定雌雄。」行者情知是要取鈴鐺，收了鐵棒道：「好漢子不趕乏兔兒。你去，你去，吃飽些好來領死！」

那妖急轉身闖入裏邊，對娘娘道：「快將寶貝拿來！」娘娘道：「要寶貝何幹？」妖王道：「今早叫戰者，乃是孫悟空假稱外公。我與他戰到此時，不分勝負。等我拿寶貝出去，放些煙火，燒這猴頭。」娘娘見説，心中怛突，躊躇未定，那妖又連連催逼。這娘娘無奈，只得將鎖鑰開了，把三個鈴兒遞與他。他拿了就走出洞。娘娘坐在宮中，淚如雨下，思量行者不知可能逃得性命。

那妖出了門，就佔起上風，叫道：「孫行者休走，看我搖搖鈴兒。」行者笑道：「你有鈴，我就沒鈴？你會搖，我就不會搖？」妖王道：「你有甚麼鈴兒，拿出來我看。」行者將鐵棒藏了，卻去腰間解下三個真寶貝來，對妖王說：「這不是我的紫金鈴兒？」妖王見了，心驚道：「蹺蹊，蹺蹊！他的鈴兒怎麼與我的鈴兒就一般無二？」又問：「你那鈴兒是那裏來的？」行者道：「賢甥，你那鈴兒卻是那裏來的？」妖王道：「我這鈴兒是：

太清仙境道源深，八卦爐中久煉金。結就鈴兒稱至寶，老君留下到如今。」

行者笑道：「老孫的鈴兒，也是那時來的。」妖王道：「怎生出處？」行者道：「我這鈴兒是：

道祖燒丹兜率宮，金鈴摶煉在爐中。二三如六循環轉，我的雌來你的雄。」

妖王道：「鈴兒乃金丹之寶，又不是飛禽走獸，如何辨得雌雄？但只是搖出寶來，就是好的。」行者道：「口說無憑，就讓你先搖。」那妖王真個將頭一個鈴兒幌了三幌，不見火出；第二個幌了三幌，不見煙出；第三個幌了三幌，不見沙出。妖王慌了手腳道：「怪哉，怪哉，世情變了？這鈴兒想是懼內，雄見了雌，所以不出來了。」行者道：「賢甥住了手，等我也搖搖你看。」他一把揝了三個鈴兒，一齊搖起。你看那紅火、青煙、黃沙，一齊滾出，骨都都燎樹燒山。大聖又念個咒語，望巽地上呼風來，真個是風催火勢，火挾風威，紅焰焰，黑沈沈，滿天煙火，遍地黃沙。把那賽太歲唬得魄散魂飛，走頭無路，在那火當中怎生逃命！

只聞得半空中厲聲高叫：「孫悟空，我來了也！」行者急回頭上望，原來是觀音菩薩，左手托著淨瓶，右手拿著楊柳，灑下甘露救火哩！慌得行者把鈴兒藏在腰間，即合掌倒身下拜。那菩薩將柳枝連拂幾點甘露，霎時間煙火俱無，黃沙絕跡。行者叩頭道：「不知大慈臨凡，有失迴避。敢問菩薩何往？」菩薩道：「我特來收尋這怪。」行者道：「這怪是何來歷，敢勞金身下降？」菩薩道：「他是我跨的金毛犼。因牧童盹睡，失於防守，這孽畜咬斷索子走來，卻與朱紫國王消災也。」行者道：「菩薩反說了。他在這裏欺君騙后，與那國王生災，卻說是消災何也？」菩薩道：「你不知之。當時朱紫國先王在位之時，這個王還做東宮太子。他幼年間極好射獵，率領人馬，縱放鷹犬，正來到落鳳坡前。有西方佛母孔雀大明王菩薩所生二子，乃雌雄兩個雀雛，停翅在山坡之下，被此王弓開處，射傷了雄孔雀，那雌孔雀也帶箭歸西。佛母吩咐教他拆鳳三年，身耽啾疾。那時節我跨著這犼，同聽此言，不期這業畜留心，故來騙了皇后，與王消災。至今三年，冤愆滿足，幸你來救治王患，我特來收妖邪也。」行者道：「菩薩，雖是這般故事，奈何他玷污了皇后，傷風壞法，卻該死罪。今蒙菩薩親臨，饒了他死罪，讓我打他二十棒，與你帶去罷！」菩薩道：「悟空，你既知我臨凡，就當看我分上，一發都饒了他罷！」行者不敢違言。

那菩薩纔喝了一聲：「業畜，還不還原，待何時也！」只見那怪打個滾，現了原身，將毛衣抖抖。菩薩騎上了，又望項下一看，不見了三個金鈴。菩薩道：「悟空，還我鈴來。」行者道：「老孫並不曾見。」菩薩道：「既不曾見，等我念念《緊箍兒咒》。」行者慌了，只得雙手送上。這正是：犼項金鈴何人解？解鈴還問繫鈴人。菩薩將鈴兒套在犼項下，喝聲「快走」，你看他四足蓮花生焰焰，滿身金縷迸森森，頃刻徑回南海。

這大聖輪鐵棒打進獬豸洞，把群妖剿除乾淨。直至宮中，請聖宮娘娘回國。那娘娘頂禮不盡。行者尋些軟草，紮了一條草龍，教娘娘跨上，合著眼莫怕。行者使起神通，只聽得耳內風響，半個時辰，帶進朝中，按落雲頭，叫：「娘娘開眼。」那皇后睜開眼看，認得是鳳閣龍樓，心中歡喜，撇了草龍，與行者同登寶殿。那國王見了，急下龍牀，就來扯娘娘玉手，欲訴離情，猛然跌倒在地，只叫：「手疼，手疼！」八戒哈哈大笑道：「嘴臉！沒福消受，一見面就蜇殺了也。」行者道：「獃子，你敢扯他扯兒麼？」八戒道：「就扯扯便怎的？」行者道：「娘娘身上生了毒刺，自到麒麟山三年，那妖更不曾沾身，但沾身就害身疼，但沾手就害手疼。」眾官聽説，道：「似此怎生奈何？」旁有玉聖、銀聖二宮將君王扶起。

正都在倉皇之際，忽聽得半空中有人叫大聖道：「我來也。」行者擡頭觀看，原來是張道陵天師。行者上前迎住道：「天師何往？」那天師直至殿前，與行者施禮道：「小仙三年前曾赴佛會，因打這裏經過，見朱紫國王有拆鳳之憂。我恐那妖將皇后玷辱，後日難與國王復合，是我將一件舊棕衣變作一件五彩霞裳，進與妖王，教皇后穿了粧新。那皇后穿上即生一身毒刺，毒刺者，乃棕毛也。今知大聖成功，特來解魘。」即走向前，對娘娘用手一指，即脱下那件棕衣，那娘娘遍體如舊。天師將衣抖一抖，披在身上，向行者告辭了，遂長揖一聲，騰空而去。慌得那國王、后妃及大小眾臣，一個個望空禮拜。

拜畢，即命大開東閣，酬謝四位。那君王領眾跪拜，夫妻纔得重諧。正當歡宴時，行者叫師父取出戰書，遞與國王看了。又將觀音菩薩消災之言，細説了一遍。那舉國君臣內外，無不感謝稱讚。唐僧道：「一則是小徒之力，二來是賢王之福。今蒙盛款，足矣，足矣！就此拜別，不要誤貧僧向西去也。」那國王懇留不得，遂換了關文，大排鑾駕，請唐僧穩坐龍車，那君王、妃后俱捧轂推輪，相送而別。正是：

有緣洗盡憂疑病，絕念無思心自寧。

畢竟不知此去再有何事，且聽下回分解。

第七十二回　盤絲洞七情迷本　濯垢泉八戒忘形

話表三藏別了朱紫國王，策馬西進，經歷過多少山水，不覺的秋去冬殘，又值春光明媚。四眾正行處，忽望見一座村莊。三藏下馬，站立道旁道：「我看那裏是個人家，意欲自去化些齋吃。」行者笑道：「師父，你要吃齋，我等俱可代勞，何消你自去化。」三藏道：「不是這等說。平日間一望無際，你們沒遠沒近的去化齋，今日人家逼近，況且天氣晴明，等我也自去走走。」

八戒依言，即取鉢盂，遞與師父。他拽開步，直至莊前觀看。見那莊前有座石橋，住場卻也幽雅。原來那人家沒個男兒，只見茅屋之中，蓬窗之下，有四個女子，在那裏描鸞繡鳳。長老不敢前進，將身閃在樹林邊，看那些女子，一個個：

閨心堅似石，蘭性喜逢春。杏臉紅霞襯，櫻脣絳雪勻。

蛾眉橫月小，蟬鬢疊雲新。若到花間立，遊蜂錯認真。

少停有半個時辰，靜悄悄雞犬無聲。長老思慮道：「我若沒本事化頓齋，也惹那徒弟笑我。」一時沒主意，也帶了幾分不是，趨走過橋。又走了幾步，只見那茅屋旁邊，有一座木香亭子，亭子下又有三個美貌女子在那裏踢氣球。

三藏看得久了，只得高叫一聲：「女菩薩，貧僧隨緣化些齋吃。」那些女子聽見，一個個喜喜歡歡拋了針綫，撇了氣球，都笑吟吟的接出門來道：「長老，失迎了。今到荒莊，決不敢攔路齋僧，請裏面坐。」三藏聞言，暗道：「善哉，善哉！西方正是佛地，女流尚且注意齋僧，男子豈不虔心向佛？」

長老向前問訊了，相隨眾女入茅屋。過木香亭看處，呀！原來那裏邊沒甚房廊，都是山崖、石洞。一女子上前，把石頭門推開，請唐僧裏面坐。長老進去，擡頭看時，鋪設的都是石桌、石凳，冷氣陰陰。長老心驚，暗忖道：「這去處少吉多凶。」眾女喜笑吟吟，都道：「長老請坐。」長老沒奈何，只得坐了。眾女問道：「長老是何寶山，化甚麼緣？」長老道：「我不是化緣的和尚。我是東土大唐差去西天求經者，適過寶方，腹間飢餒，特造檀府，募化一齋就行也。」眾女道：「好，好，好！」常言道：『遠來的和尚好看經。』姐妹們不可怠慢，快辦齋來。」

此時有三個女子陪著，論說些因果。那四個到廚中去安排。你道他安排的是些甚麼東西？原來是人油炒煉，人肉煎熬，熬得焦黑充作麵筋樣子，剜的人腦煎作豆腐塊片。兩盤兒捧到石桌上放下，對長老道：「請了。倉卒間不曾備得好齋，且將就吃些充飢。」那長老聞了一聞，見那腥膻，欠身合掌道：「女菩薩，貧僧是胎裏素。」眾女笑道：「長老，此是素的。」長老道：「阿彌陀佛！若是這等東西，我和尚吃了呵，莫想見得世尊，取得經卷。望菩薩養生不若放生，放我貧僧去罷！」

長老起身要走，那些女子攔住門，怎麼肯放，都道：「上門的買賣倒不好做，你往那裏去？」他一個個都會些武藝，手腳又活，把長老扯住，順手牽羊，撲的摜倒在地，眾人按住，將繩子捆了，懸樑高吊。吊得停當了，便去脫剝了衣服。長老見了心驚道：「這一脫衣服，多是要打我了。或者夾生兒吃我，也不可知哩！」原來那女子們只解了上身衣服，露出肚腹，各顯神通：一個個臍孔中冒出絲繩，有鴨蛋粗細，骨都都的，迸玉飛銀，立時把莊門漫了不題。

卻説那行者、八戒、沙僧都在大道之旁。他二人都放馬看擔，惟行者頑皮，他且跳樹扳枝，摘葉尋果。忽回頭，只見一片光亮，慌得跳下樹來叫道：「不好，不好，師父造化低了！」用手指道：「你看那莊院如何？」八戒、沙僧共觀，只見那一片如雪之白，如銀之亮。八戒道：「罷了，罷了！師父遇著妖精了！我們快去救他也！」行者道：「賢弟莫忙，等老孫去來。」

他拽開腳，兩三步跑到那邊，看見那絲繩纏了有千百層厚，穿穿道道，卻似經緯之勢，用手按了一按，有些黏軟沾人。行者更不知是甚麼東西，他即舉棒要打，又停住手道：「若是硬的便可打斷，這個軟的只好打扁罷了。假如驚了他，纏住老孫，反為不美。等我且問一問再打。」

你道他問誰？即捻訣念咒，拘得個土地老來。行者問道：「此間是甚地方？」土地道：「前邊那嶺叫作盤絲嶺，嶺下有個盤絲洞，洞裏有七個女怪。」行者道：「他有多大神通？」土地道：「小神力薄威短，不知他有多大手段。只見那正南上離此有三里之遙，有一座濯垢泉，乃天生的熱水，原是上方七仙姑的浴池。自妖精到此居住，佔了他的濯垢泉，仙姑更不與他爭競，平白地就肯讓與他了。我見天仙不惹妖魔怪，必定精靈有大能。」行者道：「佔了此泉何幹？」土地道：「這怪佔了浴池，一日三遭，出來洗澡。如今已時已過，午時將來呀！」行者聽言，發付土地回去。

他搖身一變，變作個麻蒼蠅兒，釘在路旁草上等待。須臾間，只聽得呼呼吸吸之聲，猶如蠶食葉，卻似海生潮。只好有半盞茶時，絲繩皆盡，依然現出村莊。又聽得呀的一聲，柴扉響處，裏邊笑語喧嘩，走出七個女子。行者在暗中細看，見他一個個攜手挨肩，有說有笑的走過橋來，果是標致。行者笑道：「怪不得我師父要來化齋，原來是這般一個好處。這七個美人兒，假若留住我師父，要吃也不彀一頓吃，要用也不彀兩日用，動動手就是死了。且等我去聽他一聽，看他怎的算計。」

即嚶的一聲，飛在那前面走的女子雲髻上釘住。纔過橋來，後邊的走向前道：「姐姐，我們洗了澡，來蒸那胖和尚吃去。」那些女子採花鬥草，向南來，不多時到了浴池。但見一座門牆，十分壯麗。一個女子走上前，把兩扇門推開，那中間果有一塘熱水。你道這水是何出處：

蓋開闢之初，太陽星原有十個。後被后羿開弓，射落九個墜地，止存金烏一星，乃太陽之真火也。天下有九處湯泉，俱是眾烏所化。那九湯泉，乃是香冷泉、伴山泉、溫泉、東合泉、潢山泉、孝安泉、廣汾泉、湯泉，此泉乃濯垢泉。

那浴池約有五丈餘闊，十丈多長，內有四尺深淺。但見水清徹底，底下水一似滾珠泛玉，骨都都冒將上來。四面有六七個孔竅通流，流去二三里之遙，淌到田裏，還是溫水。池上又有三個亭子。亭子中近後壁放一張八隻腳的板凳，兩山頭放兩個彩漆的衣架。行者一翅飛在那衣架上釘住。

那些女子見水清又熱，便要洗浴，即一齊脫了衣服，搭在衣架上。你看一個個：

褪放鈕扣兒，解開羅帶結。酥胸白似銀，素體渾如雪。
玉臂賽凝脂，香肩疑粉捏。肚皮軟又綿，脊背光還潔。
膝腕半圍團，金蓮三寸窄。中間一段情，露出風流穴。

那女子都跳下水去，躍浪翻波，負水頑耍。行者道：「我若打他呵，只消把這棍子往池中一攪，就叫作滾湯潑老鼠，一窩兒都是死。可憐，可憐，打便打死他，只是低了老孫的名頭。常言道：『男不與女鬥。』我這般一個漢子，打殺這幾個丫頭，著實不濟。不要打他，只送他一個絕後計，教他起不得身，多少是好！」即又搖身一變，變作個餓老鷹，呼的一翅飛向前，輪開利爪，把那衣架上搭的七套衣服盡情雕去。徑轉嶺頭，現出本相，來見八戒、沙僧道：「你看。」那獃子迎著笑道：「師父原來是典當舖裏拿了去的。」沙僧道：「怎見得？」八戒道：「你不見師兄把他些衣服都搶將來也！」行者放下道：「此乃妖精穿的衣服。」八戒道：「怎麼就有這許多？」行者道：「七套。」八戒道：「如何這般剝得容易，又剝得乾淨？」行者道：「那曾用剝。原來此處喚作盤絲嶺，那村莊喚作盤絲洞。洞中有七個女怪，把我師父拿在洞裏，都向濯垢泉去洗浴。那泉卻是天生成的一池熱水，他都算計洗了澡，要把師父蒸吃。是我跟到那裏，見他脫了衣服下來。我要打他，恐怕污了棍子，又怕低了名頭，只變作個老鷹，雕了他的衣服。他都不敢出頭，蹲在水中哩。我等快去救出師父走路罷！」八戒笑道：「師兄，你凡幹事，只要留根。既見妖精，如何不打殺他？依我，先打殺了妖精，再去救師父，此乃斬草除根之計。」行者道：「我是不打他。你要打，你去打。」

八戒抖擻精神，歡天喜地，舉著鈀，拽開步，徑直跑到那裏。忽的推開門看時，只見那七個女子，蹲在水裏，口中亂罵那鷹哩，道：「這個匾毛畜生，貓嚼頭的亡人，把我們衣服都雕去了，教我們怎的動身！」八戒忍不住笑道：「女菩薩，在這裏洗澡哩！也攜帶我和尚洗洗何如？」那怪見了，作怒道：「你這和尚，十分無禮！我們是在家的女流，你是個出家的男子。古書云：『七年男女不同席。』你好和我們同塘洗浴？」八戒道：「天氣炎熱，沒奈何，將就容我洗洗兒罷，那裏調甚麼書擔兒，同席不同席？」獃子不容説，丢下釘鈀，脱了皂錦直裰，撲的跳下水來。那怪心中煩惱，一齊上前要打。不知八戒水勢極熟，到水裏搖身一變，變作一個鯰魚精。那怪就都摸魚，趕上拿他不著，東邊摸，忽的又漬了西去，西邊摸，忽的又漬往東去，滑扢虀的，只在那腿襠裏亂鑽。那怪盤了一會，都盤倒了，喘噓噓的精神倦怠。

八戒卻纔跳將上來，現了本相，穿了直裰，執著釘鈀，喝道：「我是那個，你把我當鯰魚精哩！」那怪見了，心驚膽戰，對八戒道：「你是何人，端的從何到此？是必留名。」八戒道：「你這夥潑怪不認得我，我是東土大唐取經長老之徒弟，豬八戒是也。你把我師父拿在洞裏，算計要蒸他受用。我的師父又好蒸吃？快早伸過頭來，各築一鈀，教你斷根！」那些妖怪聞言，魂飛魄散，就在水中跪拜道：「望老爺方便方便。我等有眼無珠，誤捉了你師父，雖然吊在那裏，並不曾敢傷犯。望慈悲饒了我的性命，情願貼些盤費，送你師父西天去也。」八戒搖手道：「莫説這話。俗語説得好：『曾著賣糖君子哄，到今不信口甜人。』是便築一鈀，各人走路！」

獃子一味粗夯，那有憐香惜玉之心，舉著鈀，不分好歹，趕上前亂築。那怪慌了手腳，性命要緊，那裏顧甚麼羞恥，隨用手掩著臍下，跳出水來，都跑到亭子裏站立，作出法來，臍孔中骨都都冒出絲繩，瞞天搭了個大絲篷，把八戒罩在當中。那獃子忽擡頭不見天日，即抽身往外便走，那裏舉得腳步。原來放了絆腳索，滿地都是絲繩，動動腳跌個躘踵，左邊去一個面磕地，右邊去一個倒栽蔥，急轉身又跌了個嘴搵地，忙爬起又是個豎蜻蜓。也不知跌了多少跟頭，把個獃子跌得身麻腳軟，頭暈眼花，爬也爬不動，只睡在地下呻吟。那怪物將他困住，倒不傷他，一個個跳出門來，將絲篷遮住天光，各回本洞。

到了石橋上站下，念動真言，霎時間把絲篷收了，赤條條的跑入洞裏，從唐僧面前笑嘻嘻的跑過去。走入石房，取幾件舊衣穿了，徑至後門口立定，叫：「孩兒們何在？」原來那妖精一個有一個兒子，卻不是他養的，都是他結拜的乾兒子。有名喚作蜜、螞、蠦、班、蜢、蠟、蜻；乃是蜜蜂、螞蜂、蠦蜂、班毛、牛蜢、抹蠟、蜻蜓七樣。原來那妖精幔天結網，擄住這七般蟲蛭，卻要吃他。當時這些蟲哀告饒命，願拜為母，遂此採花尋果，供養妖精。忽聞一聲呼喚，都到面前，問母親有何使令。眾怪道：「兒呵，早間我們錯惹了唐朝來的和尚，纔然被他徒弟攔住池裏，出了多少醜，幾乎喪了性命！汝等努力，快出門退他一退。如得勝後，可到你舅舅家來會我。」那些怪即往他師兄處去了。這些蟲蛭，一個個摩拳擦掌，出來迎敵。

卻說八戒跌得昏頭昏腦，猛擡頭見絲篷繩索俱無，他纔爬將起來，找回原路，見了行者道：「哥哥，我的頭可腫，臉可青麼？」行者道：「你怎的來？」八戒道：「我被那廝將絲繩罩住，放了絆腳索，不知跌了多少跟頭。卻纔絲篷索子俱空，方得了性命回來也。」沙僧道：「罷了，罷了，你闖下禍來也！那怪一定往洞裏去傷害師父，我等快去救他。」

行者急拽步便走，八戒牽著馬來到莊前。但見那石橋上有七個小妖兒擋住道：「慢來，慢來，我等在此！」行者見了道：「好笑！乾淨都是些小人兒，長不滿三尺，重不滿十斤。」喝道：「你是誰？」那怪道：「我是七仙姑的兒子。你把我母親欺辱了，還敢無知，打上我門。不要走，仔細！」他一個個手舞足蹈，亂打將來。八戒見了生嗔，就發狠舉鈀來築。

那些怪見獃子兇猛，一個個現了本相，飛將起去，叫聲「變」，須臾間一變十，十變百，都變成無窮之數。只見：

滿天飛抹蠟，遍地舞蜻蜓。蜜螞追頭額，蠦蜂扎眼睛。
班毛前後咬，牛蝱上下釘。撲面漫漫黑，神仙也吃驚。

八戒慌了道：「哥呵，只說經好取，西方路上蟲兒也欺負人哩！」行者道：「沒事，沒事，我自有手段！」即拔一把毫毛，嚼碎噴出，即變作些黃、麻、鵵、白、雕、魚、鷂。八戒道：「師兄還打甚麼市語哩！」行者道：「你不知之。那妖怪是七樣蟲，我的毫毛是七樣鷹。」鷹最能嗛蟲，一嘴一個，爪打翅敲，須臾打得罄盡，滿空無跡，地積尺餘。

三兄弟方纔過橋入洞，只見師父吊在那裏哭哩！八戒近前道：「師父，你要來這裏吊了耍子，不知作成我跌了多少跟頭。」行者即將師父解下，問道：「妖精那裏去了？」唐僧道：「那七個都赤條條的往後邊叫兒子去了。」三人各持兵器，往後園尋遍不見。復來前面，請唐僧上馬道：「師父，下次化齋，還讓我們去。」唐僧道：「徒弟呵，以後就是餓死，也再不自專了。」八戒又尋了些朽樹、枯藤，把那房屋一把火燒個乾淨，師徒卻纔放心前來。畢竟這去，不知吉凶如何，且聽下回分解。

第七十三回　情因舊恨生災毒　心主遭魔幸破光

話說唐僧三眾，奔上大路，一直西來。不半晌，忽見一處樓閣重重，宮殿巍巍。唐僧勒馬道：「徒弟，你看那是個甚麼去處？」行者舉頭觀看道：「師父，那所在卻像一個菴觀寺院。到那裏方知端的。」師徒們來至門前觀看，門上嵌著一塊石板，上有「黃花觀」三字。八戒道：「黃花觀乃道士之家，我們進去會他一會也好。他與我們衣冠雖別，修行一般。」沙僧道：「說得是。一則進去看看景致，二來看方便，安排些齋飯與師父吃。」

長老依言，四眾共入，但見二門上有一對春聯：「黃芽白雪神仙府，瑤草琪花羽士家。」進了二門，只見那正殿謹閉，東廊下坐著一個道士，在那裏丸藥。三藏見了，高叫道：「老神仙，貧僧問訊了。」那道士猛擡頭，一見心驚，丟了手中之藥，整衣下階迎接道：「老師父，請裏面坐。」長老歡喜上殿，推開門，見有三清聖像，即拈香禮拜，方與道士行禮坐下。急喚童子看茶。當有兩個小童，即入裏邊，忙忙備辦，早驚動那幾個冤家。

原來那盤絲洞七個女妖與這道士同堂學藝，自從喚出兒子，徑來此處，正在後面裁剪衣服。忽見那童子看茶，便問道：「童兒，有甚客來了，這般忙冗？」童子道：「適間有四個和尚來，師父教來看茶。」女怪道：「可有個白胖和尚？」道：「有。」

又問：「可有個長嘴大耳朵的？」道：「有。」女怪道：「你快去遞了茶，請你師父進來，我有要緊的話說。」

果然那童子將茶拿出，奉客飲罷，小童丟下眼色。那道士就欠身道：「列位請坐。我去去就來。」他走進方丈中，只見七個女子齊齊跪倒，叫師兄：「聽小妹子一言！」道士攙起道：「你們早間來時，要與我說甚麼話，可可的今日丸藥，這枝藥忌見陰人，所以不曾答你。如今又有客在外面，有話且慢慢說罷！」眾怪道：「告稟師兄，這樁事專為客來，方敢告訴。前邊那四個和尚乃唐朝差往西天取經去的，今早到我洞裏化齋。妹子們聞得唐僧乃十世修行的真體，有人吃得他一塊肉，延壽長生，故此拿了他。後被那個長嘴大耳朵的和尚把我們攔在濯垢泉裏，先搶了衣服，後來跳下水，欲行姦騙之事。見我們不肯相從，他就使一柄釘鈀，要傷我們性命。若不是我們有些見識，幾乎遭他毒手。故此忍辱逃生，又著你外甥與他敵鬥，不知存亡如何？我們特來投兄長，望兄長念昔日同窗之雅，與我今日做個報仇之人！」

那道士聞言，卻就惱恨變色道：「這和尚原來這等無禮！你們都放心，等我擺佈他。」眾女道：「師兄如若動手，等我們都來幫打。」道士道：「不用打，不用打，常言道：『一打三分低。』你們都跟我來。」眾女隨他入房內，取梯子爬上屋樑，拿下一個小皮箱兒，開了鎖，取出一包兒藥來，對七個女子道：「妹妹，我這寶貝，若與凡人吃，只消一釐入腹就死；若與神仙吃，也只消三釐就絕。這些和尚只怕也有些道行，須得三釐。快取等子來。」內一女子急拿了一把等子，稱出一分二釐，分作四分。卻拿了十二個紅棗兒，將棗掐破些兒，摁上一釐，分在四隻茶鍾內；又將兩個黑棗兒做一鍾，著一個托盤安了，對眾女說：「等我去問他，不是唐朝的便罷。若是唐朝來的，就教換茶，你卻將此茶令童兒拿出。但吃了個個身亡，就與你報了此仇也。」七女感激不盡。

那道士換了一件衣服，虛禮謙恭，走將出去，請唐僧等又至客位坐下，道：「老師父莫怪。適間去後面吩咐小徒，教他們安排齋供，所以失陪。」三藏道：「貧僧素手進拜，怎麼敢勞賜齋？」道士笑云：「你我都是出家人，見山門就有三升俸糧，何言素手？敢問老師父是何寶山，到此何幹？」三藏道：「貧僧乃東土大唐駕下差往西天大雷音寺取經者。卻纔路過仙宮，竭誠進拜。」道士聞言，滿面生春道：「老師乃忠誠大德之佛，小道失候，恕罪，恕罪。」叫童兒快換茶來，一廂作速辦齋。那小童走進去，眾女叫他將五鍾茶拿出。道士雙手拿一個紅棗兒茶鍾奉於唐僧。他見八戒身軀大，就認作大徒弟；沙僧認作二徒弟；見行者身量小，認作三徒弟，所以第四鍾纔奉他。

行者眼乖，早已見盤子裏那茶鍾是兩個黑棗兒，他道：「先生，我與你穿換一杯。」道士笑道：「不瞞長老說，山野中貧道士茶果一時不備，纔在後面親自尋果子，止有這十二個紅棗，做四鍾茶奉敬。小道又不可空陪，所以將兩個下色棗兒作一杯奉陪。此乃貧道恭敬之意也。」行者笑道：「說那裏話？古人云：『在家不是貧，路貧貧殺人。』你是住家兒的，何以言貧？我和你換換。」三藏道：「悟空，這仙長實乃愛客之意，你吃了罷，換怎的？」行者將左手接了，右手蓋住，看他們。那八戒又飢又渴，見鍾子裏有三個紅棗兒，拿起來嘓的都嚥在肚裏。三藏、沙僧也都吃了。一霎時，只見八戒臉上變色，沙僧滿眼流淚，唐僧口中吐沫，一齊都暈倒在地。

這大聖情知是毒，將茶鍾舉起來，望道士劈面一摜。道士將袍袖隔起，噹的一聲，把個鍾子跌得粉碎。道士怒道：「你這和尚，十分粗鹵，怎麼把我鍾子碎了？」行者罵道：「你這畜生，你看我那三個人是怎麼說！我與你有甚相干，你卻將毒藥茶藥倒我師父？」道士道：「你這個村畜生撞下禍來，你豈不知？」行者道：「我們纔進你門，又不曾有個高言，那裏撞下甚禍？」道士道：「你可曾在盤絲洞化齋麼？你可曾在濯垢泉洗澡麼？」行者道：「濯垢泉乃七個女怪。你既說出這話，必定與他苟合，也是妖精。不要走，吃我一棒！」即去耳朵裏摸出金箍棒，幌一幌，望道士劈臉打來。那道士急轉身，取一口寶劍來迎。他兩個廝罵廝打，那裏邊七個女怪一擁出來，叫道：「師兄且莫勞心，待小妹子拿他。」行者見了，越生嗔怒，雙手輪棒，滾將進去亂打。只見那七個敞開懷，腆著雪白肚子，臍孔中作出法來：骨都都絲繩亂冒，搭起一個天篷，把行者蓋在底下。行者見事不諧，即打個觔斗，撲的撞破天篷走了。忍著性，氣呼呼的立在空中看處，見那怪絲繩幌亮，穿穿道道，卻是穿梭的經緯，頃刻間把黃花觀的樓臺殿閣都遮得無影無形。行者道：「利害，利害，早是不曾著他手！怪道豬八戒跌了若干，似這般怎生是好？我師父與師弟卻又中了毒藥，這夥怪合意同心，卻不知是個甚來歷，待我還去問那土地。」

即捻訣念咒，把個土地又拘來問道：「那七個女怪吐放絲繩。你在此間為神，定知他的來歷，是個甚麼妖精？」土地道：「那妖精到此不上十年。小神三年前方見他的本相，乃是七個蜘蛛精。他吐那些絲繩，乃是蛛絲。」行者聞言，歡喜道：「據你這般說，卻是小可。你去罷！」那土地叩頭而去。

行者卻到黃花觀外，將尾上毛拔下七十根，即變作七十個小行者。又將金箍棒變作七十個雙角叉兒棒，每一個行者與他一根。他自家使一根，站在外邊，將叉兒攪那絲繩。一齊著力，打個號子，把那絲繩各攬了有十餘斤。裏面拖出七個蜘蛛，足有巴斗大的身軀。一個個攢著手腳，索著頭，只叫：「饒命，饒命！」此時七十個小行者按住七個蜘蛛，那裏肯放。行者道：「且不要打他，只教還我師父、師弟來。」那七怪高叫：「師兄，還他唐僧，救我命也！」那道士從裏邊跑出道：「妹妹，我要吃唐僧哩，救不得你了。」行者聞言大怒道：「你既不還我師父，且看你妹妹的樣子！」即把叉兒棒幌一幌，復了一根鐵棒，雙手舉起，把七個蜘蛛精盡情打爛，膿血淋淋。卻又將身一搖，收了毫毛，單身輪棒，趕入裏邊來打道士。

那道士即舉劍來迎。這一場各懷忿怒，大展神通。戰經五六十合，那道士漸覺手軟，便解開衣帶，忽辣的響一聲，脫了皂袍，把雙手一齊擡起。原來他那兩脅下有一千隻眼，眼中迸放金光，十分利害。行者慌了手腳，只在那金光影裏亂轉，向前不能舉走，退後不能動腳，卻便似在個桶裏轉的一般，又無奈暴躁不過。他急了，往上著實一跳，卻撞破金光，撲的跌了一個倒栽蔥。覺道撞的頭疼，急伸手摸摸，把頂梁皮都撞軟了。自家心焦道：「晦氣，晦氣，這顆頭今日也不濟了！常時刀砍斧剁莫能傷損，卻怎麼被這金光撞軟了？」一會家暴躁難禁。自思：「前去不得，後退不得，往上又撞不得，卻怎麼好？往下走他娘罷！」即念個咒語，搖身一變，變作個穿山甲。你看他硬著頭，往地下一鑽，就鑽了有二十餘里，方纔出頭。原來那金光只罩得十餘里。出來現了本相，力軟筋麻，渾身痛疼，想起師父，止不住眼中流淚。

正當悲切之時，忽聽得山背後有人啼哭。即欠身回頭觀看，但見一個婦人，身穿重孝，左手托一盞漿飯，右手執幾張紙錢，一步一聲哭著走來。行者點頭嗟歎道：「正是流淚眼逢流淚眼，斷腸人遇斷腸人。這個婦人不知所哭何事，待我問他一問。」

那婦人不一時走上前來，行者躬身問道：「女菩薩，你哭的是甚人？」婦人噙淚道：「我丈夫因與黃花觀觀主買竹竿爭講，被他將毒藥茶藥死，我將這陌紙錢燒化，以此表夫婦之情。」行者聽言，眼中流淚。那婦人見了作怒道：「你甚無知！我為丈夫煩惱生悲，你怎麼淚眼愁眉，欺心戲我？」行者道：「女菩薩息怒。我本是東土大唐欽差三藏大徒弟孫悟空。因行過黃花觀歇馬，那觀中道士不知是個甚麼妖精，將毒藥茶藥倒我師父、師弟三人，連馬四口，陷在他觀裏。惟我不曾吃他茶，與他鬥了半日。他脱了衣裳，兩脅下放出萬道金光，把我罩定。我纔變化了從地下鑽出來。正自悲切，忽聽得你哭，故此相問。因見你為丈夫有此紙錢報答，我師父喪身更無一物相酬，所以自怨自悲，豈敢相戲！」那婦人對行者陪禮道：「莫怪，莫怪，我不知你是被難者。纔據你説將起來，你不認得那道士。他本名百眼魔君，又喚作多目怪。你既然會變化，脱得金光，必定也有神通，卻還近不得那廝。我教你去請一位聖賢，他能破得金光，降得道士。」行者聞言，連忙唱喏道：「女菩薩，千萬指教。」婦人道：「我説出來，你就去請他，降了道士，只可報仇而已，恐不能救你師父。」行者道：「怎不能救？」婦人道：「那廝毒藥最狠，藥倒人，三日之間，骨髓俱爛。你此往回恐遲了，故不能救。」行者道：「我會走路，憑他多遠，只消半日。」女子道：「你既會走路，聽我説。此處到那裏有千里之遙，那廂有一座山名喚紫雲山，山中有個千花洞，洞中有位聖賢，喚作毗藍婆，他能降得此怪。」行者道：「那山坐落何方？」婦人用手指道：「那直南上便是。」行者回頭看時，那婦人早不見了。急擡頭望空看處，原是黎山老姆。趕至空中道：「老姆從何來指教我也？」老姆道：「我纔自龍華會上回來，見你師父有難，特來相救。你快去請他，但不可説出是我指教，那聖賢有些多怪人。」

行者謝了老姆，把觔斗雲一縱，隨到紫雲山上，按定雲頭，就見那千花洞。大聖直入裏面，更沒個人，靜悄悄的，雞犬之聲也無。心中暗道：「這聖賢想是不在家了。」又進數里看時，見一個女道姑坐在榻上。行者近前叫道：「毗藍婆菩薩，問訊了。」那菩薩即下榻回禮道：「大聖，失迎了。你從那裏來的？」行者道：「你怎麼就認得我？」毗藍婆道：「你當年大鬧天宮時，普地裏傳了你的名頭，誰人不識？」行者道：「我如今皈正佛門，你卻不曉得了！」毗藍道：「幾時皈正？恭喜，恭喜！」行者道：「我近日保師父唐僧上西天取經，師父遇黃花觀道士，將毒藥茶藥倒。我與那廝賭鬥，他就放金光罩住我，是我使神通走脱了。聞菩薩能滅他的金光，特來拜請。」菩薩道：「是誰與你説的？我自赴盂蘭會到今三百餘年，不曾出門。我隱姓埋名，更無一人得知，你卻怎麼知道？」行者道：「我是個地裏鬼，不管那裏，都會訪著。」毗藍道：「也罷，也罷！我本當不去，乃蒙大聖下臨，不可滅了求經之善，我和你去來。」即與行者駕雲同往。

行者稱謝了道：「多感盛情，但不知帶甚麼兵器？」菩薩道：「我有個繡花針兒，能破那廝。」行者道：「早知是繡花針，就問老孫要一擔也有。」毗藍道：「你那繡花針，無非是鋼鐵金針，用不得。我這寶貝，非鋼，非鐵，非金，乃我小兒日眼裏煉成的。」行者道：「令郎是誰？」毗藍道：「小兒乃昴日星官。」行者驚駭不已。正行處，早望見金光豔豔，行者指道：「金光處便是黃花觀也。」毗藍隨於衣領裏取出一個繡花針，似眉毛粗細，有五六分長短，拈在手，望空抛去。少時間，響一聲破了金光。行者喜道：「菩薩，妙哉，妙哉！尋針，尋針！」毗藍托在手掌內道：「這不是？」行者卻同按下雲頭，走入觀裏，只見那道士合了眼，不能舉步。行者罵道：「你這潑怪粧瞎子哩！」急摸出棒來就打。毗藍扯住道：「大聖莫打。且看你師父去。」

行者徑至客位裏看時，他三人都睡在地上吐痰沫哩！行者垂淚道：「卻怎麼好？」毗藍道：「大聖休悲。也是我今日出門一場，必須做個人情，我這裏有解毒丹送你三丸。」即向袖中取出一個破紙包兒，內將三粒紅丸子遞與行者，教放入口裏。行者扳開他們牙關，每人摁藥一丸。須臾藥味入腹，便就一齊嘔噦，遂吐出毒味，得了性命。那八戒先爬起道：「悶殺我也！」三藏、沙僧俱醒了道：「好暈也！」行者道：「你們那茶裏中了毒了，虧這毗藍菩薩搭救，快都來拜謝。」三藏急整衣謝了。

八戒道：「師兄，那道士在那裏？等我問他一問，為何這般害我。」行者把蜘蛛精上項事說了一遍。八戒發狠道：「這廝既與蜘蛛為兄妹，定是妖精！」行者指道：「他在殿外立定粧瞎子哩！」八戒拿鈀就築，又被毗藍止住道：「天蓬息怒。大聖知我洞裏無人，待我收他去看守門戶也。」行者道：「感蒙大德，敢不奉承！但只是教他現本相我們看看。」毗藍道：「容易。」即上前用手一指，那道士撲的倒在塵埃，現了原身，乃是一條七尺長的大蜈蚣。毗藍使小指頭挑起，駕祥雲，徑轉千花洞去。八戒打仰道：「這媽媽兒卻也利害，怎麼就會降這般惡物？」行者笑道：「我問他來，他兒子是昴日星官。我想昴日星是隻公雞，這老媽媽必定是個母雞。雞最能降蜈蚣，所以能收伏也。」

三藏聞言，頂禮不盡。教徒弟們安排素齋，飽餐一頓，收拾出門。行者到他廚中放了一把火，把一座觀霎時燒得煨燼，卻放步長行。畢竟不知前去還有何事，且聽下回分解。

第七十四回　長庚傳報魔頭狠　行者施為變化能

情欲原因總一般，有情有欲豈安然。沙門修煉紛紛士，斷欲忘情始是禪。須著意，要心堅，一塵不染月當天。行功進步休教錯，行滿功完大覺仙。

話表三藏師徒們打開欲網，跳出情牢，放馬西行。走彀多時，又是夏盡秋初，新涼透體。三藏正然行處，忽見一座高山，峰插碧空，真個是摩雲礙日。長老策馬而進，徑上高巖。行不數里，見一老者，白髮銀鬚，手持拐杖，遠遠的立在那山坡上高呼：「西進的長老，且暫停。這山上有一夥妖魔，吃盡了閻浮世上人，不可前進。」三藏聞言大驚，撲的跌下馬來，掙挫不動。行者近前攙起道：「莫怕，莫怕，有我哩！」長老道：「你聽那老者報道，這山上有夥妖魔，誰去問他一個端的？」行者道：「你且坐地，等我去問。」三藏道：「你的相貌醜陋，言語粗俗，怕衝撞了他，問不出個實信。」行者笑道：「我變個俊些兒的去問罷！」

即搖身一變，變作個乾乾淨淨的小和尚兒，走上前，對那老者躬身道：「老公公，貧僧問訊了。」那老兒見他年少身輕，還了禮，用手摸著他頭兒，笑嘻嘻問道：「小和尚，你是那裏來的？」行者道：「我們是東土大唐來的，特上西天拜佛求經。適聞得公公報道有妖怪，我師父膽小怕懼，著我來問一聲，端的是甚妖精，他敢這般短路！煩公公細說與我知之，我好把他貶解起身。」那老兒笑道：「你這小和尚年幼，不知好歹。那妖魔神通廣大得緊哩，怎敢就說貶解他起身！」行者道：「怎樣神通？」公公道：「那妖精一封書到靈山，五百阿羅都來迎接；一紙簡上天公，十一大曜個個相欽。四海龍曾與他為友，八洞仙曾與他作會。十地閻君以兄弟相稱，社令、城隍以賓朋相愛。」大聖聞言，忍不住呵呵大笑道：「不要說，不要說，那妖精與我後生小廝為兄弟、朋友，也不見十分高作。若知是我小和尚來呵，他連夜就搬起身去了。」老者道：「阿彌陀佛！這和尚說了這過頭話，莫想再長得大了。」行者道：「老官兒，像我這般大，也彀了。」老者道：「你今年幾歲了？」行者說：「你猜猜看。」老者道：「有七八歲罷了。」行者笑道：「有一萬個七八歲兒。適間蒙你好意，報有妖魔。果然有多少妖怪，煩你說個明白，我好趁早發遣。」那老兒見他言語風狂，一句不應。

行者即抽身回坡。長老道：「悟空，所問如何？」行者笑道：「不打緊。有便有個把妖精兒，只是這裏人膽小，把他放在心上。沒事，沒事，有我哩！」長老道：「你可曾問他此處是甚麼山，甚麼洞，有多少妖怪，那條路通得雷音？」八戒道：「師父，他不知怎麼有頭沒尾的問了兩聲，就跑回來了。等老豬去問個實信來。」三藏道：「正是，正是。」

那獃子整一整皂直裰，奔上山坡，對老者叫道：「公公，唱喏了。」那老兒問他是那裏來的，八戒道：「我是唐僧第二個徒弟，叫作豬悟能。纔來的是我師兄，師父怪他衝撞了公公，不曾問得實信，所以特著我來拜問。此處果是甚山、甚洞，洞裏是甚妖精，那裏是西去大路，煩公公指示指示。」老者道：「可老實麼？」八戒道：「我生平毫無虛詐。」老者纔拄著杖，對他說：「此山叫作八百里獅駝嶺，中間有個獅駝洞，洞裏有三個魔頭。」八戒啐了一聲：「你這老兒卻也多心，三個妖魔，也費心勞力的來報遭信！」老者道：「你不怕麼？」八戒道：「不瞞你說，這三個妖魔，我兄弟三人，一人打死一個，我師父就過去了，有何難哉？」那老者笑道：「這和尚不知深淺。那三個魔頭，神通廣大得緊哩！他手下小妖，南嶺、北嶺、東路、西路和巡哨的、把門的、燒火的、打柴的，共計有四萬七八千，這都是有名字帶牌兒的，其餘的還不算，專在此處吃人。」

那獃子聞言，戰兢兢跑將轉來，向唐僧道：「如今也不消說，趕早兒各人顧命去罷！」行者道：「這個獃根，是怎麼說？」八戒道：「這老兒說：此處叫作獅駝山獅駝洞，洞裏有三個老妖，有四萬八千小妖，專在這裏吃人。我們若蹡著他些山邊兒，就是他口裏食了，莫想去得。」三藏聞言，毛骨悚然，道：「悟空，如何是好？」行者笑道：「師父放心，只管請行，我自有主意。」三藏沒奈何，只得寬心上馬而走。

正行間，不見了那老者。沙僧道：「他就是妖怪，故意狐假虎威的來恐唬我們哩！」行者道：「等我去看看。」大聖跳上高峰，四顧無跡，只見半空中有彩霞幌亮，即縱雲趕上看時，乃是太白金星。行者扯住他，聲聲只叫他的小名道：「李長庚，李長庚，你有話何不當面來講？怎麼粧作這個模樣混我！」金星忙施禮道：「大聖勿罪！這魔頭果是神通廣大，只看你那變化機謀，方可過去。如若怠慢些兒，其實難行。」

行者別了金星落下，見了三藏道：「適纔那個老兒，乃是太白星，來與我們報信的。」長老合掌道：「徒弟，快趕上他，問他那裏另有個路，我們轉了去罷！」行者道：「轉不得。此山徑過有八百里，四周圍不知更有多少路哩！怎麼轉得？」三藏聞言，眼中流淚道：「徒弟，似此艱難，怎生拜佛！」行者道：「莫哭，莫哭，他這報信必有幾分虛話，只是要我們著意留心。你且下馬來坐著，八戒、沙僧在這裏保守師父，等老孫先上嶺打聽打聽看。」

他即唿哨一聲，縱觔斗雲到空中觀看，那山裏靜悄無人。正自家揣度，只聽得山背後叮叮噹噹，辟辟剝剝，梆鈴之聲。急回頭看處，原來是個小妖兒，掮著一桿「令」字旗，腰間懸鈴，手裏敲梆，從北向南而走。仔細看他，有一丈二尺長的身子。行者暗道：「他想是個鋪兵送公文的，且等我去聽他一聽。」即捻訣念咒，變作個蒼蠅兒，輕輕飛在他帽子上。只見那小妖走上大路，敲著梆，搖著鈴，口裏作念道：「我等巡山的，各人要謹慎。提防孫行者，他會變蒼蠅。」行者聞言，暗自驚疑道：「這廝看見我了，怎麼就知我的名字，又知我會變蒼蠅！」原來那小妖也不曾見他，只是那魔頭不知怎麼就吩咐他這話，卻是四句謠言，著他這等亂念。行者不知，就要取出棒來打他，卻又停住想道：「曾記得八戒問金星，說老妖三個，小妖有四萬八千。似這小妖，再多幾萬，也不打緊，卻不知這三個老妖有多大手段。等我問他一問，動手不遲。」

你道他怎麼去問？跳下他的帽子來，釘在樹上，讓那小妖兒行幾步，急轉身騰那，也變作個小妖兒，照著他敲梆搖鈴，掮著旗，一般衣服，口裏也那般念著，趕上前叫道：「走路的，等我一等。」那小妖回頭道：「你是那裏來的？」行者笑道：「好人呀，一家人也不認得！」小妖道：「我家沒你呀！」行者道：「怎的沒我？你認認看。」小妖道：「面生，面生，認不得。」行者道：「可知道面生。我是燒火的，你會得我少。」小妖搖頭道：「我洞裏就是燒火的那些兄弟，也沒有你這個人。況我大王家法甚嚴，燒火的只管燒火，巡山的只管巡山，終不然教你燒火，又教你來巡山？」

行者道：「你不知道。大王見我燒得火好，就昇我來巡山。」

小妖道：「也罷。我們這巡山的，一班有四十名，十班共四百名，各自年貌，各自名色，大王一家與我們一個牌兒為號。你可有牌兒？」行者更不說沒有，就滿口應承道：「我怎麼沒牌？但只是剛纔領的新牌。拿你的出來我看。」那小妖那裏知這個機關，即揭起衣服，貼身帶著個金漆牌兒，穿條絨綫繩兒，扯與行者看看。行者見那牌背是個「威鎮諸魔」的金字，正面有三個真字，是「小鑽風」。他暗想道：「不消說了，但是巡山的，必有個『風』字墜腳。」便道：「你且走過，等我拿牌兒你看。」即轉身插下手，將尾梢毫毛拔下一根，即變作個金漆牌兒，也穿上個綠絨繩兒，上書三個真字，乃「總鑽風」，拿出來遞與他看了。小妖大驚道：「我們都叫作小鑽風，偏你又叫個甚麼總鑽風？」行者道：「你不知。大王見我燒得火好，把我昇個鑽風，又與我個新牌，叫作總巡風，教我管你這一班四十名兄弟也。」那妖聞言，即忙唱喏道：「長官，長官，新點出來的，實是面生，言語衝撞莫怪！」行者還著禮笑道：「怪便不怪你。只是一件，見面錢卻要哩，每人拿出五兩來罷！」小妖道：「長官不要忙，待我向南嶺頭會了我這一班兄弟，一總打發罷！」行者道：「既如此，我和你同去。」那小妖真個前走，大聖隨後相跟。

不數里到了。行者跳在高崖上坐下。叫道：「鑽風，都過來！」那一班小鑽風在下面躬身道：「長官，伺候。」行者道：「你可知大王點我出來之故？」眾妖道：「不知。」行者道：「大王要吃唐僧，只怕孫行者神通廣大，說他會變化，只恐他變作小鑽風，來這裏踹著路徑，打探消息。把我昇作總鑽風，來查勘你們這一班可有假的。」眾鑽風齊應道：「長官，我們俱是真的。」行者道：「你既是真的，大王有甚本事，你們可曉得？」內中一個應道：「我曉得。」行者道：「你曉得，快說來我聽。如若說得合著我，便是真的。若說差了一些兒，便是假的，我定拿去見大王處治。」那小鑽風見他坐在高處，呼呼喝喝的，只得實說道：「我大王神通廣大，本事高強，一口曾吞了十萬天兵。」行者聞說，喝出一聲道：「你是假的！」小鑽風慌了道：「長官老爺，我是真的，怎麼是假？」行者道：「你既是真的，如何亂說！大王身子能有多大，一口就吞了十萬天兵？」小鑽風道：「長官原來不知。我大王會變化，要大能撐天堂，要小就如菜子。因那年王母娘娘設蟠桃大會，邀請諸仙，他不曾具柬來請，我大王意欲爭天，被玉皇差十萬天兵來剿。是我大王變化法身，張開大口，似城門一般，用力吞將去，唬得眾天兵不敢交鋒，關了南天門：故此是一口曾吞十萬兵。」行者聞言，暗笑道：「若是講口頭之話，老孫也曾幹過。」又問：「二大王有何本事？」又一個道：「二大王身高三丈，臥蠶眉，丹鳳眼，美人聲，匾擔牙，鼻似蛟龍。若與人爭鬥，只消一鼻子捲去，就是鐵背銅身，也就魂亡魄喪。」行者暗想：「鼻子捲人的妖精也好拿。」又道：「三大王也有多少手段？」又一個道：「我三大王不是凡間之物，名號雲程萬里鵬，行動時搏風運海，振北圖南。隨身有一件寶貝，喚作陰陽二氣瓶，若是把人裝在瓶中，一時三刻化為血水。」行者聽說，暗驚道：「妖魔倒也不怕，只是仔細防他瓶兒。」又應聲道：「三個大王的本事，你們倒也說得不差，與我知道的一般，但只是那個大王要吃唐僧哩？」一個鑽風道：「長官，你不知道。」行者喝道：「我比你不知些兒？因恐汝等言語不對，吩咐我來著實盤問你哩！」小鑽風道：「我大大王與二大王久住在獅駝嶺獅駝洞。三大王不在這裏住，他原住處離此西下有四百里，那廂有座城，喚作獅駝國，他五百年前吃了這城國王及文武官僚，滿城大小男女也都被他吃盡，因此奪了他的江山，如今盡是些妖怪。不知那一年打聽得東土唐朝差一個唐僧去西天取經，說那唐僧乃十世修行的好人，有人吃他一塊肉，就延壽長生不老。只因怕他一個徒弟孫行者十分利害，自家一個難為，徑來此處與我這兩個大王結為兄弟，合意同心，打夥兒捉那個唐僧也。」

行者聽小鑽風說完了，道：「你們說的果然不差。我今日且不問你們要見面錢，你原著先來的這個，跟我見大王回話去。」那先來巡山的小鑽風當真跟著行者就走。走不上半里路，被行者掣出鐵棒，照頭一砑，就砑作一個肉餅。即把他牌兒解下，帶在腰裏，將「令」字旗掮在背上，腰間掛了鈴，手裏敲著梆，迎風一變，變的就像小鑽風模樣，拽回步徑尋洞府，打探那三個老妖的虛實。

正走處，忽聽得人喊馬嘶之聲，舉目觀之，原來正是獅駝洞口，有數萬小妖排列著槍刀旗幟。行者揣度道：「老孫這一進去，那老魔若問我巡山的話，我必隨機答應。倘或一時言語差訛，認得我呵，就要往外跑時，那夥把門的擋住，如何出得去？要拿洞裏妖王，必先除了門前眾怪。」你道他怎麼除得眾怪，他想道：「那老魔不曾與我會面，就知我老孫的名頭，我且說些大話，嚇他一嚇看。」他即敲著梆，搖著鈴，徑直闖到洞口。早被前營上小妖迎住道：「小鑽風來了！」行者不應，低著頭就走。

走至三層營裏，又被小妖扯住道：「小鑽風來了？」行者道：「來了。」眾妖道：「你今早巡風去，可曾撞著甚麼孫行者麼？」行者道：「撞見的，正在那裏磨扛子哩！」眾妖道：「他怎麼個模樣，磨甚麼扛子？」行者道：「他蹲在那澗邊，還是個開路神，若站起來好道有十數丈長。手裏拿著一條鐵棒，就似碗來粗細的一根大扛子，在那石崖上抄一把水，磨一磨，口裏又念著：『扛子呵，這一向不曾拿你出來顯神通，這一去就有十萬妖精，也都替我打死，等我殺了那三個魔頭祭你。』他要磨得明瞭，先打死你門前一萬精哩！」那些小妖聞言，一個個心驚膽戰，魄散魂飛。行者又道：「列位，那唐僧的肉也不多，幾斤，也分不到我們，我們替他頂這個缸怎的？不如各自散一散罷！」眾妖都道：「說得是，我們各自顧命去罷！」假若是些軍民人等，服了聖化，就死也不敢走。原來此輩都是些狼蟲虎豹，走獸飛禽，呼的一聲，都鬨然而去了，這個卻就如楚歌聲吹散了八千兵。行者暗喜道：「好了，好了，這番纔放心進洞去。」畢竟不知見了魔頭有甚說話，且聽下回分解。

卻說大聖進了獅駝洞口，又走有七八里，纔到三層門裏。舉眼看處，那上面高坐著三個老妖，十分獰惡。兩下列著有百十大小頭目，一個個披掛整齊，威風凜凜，殺氣騰騰。行者見了，一些兒不怕，大踏步徑直進門，把梆鈴卸下，朝上叫聲「大王」。三個老魔笑呵呵問道：「小鑽風，你來了？」行者應聲道：「來了。」老魔道：「你去巡山，打聽孫行者的下落何如？」行者道：「大王在上，我也不敢說起。」老魔道：「怎麼不敢說？」行者道：「我奉大王命，正然走處，猛擡頭只看見一個人蹲在那裏磨扛子，蹲著還像個開路神，若站將起來，足有十數丈長。他就著那澗崖石上抄一把水磨一磨，口裏又念一聲，說他那扛子到此還不曾顯個神通，他要磨明就來打大王。我因此知他是孫行者，特來報知。」那老魔聞言，渾身是汗道：「兄弟，我說莫惹唐僧。他徒弟神通廣大，預先作了準備，磨棍打我們，卻怎生是好？教小的們把洞外小妖俱叫進來，關倒門，讓他過去罷！」那頭目中有知道的報大王：「門外小妖已都散了。」老魔道：「怎麼都散了？想是聞得風聲不好也。快早關門，快早關門！」眾妖乒乓把前後門盡皆牢拴緊閉。

行者心驚道：「這一關了門，他再問我家中長短的事，我對不來，卻不走了風被他拿住？且再唬他一唬，教他開著門好跑。」又上前道：「大王，他還說得不好。」

老妖道：「他又說甚麼？」行者道：「他說拿大王剝皮，二大王剮骨，三大王抽筋。我們若關了門不出去呵，他會變化，一時變了個蒼蠅兒，自門縫裏飛進，把我們都拿出去，卻怎生是好？」老魔道：「兄弟們仔細。我這洞裏，遞年家沒個蒼蠅，但是有蒼蠅進來，就是孫行者。」行者暗笑，就閃在旁，拔根毫毛，即變作一個金蒼蠅飛去，望老魔劈臉一撞。那老怪慌了道：「兄弟，不停當，舊話兒進門來了！」驚得那大小群妖，一個個叉鈀掃帚，都上前亂撲蒼蠅。

這大聖忍不住，吸吸的笑出聲來。原來他不該笑，這一笑笑出原嘴臉來了。卻被那第三個妖魔看見，上前一把扯住道：「哥哥，險些兒被他瞞了！這個回話的小妖，不是小鑽風，他就是孫行者。必定撞見鑽風，怎麼打殺了，卻變化來哄我們哩！」叫：「小的們，拿繩來！」即把行者扳翻，四馬攢蹄捆住；揭起衣裳看時，足足是個猴子。原來行者有七十二般變化，若是變禽、獸、花木之類，卻就連身子滾去了，但變人物，卻只是頭臉變了，身子變不過來。老妖看了道：「是他了！」教小的們：「先安排酒來，與你三大王遞個得功之杯。既拿倒了孫行者，唐僧坐定是我們口裏食也。」三怪道：「且不要飲酒。孫行者他會遁法，只怕走了。教小的們擡出我的瓶來，且把他裝著。」即點三十六個小妖，入裏面擡瓶。你說那瓶有多大？只得二尺四寸高。怎麼用得許多人擡？那瓶乃陰陽二氣之寶，內有七寶八卦、二十四氣，要三十六人，按天罡之數纔擡得動。不一時，將寶瓶擡出，放在地下，三怪揭開蓋，把行者解了繩索，剝了衣服，就著那瓶中仙氣，颼的一聲吸入裏面，將蓋子蓋上，貼了封皮。卻去吃酒道：「猴兒今番入我寶瓶之中，再莫想那西方之路！」那大小群妖一個個笑呵呵，都去賀功不題。

卻說大聖到了瓶中，被那寶貝將身束得小了，索性變化蹲在當中，半晌到還陰涼。忽失聲笑道：「這妖精外有虛名，內無實事。怎麼告誦人說這瓶裝了人，一時三刻化為血水？若是這般涼快，就住上七八年也無事！」咦！大聖原來不知，那寶貝裝了人，若一年不語，一年陰涼，但聞得人言，就有火來燒了。大聖未曾說完，只見滿瓶都是火焰。幸得他有本事，捻著避火訣，坐在中間全然不懼。耐到半個時辰，四周圍鑽出四十條蛇來咬。行者輪開手，抓將過來，一搯搯作八十段。少時間，又有三條火龍出來，把行者上下盤繞，著實難禁，自覺慌張，道：「別事好處，這三條火龍難為。再過一會，弄得火氣攻心怎了？」他想著：「我把身子長一長撐破罷！」即捻訣念咒，叫「長」，長了有丈數高下，那瓶緊靠著身，也就長起去。他把身子往下一小，那瓶兒也就小下來了。行者無如之奈，不覺得孤拐上有些疼痛，急伸手摸摸，卻被火燒軟了，自己心焦道：「怎麼好？」忍不住吊下淚來道：「師父呵，當年蒙菩薩勸善脫災，我與你千辛萬苦，指望同證西方，共成正果。何期今日誤入此中，傾了性命，想是因我昔日名兒，故有今朝之難！」正在悽惶之處，忽想起：「菩薩當年在蛇盤山曾賜我三根救命毫毛，何不取下救急？」即伸手摸摸，腦後有三根毫毛，十分挺硬，就都拔下來，吹口仙氣，將一根變作金鋼鑽，一根變作竹片，一根變作綿繩。扳張蔑片弓兒，牽著那鑽，照瓶底下颼颼的一頓鑽，鑽成一個眼孔，透進光亮。喜道：「造化，造化！」纔變化出身，那瓶復陰涼了。原來被他鑽破，把陰陽之氣泄了，故此便涼。

大聖收了毫毛，就變作個蟭蟟蟲兒，自孔中鑽出，且還不走，徑飛在老魔頭上釘著。那老魔正飲酒，猛然放下杯兒道：「三弟，孫行者這回化了麼？」三魔笑道：「還到此時哩？」老魔教擡上瓶來。那下面三十六個小妖即便擡瓶，瓶就輕了許多，慌報道：「大王，瓶輕了！」老魔喝道：「亂説！」內中有一個小妖把瓶提上來道：「你看這不輕了！」老魔揭蓋看時，只見裏面透亮，忍不住失聲叫道：「這瓶裏空者控也！」大聖在他頭上，也忍不住道一聲：「我的兒呵，搜者走也！」眾怪聽見道：「走了，走了！」即傳令：「關門，關門！」

那行者將身一抖，收了剝去的衣服，現本相跳出洞外，回頭罵道：「妖精不要無禮！瓶子鑽破，裝不得人了，只好拿來出恭！」喜喜歡歡，踏著雲頭，徑轉唐僧處，近前叫道：「師父，我來了！」長老道：「悟空，你一去許久，端的這山中有何吉凶？」行者即將粧鑽風和瓶裏脱身之事，細陳了一遍道：「今得見師父，誠為兩世之人也！」長老稱謝道：「你不曾與妖精賭鬥麼？」行者道：「不曾。」長老道：「你不曾與他見個勝負，我們怎敢前進！」大聖道：「師父，那魔三個，小妖萬千，教老孫一人，怎生與他賭鬥？如今叫八戒跟我去。」

那獃子抖擻神威，與行者駕雲，即至洞口，早見那洞門緊閉，四顧無人。行者上前，執棒高叫道：「妖怪開門，快出來與老孫打耶！」那洞裏小妖報入，老魔心驚膽戰道：「幾年都説猴兒狠，話不虛傳果是真！那行者早間變小鑽風進來，我等不能相認。幸三賢弟認得，把他裝在瓶裏，又鑽破瓶兒走了。如今在外叫戰，誰敢與他打個頭仗？」問一聲無人答應，又問又無人答，都只是粧聾推啞。老魔發怒道：「我等在西方路上忝著個醜名，今日孫行者這般藐視，若不出去與他見陣，也低了名頭。等我捨了這老性命去與他戰上三合。三合戰得過，唐僧還是我們口裏食；戰不過，那時關了門，讓他過去罷！」遂取披掛結束了，開門出來，喝道：「敲門者是誰？」大聖道：「是你孫老爺齊天大聖也。」老魔笑道：「你這大膽潑猴，我不惹你，你為何在此叫喊！」行者道：「你不惹我，我好尋你？只因你狐群狗黨，結為一夥，算計吃我師父，所以來此施為。」老魔道：「你這等雄糾糾的嚷上我門，莫不是要打麼？」行者道：「正是！」老魔道：「你休猖獗。我若調出妖兵，擺開陣勢，與你交戰，顯得我是坐家虎，欺負你了。我只與你一個對一個，不許幫丁。」行者聞言，叫八戒走過：「看他把老孫怎的！」那獃子真個閃在一邊。老魔道：「你過來，先與我做個樁兒，讓我照光頭砍上三刀，就讓你唐僧過去。假若禁不得，快送唐僧來與我做一頓下飯！」行者聞言笑道：「潑怪，你洞裏若有紙筆，取出來，與你立個合同，自今日起，就砍到明年，我也不與你當真！」

那魔抖擻威風，丁字步站定，雙手舉刀，望大聖劈頂就砍。這大聖把頭往上一迎，只聞扢扠一聲響，頭皮兒紅也不紅。那魔大驚道：「這猴子好個硬頭！」大聖笑道：「你不知，老孫是生就銅頭鐵腦蓋，古往今來世上無。唐僧還恐不堅固，預先又上紫金箍。」老魔道：「猴兒不要說嘴！甚麼銅頭鐵腦，看我這一刀來，一削就是兩個瓢！」大聖笑道：「這潑怪沒眼色，把老孫認作個瓢頭哩！也罷，讓你再砍一刀看怎麼。」那老魔舉刀又砍，大聖把頭一迎，乒乓的劈作兩半個。大聖就地打個滾，變作兩個身子。那魔見了害怕，按下刀，指定行者道：「聞你能使分身法，怎麼把這法兒拿在我面前使！」大聖笑道：「潑怪，甚麼分身不分身，你若砍上一萬刀，還你二萬個人！」老魔道：「你這猴兒，只會分身，不會收身。你若有本事收作一個，打我一棍去罷！」大聖道：「說過的，不許改口！」就把身摟上來，打個滾，依然一個身子，掣棒劈頭就打，那老魔舉刀架住。兩個先在洞前爭持，後來跳起去都在半空裏廝殺。鬥經二十餘合，不分輸贏。八戒在底下見他兩個戰到好處，忍不住掣鈀跳起，望妖魔劈臉就築。那魔敗了陣，丟了刀，回頭就走。大聖喝道：「趕上，趕上！」這獃子仗著威風趕去。老魔見他趕的相近，在坡前立定，迎著風幌一幌，現了原身，張開大口，要吞八戒。八戒慌了，就往草一鑽，也管不得荊針棘刺，戰兢兢的在草裏聽著梆聲。隨後行者趕到，那怪也張口來吞，卻正中他的機關，收了鐵棒，迎將上去，被老魔一口吞之。唬得個獃子在草裏囊囊咄咄的埋怨道：「這個弼馬溫，不識進退。那怪來吃你，你如何不走，反去迎他。這一吞在肚中，今日還是個和尚，明日就是個大恭也！」那魔得勝而去。這獃子纔鑽出草來，溜回舊路。

卻說三藏在那山坡下，正與沙僧盼望，只見八戒喘呼呼的跑來。三藏大驚道：「八戒，你怎麼這等狼狽，悟空如何不見？」獃子道：「師兄被妖精吞下肚去了！」三藏聽言，唬倒在地，半晌間跌腳捶胸道：「徒弟呀，只說你善會降妖，怎知今日死於此妖之手，苦哉，苦哉！」那師父十分苦痛。你看那獃子也不來勸解師父，卻叫沙和尚：「你拿將行李來，我兩個分了罷！」沙僧道：「二哥，分怎的？」八戒道：「分開了各人散火，你往流沙河還去吃人，我往高老莊看看我渾家，將白馬賣了，與師父買個壽器送終。」長老聞得此言，一發傷心，叫皇天放聲大哭不題。

卻說那老魔吞了行者，以為得計，徑回本洞，對眾妖道：「拿了一個來了！」二魔喜道：「哥哥拿的是誰？」老魔道：「是孫行者。」二魔道：「拿在何處？」老魔道：「被我一口吞在腹中哩！」三魔大驚道：「大哥呵，我就不曾吩咐你，孫行者不中吃！」那大聖在肚裏應道：「忒中吃，又堅飢，再不得餓！」慌得那小妖道：「大王，不好了，孫行者在你肚裏說話哩！」老魔道：「怕他說話！有本事吃了他，沒本事擺佈他不成？你們快去燒些鹽白湯，等我灌下肚去，把他噦出來，慢慢的煎了吃酒。」小妖真個沖了半盆鹽湯，老怪一飲而乾，挖著口，著實一嘔。那大聖在肚裏生了根，動也不動。卻又攔著喉嚨，往外又吐，吐得頭暈眼花，黃膽都破了，行者越發不動。老魔喘息了，叫聲：「孫行者，你不出來？」行者道：「早哩，正好不出來哩！」老魔道：「你怎麼不出？」行者道：「你這妖精，甚不通變。我自做和尚，十分淡泊，如今秋涼，我還穿個單直裰。這肚裏倒暖，又不透風，等我住過了冬纔出來。」眾妖聽說，都道：「大王，孫行者要在你肚裏過冬哩！」老魔道：「他要過冬，我就打起禪來，使個搬運法，一冬不吃飯，就餓殺那弼馬溫！」大聖道：「我兒子，你不知事。老孫從廣里過，帶了個折疊鍋兒進來，煮雜碎吃，將你這裏邊的肝、腸、肚、肺兒細細兒受用，還彀盤纏到清明哩！」二魔大驚道：「哥呵，吃了雜碎也罷，不知在那裏支鍋？」行者道：「三叉骨上好支鍋。」三魔道：「不好了，假若支起鍋，燒動火煙，熰到鼻孔裏，可不打噴嚏麼？」行者笑道：「沒事！等老孫把金箍棒往頂門裏一搠，搠個窟窿；一則當天窗，二來當煙洞。」

老魔聽了，雖說不怕，只得硬著膽叫：「兄弟們莫怕，把我藥酒拿來，等我吃幾鍾下去，把猴兒藥殺了罷！」行者暗笑道：「老孫那樣東西不曾吃過，是甚麼藥酒，敢來藥我？」那小妖真個將藥酒篩了兩壺，滿斟一鍾，遞與老魔，老魔接在手中。大聖在肚裏就聞得酒香，道：「不要與他吃！」把頭一扭，變作個喇叭口子，張在他喉嚨之下，那怪嘓的嚥下，被行者嘓的接吃了。第二鍾嚥下，又接吃了。一連接吃了七八鍾。老魔放下鍾道：「好古怪。這酒常時吃兩鍾，腹中如火。卻纔吃了七八鍾，臉上紅也不紅。」原來這大聖吃不多酒，就在肚裏撒起酒風來，不住的支架子，跌四平，踢飛脚；抓住肝花打鞦韆，豎蜻蜓，翻跟頭亂舞。那妖怪疼痛難禁，倒在地下。不知性命如何，且聽下回分解。

第七十六回　心神居舍魔歸性　木母同降怪體真

話表大聖在老魔肚裏支吾一會，那魔頭倒在塵埃，半日不言語，想是死了，卻又把手放放。魔頭回過氣來，叫一聲：「大慈大悲齊天大聖菩薩！」行者聽見道：「兒子，莫費工夫，省幾個字兒，只叫孫外公罷！」那妖魔惜命，真個叫：「外公，外公，是我的不是了！一差二誤吞了你，誰知自取其害。萬望大聖慈悲，可憐螻蟻貪生之意，饒了我命，願送你師父過山也。」大聖雖英雄，甚為唐僧進步，他見妖魔哀告奉承，也就回了善念，叫道：「妖怪，我饒你，你怎麼送我師父？」老魔道：「我這裏也沒甚麼金銀珠寶相送。我兄弟三個擡一乘香藤轎兒，把你師父送過此山。」行者笑道：「既是擡轎相送，強如要寶。你張開口，我出來。」那魔頭真個就張開口。那三魔走近前，悄悄的道：「大哥，等他出來時，把口往下一咬，將猴兒嚼碎嚥下，卻不是好？」原來行者在裏面已曉得了，便先把金箍棒伸出試他一試。那怪果往下一口，扢喳的一聲，把個門牙都迸碎了。行者抽回棒道：「好妖怪！我倒饒你性命出來，你反咬我，要害我命。我不出來，活活的只弄殺你便罷！」老魔報怨三魔道：「兄弟，都是你。已是請他出來好了，你卻教我咬他。如今他倒不出來了。怎麼處？」

三魔見老魔怪他，他又使個激將法，高叫道：「孫行者，聞你名如轟雷貫耳，說你在南天門外施威，靈霄殿下逞勢，如今在西天路上降妖縛怪，原來是個小輩的猴頭！」行者道：「我何為小輩？」三怪道：「好看千里客，萬里去傳名。你出來，我與你賭鬥，纔是好漢，怎麼在人肚裏做勾當，非小輩而何？」行者聞言，暗想道：「是，是，是，我若如今扯破他肝腸，弄殺這怪，有何難哉？但真是壞了我的名頭。也罷，也罷，你張口，我出來與你比拚。只是你這洞口窄逼，不好使傢伙，須往寬處去。」三魔聞說，即點齊大小諸怪，都執著精鋭器械，擺開陣勢，專等行者出來廝殺。那二怪攙著老魔，徑至門外，叫道：「孫行者，好漢出來，此間有戰場好鬥。」

大聖在他肚裏，聞得外面鴉鳴鵲噪，知道是寬闊之處，卻想著：「我不出去，是失信於他；若出去，這妖精人面獸心，反覆不測。也罷，也罷，與他個兩全其美，出便出去，還與他肚裏生個根兒。」即拔根毫毛，變作一根繩兒，有四十丈長短。把一頭拴著妖怪的心肝，打個活扣兒。那扣兒不扯不緊，扯緊就痛。卻拿著一頭笑道：「這一出去，他送我師父便罷。如若亂動刀兵，我也沒工夫與他打，只消扯此繩兒，就如我在肚裏一般。」又將身子變小了，爬到嗉喉之下，見妖精大張著方口，上下鋼牙，排如利刃，思量道：「若從口裏出去扯這繩兒，他往下一咬，卻不咬斷了。須打他沒牙齒的所在出去方好。」即理著繩兒，從他那上腭子往前爬，爬到他鼻孔裏。那老魔鼻子發癢，「啊嚏」的一聲打個噴嚏，直迸出行者。

行者見了風，把腰躬一躬，就長了三丈，一隻手扯著繩兒，一隻手拿著鐵棒。那魔頭不知好歹，見他出來了，就舉鋼刀劈臉來砍。又見那二怪使槍，三怪使戟，沒頭沒臉的亂上。大聖急縱身駕雲而起，卻跳出營盤，去那空闊山頭上落下，雙手把繩儘力一扯，老魔心裏纔疼。他害疼往上一掙，大聖復往下一扯。眾小妖遠遠看見，齊叫道：「大王，莫惹他，讓他去罷！這猴兒不按時景：清明還未到，他去那裏放風箏也。」大聖又著力蹬了一蹬，那老魔從空中拍刺刺，似紡車兒一般跌落塵埃，就把那山坡下的硬土跌作個深坑。

慌得那二怪、三怪，一齊落下，扯住繩兒，跪在坡下哀告道：「大聖呵，只說你是個寬洪海量之仙，誰知是個鼠腹蝸腸之輩。實實的哄你出來，與你見陣，不期你在我家兄心上拴了一根繩子。」行者笑道：「你這夥潑魔，十分無禮。前番哄我出來咬我，這番哄我出來卻又擺陣算我。似這幾萬妖兵戰我一個，理上也不通。扯了去，扯了去見我師父。」那怪一齊叩頭道：「大聖慈悲，饒我性命，願送老師父過山！」行者笑道：「你只消拿刀把繩子割斷罷了。」老魔道：「爺爺，割斷外邊的，這裏邊的拴在心上，喉嚨裏又㾕㾕的噁心，怎生是好？」行者道：「既如此，張開口，等我再進去解出繩來。」老魔慌了道：「這一進去，又不肯出來，卻難卻難。」行者道：「解繩容易，你們可實實送我師父麼？」老魔道：「但解就送，決不敢假。」大聖審得是實，即便將身一抖，收了毫毛，那怪的心就不疼了。三個妖縱身而起，謝道：「大聖請回，上覆唐僧，收拾下行李，我們就擡轎來送。」眾怪收兵，盡皆歸洞。

大聖逕轉山坡，遠遠的看見唐僧睡在地下打滾痛哭。行者道：「不消講了。這定是八戒對師父說我被妖精吃了，故此師父悲痛。」即落下雲頭，叫聲：「師父！」沙僧聽見，報怨八戒道：「你是個棺材座子，專一害人！師兄不曾死，你卻說他死了，那裏不叫將來了？」八戒道：「我分明看見他被妖精吞了。想是日辰不好，那猴子來顯魂哩！」行者到跟前，一把撾住八戒，打一個巴掌，道：「夯貨，我顯甚麼魂，難道我像你這個不濟的膿包？他吃了我，我就抓他腸，捏他肺，又把繩兒穿住他的心，扯得疼痛難禁，一個個叩頭哀告，我纔饒了他性命。如今擡轎來送師父過山也。」三藏聞言，一骨魯爬起來，對行者謝道：「徒弟呵，累殺你了！若信悟能之言，我已絕矣。」行者又把八戒罵了幾聲，收拾行李、馬匹，都在途中等候不題。

卻說三個魔頭回洞。二怪道：「哥哥，我只道是個九頭八尾的孫行者，原來是恁的個小小猴兒！你不該吞他，只與他鬥時，他那裏鬥得過你我，洞裏這幾萬人，吐唾沫也可淹殺他。你卻將他吞在肚裏，他便弄起法來，不好與他比較。纔說送唐僧，都是為兄長性命，假意哄他出來。難道當真送他不成？」老魔道：「如今賢弟有何主見？」二怪道：「你與我三千小妖，我有本事拿住這個猴頭。」老魔道：「這個但憑你調度。」那二魔即點三千小妖，徑到大路旁擺開，著一個藍旗手傳報：「教孫行者趕早出來，與我二大王爺交戰！」

八戒聽見，笑道：「哥呵，常言道：『說謊不瞞當鄉人。』怎麼弄虛頭搗鬼，說降了妖精，擡轎來送師父，卻又來叫戰何也？」行者道：「老怪已被我降了，不敢出頭。這定是二魔不伏氣送我們，故此叫戰。我想這妖精有弟兄三個，這般義氣。我弟兄也是三個，我已降了大魔，二魔出來，你就與他戰戰，未為不可。」八戒道：「怕他怎的，等我去打一仗來！」那獃子舉鈀跑上山崖，叫道：「妖精出來，與你豬祖宗打呀！」那二怪聞得，出營見了八戒，更不打話，挺槍劈面就刺，這獃子舉鈀迎住。兩個搭上手，鬥不上七八合，獃子抵敵不住，敗了陣往後就跑，被妖精趕上，捽開鼻子，就如蛟龍一般，把八戒一鼻子捲住，得勝回洞。

這坡下三藏看見，叫行者道：「悟能被擒，卻如之何？」行者笑道：「師父也忒偏心！像老孫拿去時，你略不掛念。這獃子纔自遭擒，你就著急。也教他受些苦惱，方見取經之難。」三藏道：「徒弟啊，你去，我豈不掛念，想著你會變化，斷然不至傷身。那獃子生得蠢夯，這一去少吉多凶，你還去救他一救。」
行者急縱身，趕上山，暗想道：「這獃子咒我死，且跟去看那妖精怎麼擺佈他，等他受些罪再去救他。」即變作個蟭蟟蟲，飛去釘在八戒耳朵上，同那妖到了洞裏。二魔將八戒摔在地下道：「哥哥，我拿了一個來也！」老怪道：「這廝沒用。」八戒聞言道：「大王，沒用的放出去，尋那有用的捉來罷！」三怪道：「雖是沒用，也是唐僧的徒弟豬八戒。」叫眾妖把他四馬攢蹄捆了，丟在後邊池塘裏。大聖卻飛起來看處，那獃子四肢朝上，掬著嘴，半浮半沈，嘴裏呼呼的，著實好笑，倒像八九月經霜的一個大黑蓮蓬。大聖見他那模樣，又恨他，又憐他，想道：「他也是龍華會上的一個人，但只可恨他動不動要散火，又要攛掇師父咒我。我前日聞得沙僧說，他攢了些私房，不知可有否，等我且嚇他一嚇看。」
即飛近他耳邊，假捏聲音，叫聲：「豬悟能，豬悟能！」獃子道：「晦氣呀！我這悟能自觀世音菩薩起的，自跟了唐僧，又呼作八戒，此間怎麼有人知道我的法名？」忍不住問道：「是那個叫我？」行者道：「是我。」獃子道：「你是何人？」行者道：「我是勾司人。」獃子慌了道：「長官，你是那裏來的？」行者道：「我是五閻王差來勾你的。」獃子道：「長官，你且回去上覆五閻王，他與我師兄孫悟空甚好，教他讓我一日兒，明日來勾罷！」行者道：「亂說，閻王註定三更死，誰敢留人到四更！趁早跟我去，免得套上繩子扯拉。」獃子道：「長官，那裏不是方便，看我這般嘴臉，還想活哩，死是一定死，只等一日，這妖精連我師父們都拿來，會一會，就都了帳也。」行者道：「也罷，我這批上有三十個人，都在這中前後，等我拘完了到你，便有一日耽閣。你可有盤纏，把些兒我去。」八戒道：「可憐啊！出家人那裏有甚麼盤纏？」行者道：「索了去罷！」獃子慌了道：「長官不要索，我曉得你這繩兒叫作追命繩，索上就要斷氣。有，有，有，有便有些兒，只是不多。」行者道：「有多少？快拿出來。」八戒道：「可憐，可憐，這是我幾年上積來的襯錢，零零碎碎有五錢銀子。前者央了個銀匠煎成一處，他又沒天理，偷了我幾分，只得四錢六分一塊兒。在我左耳朵裏揌著哩。我捆了拿不得，你自家拿去罷！」

行者聞言，即伸手在耳中摸出，真個是塊馬鞍兒銀子，足有四錢五六分重；拿過來藏了，忍不住現了原身，哈哈大笑一聲。那獃子見是行者聲音，在水裏亂罵道：「天殺的弼馬溫，到這苦處，還來打詐財物哩！」行者笑道：「財物事小，等我且救你出去。」即掣鐵棒，把他挑將上來，解了繩。八戒跳起來道：「哥哥，開後門走了罷！」行者道：「後門裏走，可是個長進的？還打前門上去，快跟我來。」八戒跟著行者走到二門下，只見旁邊靠著他的釘鈀，即上前，撈過來往前亂築，與行者打出三四層門，不知打殺了多少小妖。那老魔看見，對二魔道：「拿得好人！你看孫行者劫了豬八戒，門上打人也。」

那二魔急綽槍在手，趕出門來，罵道：「潑猴頭，怎敢這般無禮！」說罷，挺槍便刺，行者掣鐵棒劈面相迎。他兩個在洞門外恨苦相持，八戒在山嘴上豎著釘鈀，不來幫打，只管獃獃的看著。那妖見行者棒重，就把槍架住，捽開鼻子，要來捲他。行者知道他的勾當，雙手把棒橫起來往上一舉，被妖精一鼻子捲住腰胯，不曾捲手。你看他兩隻手在妖精鼻頭上丟花棒兒耍子。八戒道：「那妖怪失智呀！捲我這夯的，就連手都捲住了。捲那個滑的，倒不捲手。他那手拿著棒，只消往鼻子裏一搠，就夠他受用了。」行者聞言，真個就把棒幌一幌，細如雞子，長有丈餘，徑往他鼻孔裏一捌。那怪害怕，沙的一聲，把鼻子捽放。被行者轉過手來，一把撾住，用力往前一拉，那怪護疼，隨著手舉步跟來。八戒方敢近前，拿釘鈀望妖精胯子上亂築。行者道：「不好，不好，那鈀齒要築破皮，淌出血來，恐師父說我們傷生，只掉過柄兒來打罷！」

真個獃子拿鈀柄，走一步，打一下，行者牽著鼻子，就似兩個象奴，牽至坡下。沙僧望見，對師父笑道：「好了，大師兄把妖精揪著鼻子拉來也！」三藏看了道：「善哉，有那般大個妖精，那般長個鼻子！」即叫沙僧問他，他若肯送我等過山，可饒了他，莫傷他性命。那怪聞說，即跪下，口裏嗚嗚的答應道：「唐老爺，若肯饒命，即便擡轎來相送。」行者道：「我師徒俱是善勝之人，依你言，且饒你命。快擡轎來。如再變卦，拿住決不再饒！」那怪得脫手，磕頭回洞而去。

老魔問其放回之故，二魔把三藏慈善之言，對眾說了一遍。一個個面面相覷，更不敢言。二魔道：「哥哥可送唐僧麼？」老魔道：「兄弟，你說那裏話，快早安排送他去。」三魔笑道：「送，送，送！」老魔道：「賢弟這話，卻又像不伏氣的了。你不送，我兩個送去罷！」三魔又笑道：「二位兄長在上，那和尚倘不要我們送，只這等瞞著過去，還是他的造化。若要送，不知正中了我的調虎離山之計哩！」老怪道：「何為調虎離山？」三怪道：「如今把滿洞群妖，點將起來，內中選十六個，又選三十個。」老怪道：「怎麼說？」三怪道：「三十個要會烹煮的，與他些米麵蔬菜之類，著他沿途搭下窩鋪，安排茶飯，管待唐僧。」老怪道：「又要十六個何用？」三怪道：「著八個擡，八個喝路。我弟兄相隨左右，送他一程。此去向西四百餘里，就是我的城池，我那裏自有接應的人馬。若至城邊，如此如此，著他師徒首尾不能相顧。要捉唐僧，全在此十六個鬼成功。」老怪聞言，連聲道：「好，好，好！」即點眾妖，先選三十，與他物件。又選十六，擡一頂香藤轎子，同出門來。

老怪帥眾至大路旁高叫道：「唐老爺，今日不犯紅紗，請老爺早早過山。」行者向三藏道：「那廂是老孫降伏的妖精，擡轎來送師父哩！」三藏合掌朝天道：「善哉，善哉！若不是賢徒如此之能，我怎生得去。」徑直向前，對眾妖作禮道：「多承列位之愛，我弟子取經東回，向長安當傳揚善果也。」眾妖叩首道：「請老爺上轎。」那三藏肉眼凡胎，不知是計。孫大聖又是太乙金仙，忠正之性，只以為擒縱之功，降了妖怪卻也不及詳察，即命八戒將行李捎在馬上，與沙僧緊隨。他使鐵棒向前開路，顧盼吉凶。八個擡起轎子，八個一遞一聲喝道，三個妖扶著轎槓，師父喜喜歡歡的端坐轎上。上了高山，依大路而行。

那夥妖魔同心合意的侍衛左右，早晚殷勤，沿路齊齊整整。一日三餐，遂心滿意。良宵一宿，好處安身。西進有四百餘程，前面城池相近。大聖舉棒，離轎僅有一里之遙，忽看見城池，把他嚇了一跳。你道為何？原來望見那滿城的惡氣，著實怕人，大聖正當悚懼，只聽得耳後風響，急回頭觀看，原來是三魔雙手輪一柄方天戟刺來，大聖急轉身使棒相迎。他兩個各懷惱怒，氣轟轟更不打話，咬著牙奮勇相爭。又見那老魔頭傳下號令，舉鋼刀便砍八戒。八戒慌得丟了馬，輪著鈀，向前抵鬥。那二魔又纏長槍望沙僧刺來，沙僧急使降妖杖敵住。三僧三怪，一個對一個，在那山頭捨死忘生苦戰。那十六個小妖卻遵號令，各各效能，搶了白馬、行囊，把三藏轎子一擁擡著，徑至城邊，高叫道：「大王爺爺到了，快些開門！」那城上小妖跑下，將城大開，吩咐各營捲旗息鼓，不許吶喊篩鑼，說：「大王原有令在前，不許嚇了唐僧，唐僧禁不得恐嚇，一嚇就肉酸不中吃了。」眾妖把唐僧擡上金鑾殿，請他坐在當中，一壁廂獻茶、獻飯，左右旋繞。那長老昏昏沈沈，舉眼無親。畢竟不知性命如何，且聽下回分解。

第七十七回　群魔欺本性　一體拜真如

且不言長老困苦。卻說那三個魔頭與大聖兄弟三人，在城東半山上努力爭持，鬥罷多時，漸漸天晚，卻又是風霧漫漫，霎時間就黑暗了。八戒遮架不住，拖著鈀敗陣就走，被老魔趕上，張開口咬著領頭，拿入城中，丟與小怪，捆在金鑾殿。老妖又駕雲起在半空助力，沙僧見事不諧，虛幌一杖，回頭便走，被二怪捽開鼻子，響一聲，連手捲住，拿到城裏，也叫小妖捆在殿下，卻又騰空去叫拿行者。行者見兩個兄弟被擒，他自家獨力難撐，喊一聲，縱觔斗駕雲就走。三怪見行者駕觔斗時，即抖抖身，現了本相，搧開兩翅，趕上大聖。你道他怎能趕上？原來行者觔斗雲一去有十萬八千里，這妖精搧一翅就有九萬里，兩搧就趕過了。所以被他一把撾住，拿在手中，左右掙挫不得，徑拿回城內，捽下塵埃，叫群妖也和八戒、沙僧捆在一處。

三個魔頭同上寶殿坐下，把唐僧推下殿來。那長老在燈光前，忽見三個徒弟都捆在地下，朝著行者哭道：「徒弟呵！當時逢難，你卻在外運用神通。今番你亦遭擒，我貧僧怎麼得命！」八戒、沙僧聽見師父這般苦楚，便也一齊痛哭。行者微微笑道：「師父放心，兄弟莫哭。憑他怎的，決然無損。」

師徒們正說處，只聞得那老魔道：「三賢弟有力量，有智謀，果成妙計，拿將唐僧來了！叫小的們，打水刷鍋，擡出鐵籠來，把那四個和尚蒸熟，我兄弟們受用，各散一塊兒與小的們吃，也教他個個長生。」那小妖們聽令，便忙忙七手八腳的安排，須臾之間，鍋籠俱已齊備。只見燒火的小妖來報湯滾了，老怪傳令叫擡。眾妖一齊動手，將八戒擡在底下一隔，沙僧擡在二隔。行者估著來擡他，他在燈光下，即拔根毫毛，變作一個假行者，捆在地下，真身出神，跳在半空裏低頭看看。那群妖那知真假，把個假行者擡在第三隔。纔將唐僧揪翻捆住，擡在第四隔。乾柴架起，烈火氣焰騰騰。大聖在雲端裏道：「那八戒、沙僧還捱得兩滾，我那師父只消一滾就爛，若不用法救他，頃刻喪矣！」即捻訣念咒，立刻拘喚得北海龍王來到道：「無事不敢相煩，今我師父被毒魔拿住，上鐵籠蒸哩！你快去與我護持護持，莫教蒸壞了。」龍王隨即將身變作一陣冷風，吹入鍋下，盤旋圍護，更沒火氣上鍋，他三人方不損命。

將有三更盡時，只聞得老魔發放道：「手下的，我等用計勞形，拿了唐僧四眾，今已捆在籠裏，料應難脫。汝等用心看守，著十個小妖輪流燒火，讓我們退宮，略略安寢。到五更天明，必然爛了，可安排下蒜泥鹽醋，請我們起來，空心受用。」眾妖各各遵命。三個魔頭卻各轉寢宮而去。

行者在雲端裏聽得，卻低下雲頭，不聽見籠裏人聲。他想：「莫當真蒸死了？」即變作一個黑蒼蠅兒，釘在鐵籠外聽時，只聞得八戒在裏面道：「晦氣，晦氣，不知是悶氣蒸，又不知是出氣蒸哩？」沙僧道：「二哥，怎麼叫作悶氣、出氣？」八戒道：「悶氣蒸是蓋了籠頭，出氣蒸不蓋。」三藏在浮上一層應聲道：「徒弟，不曾蓋。」八戒道：「造化，今夜還不得死，這是出氣蒸了。」行者聽得他三個都說話，未曾傷命，便就飛了去，把個鐵籠蓋輕輕蓋上。三藏慌了道：「徒弟，蓋上了！」八戒道：「罷了，這個是悶氣蒸，今夜必是死了！」沙僧與長老嚶嚶的啼哭。八戒道：「且不要哭，這一會燒火的換了班了。」沙僧道：「你怎麼知道？」八戒道：「早先擡上來時，正合我意，我有些兒寒濕氣的病，要他騰騰，這會子反冷氣上來了。咦，燒火的長官，添上些柴便怎的，要了你的哩！」

行者聽見，忍不住暗笑道：「這個夯貨！冷還好捱，若熱就要傷命。再說兩遭，一定走了風了，須是早去救他。且住，要救他須是要現本相。若被這十個燒火的看見，一齊亂喊，驚動老怪，卻不又費事？等我先送他個瞌睡蟲兒。」即往腰間共摸出十個蟲兒，抛在十個小妖臉上，鑽入鼻孔，漸漸打盹，都睡倒了。行者卻現原身，近前叫聲「師父」。唐僧聽見道：「悟空，救我呵！」沙僧道：「哥哥，你在外面叫哩？」行者道：「我不在外面，好和你們在裏邊受罪？」八戒道：「哥呵，溜撒的溜了，我們都是頂缸的，在此受悶氣哩！」行者笑道：「獃子莫嚷，我來救你。」八戒道：「哥呵，救便要脱根救，莫又要復籠蒸。」行者卻揭開籠頭，解了師父，將假變的毫毛收上身來，又一層層放了沙僧，放了八戒。那獃子巴不得就要跑。行者道：「莫忙，莫忙。」卻又念聲咒語，發放了龍神。又輕輕悄悄尋著了行李、白馬，請師父上馬，八戒、沙僧隨後。

他向前引路，徑奔正陽門。只聽得門外梆鈴亂響，門上俱有封鎖。行者道：「這等防守，如何去得？」即又轉奔後宰門，那裏也有梆鈴封鎖。行者道：「怎生是好？若不為師父是個凡體，我三人不管怎的也走了。」八戒道：「哥哥，不必遲疑，我們到那僻靜去處，撮著師父爬過牆去罷！」行者笑道：「這個不好。此時無奈，撮他過去，到取經回來，你這獃子口敞，驀地裏就對人説，我們是爬牆頭的和尚了。」八戒道：「此時也顧不得行檢，且逃命去罷！」行者只得依他，算計爬牆。

噫，有這般事，也是三藏災星未脫，那三個魔頭恰好睡醒，一個個披衣而起，急登寶殿，問唐僧燒了幾滾了？那些燒火的小妖都睡著了，就是打也莫想打得一個醒來。其餘沒執事的，驚醒幾個，冒冒失失的答應道：「七，七，七，七滾了！」急跑近鍋邊，只見籠隔子亂丟在地下，慌得又來報道：「大王，走，走，走，走了！」三個魔頭都下殿看時，果見那籠隔子亂丟在地下，湯鍋盡冷，火腳俱無，那燒火的俱呼呼鼾睡如泥。慌得眾妖一齊吶喊：「快拿唐僧，快拿唐僧！」這一片喊聲振起，把些前後群妖都驚起來。刀槍簇擁，至正陽、後宰兩門都看過了。復亂紛紛的四下追尋，燈籠火把，照耀如同白日，卻明明的看見他四眾爬牆哩！老魔趕近，喝聲：「那裏走！」那長老唬得腳軟觔麻。跌下牆來，被老魔拿住。二魔捉了沙僧，三魔擒倒八戒，眾妖搶了行李、白馬，只是走了行者。那八戒口裏嘓嘓噥噥的報怨道：「天殺的！我說要救便脫根救，如今卻又復籠蒸了。」

眾妖把唐僧三眾擒至殿上，卻不蒸了，吩咐把八戒綁在前檐柱上，沙僧綁在後檐柱上，惟老魔把唐僧抱住不放。三怪道：「大哥，你抱住他怎的，終不然就活吃？一人獨享卻也沒些趣味，此物比不得那愚夫俗子，拿了可以當飯。此是上邦稀奇之物，必須整製精潔，細吹細打的吃方可。」老魔笑道：「賢弟之言雖當，但恐孫行者要來偷哩！」三魔道：「我這皇宮裏面有一座錦香亭，那亭子內有一個鐵櫃。依著我，把唐僧藏在櫃內，關了亭子。卻傳出謠言，說唐僧已被我們夾生吃了，令小妖滿城講說。那行者必然來探聽消息，若聽見這話，他必死心塌地而去。待三五日不來攪擾，卻拿出來慢慢受用如何？」老怪、二怪俱大喜道：「兄弟說得有理！」即把個唐僧拿將進去，鎖在櫃中，閉了亭子，傳出謠言，滿城裏都亂講不題。

卻說行者半夜裏駕雲走脫，徑至獅駝洞裏，一路棍，把那萬數小妖盡情剿絕。急回來，東方日出，到城邊不敢叫戰，正是單絲不綫，孤掌難鳴。他落下雲頭，搖身一變，變作個小妖兒，演入門裏，緝訪消息。滿城裏俱道：「唐僧被大王夾生兒連夜吃了。」行者著實心慌，行至金鑾殿前，那裏邊有許多精靈，都戴著皮金帽子，穿著黃布直身，手拿著紅漆棍，腰掛著象牙牌。一往一來不住的亂走。行者暗想道：「此必是穿宮的妖精也。就變作這個模樣，進宮打聽。」正走處，只見八戒綁在檐前柱上哼哩。行者近前，叫聲：「悟能。」那獃子認得聲音，道：「師兄，你來了，救我一救。」行者道：「我救你。你可知師父在那裏？」八戒道：「師父沒了，昨夜被妖精夾生兒吃了。」行者聞言，忽失聲淚似泉湧。八戒道：「哥哥，我也是聽得小妖亂講，未曾眼見，你再去尋問尋問。」這行者卻纔收淚，又往裏面找尋。忽見沙僧綁在後檐柱上，即近前摸著他胸脯，叫道：「悟淨。」沙僧也識得，道：「師兄，你變化進來了，救我，救我。」行者道：「救你容易。你可知師父在那裏？」沙僧滴淚道：「哥啊，師父被妖精等不得蒸，就夾生兒吃了。」

大聖聽得兩個言語相同，心如刀攪，淚似水流，急縱身望空跳起，且不救八戒、沙僧，回至城東山上，按落雲頭，放聲大哭。叫道：「師父呵，

念昔欺天困網羅，師來救我脫沈痾。潛心篤志同參佛，努力修身共煉魔。
豈料今朝遭毒害，惟期再世上娑婆。西方勝境無緣到，生死傷心可奈何！」

行者淒淒慘慘的，自思自忖道：「這都是我佛如來不是。他坐在那極樂之境，沒得事幹，弄了那三藏之經。若果有心勸善，禮當送上東土，豈不萬古流傳？卻又捨不得送去，偏要教我等來取。怎知道苦歷千山，今朝到此喪命。罷，罷，罷，老孫且去

見見如來，備言前事。若肯把經與我送上東土，一則傳揚善果，二則了我等心願。若不肯與我，教他把《鬆箍兒咒》念念，退下這箍子，交還與他，老孫還歸本洞去罷！」

他急翻身駕雲，徑投天竺，那消一個時辰，早望見靈山不遠，須臾間按落雲頭，直至鷲峰之下。忽擡頭見四大金剛擋住道：「那裏走？」行者施禮道：「有事要見如來。」又有永住金剛喝道：「這猴頭甚是粗狂！前者大困牛王，我等為汝努力，今日面見，全不為禮。有事且待先奏，奉召方行。這裏比南天門不同，教你進去出來，兩邊亂走。」那大聖正煩惱處，又遭此搶白，氣得哮吼如雷，忍不住大呼小叫，早驚動如來佛祖，即命阿羅喚至寶蓮臺下。

行者見如來倒身下拜，兩淚悲啼。如來道：「悟空，有何事這等悲切？」行者道：「弟子託庇佛祖爺之門下，自歸正果，保護唐僧，一路上苦不可言。今至獅駝城，三個毒魔，把我師父捉去，連夜夾生吃了，如今骨肉無存。師弟悟能、悟淨，見綁在那廂，不久性命亦皆傾矣。弟子沒奈何，特到此參拜如來，望大慈悲，將《鬆箍咒兒》念念，退下這頭上箍兒，交還如來，放我弟子回本山去罷！」說未了，淚如泉湧，悲聲不絕。如來笑道：「悟空少得煩惱。那妖精神通廣大，你勝不得他，所以這等心痛。」行者搥著胸膛道：「不瞞如來說，弟子自為人以來，不曾吃虧，今番卻遭這毒魔之手！」

如來聞言道：「你且休恨。那妖精我認得他。」行者猛然失聲道：「如來，我聽見人講，那妖精與你有親哩。」如來道：「這個刁猴，怎麼妖精與我有親？」行者笑道：「不與你有親，如何認得？」如來道：「我慧眼觀之，故此認得。那老怪與二怪有主。」叫阿儺、迦葉來：「你兩個分頭駕雲，去五臺山、峨眉山，宣文殊、普賢來見。」二尊者即奉旨而去。如來道：「這是老魔、二妖之主。但那三妖，說將起來，也是與我有些親處。」行者道：「親是父黨？母黨？」如來道：「是那混沌初分時，天開地闢，萬物皆生。萬物有走獸飛禽。走獸以麒麟為長，飛禽以鳳凰為長。那鳳凰又得交合之氣，育生孔雀、大鵬。孔雀出世之時，吃人最惡，能把四十五里路之人一口吸之。我那時在雪山頂上，修成丈六金身，也被他吸下肚去。我欲從他便門而出，恐污其身，是我剖開他脊背，跨上靈山，欲傷他命。當被諸佛勸解，傷孔雀如傷我母，故此留他在靈山會上，封他做佛母孔雀大明王菩薩。大鵬是與他一母所生，故此有些親處。」行者聞言笑道：「如來，若這般比論，你還是妖精的外甥哩！」如來道：「那怪須是我去，方可收得。」

行者隨叩頭啟請。如來即下蓮臺，同諸佛徑出山門。又見阿儺、迦葉引文殊、普賢來見。二菩薩對佛禮拜，如來道：「菩薩之獸，下山多少時了？」文殊道：「七日了。」如來道：「山中方七日，世上幾千年。不知在那廂傷了多少生靈，快隨我收他去。」二菩薩相隨左右，同眾飛空。不多時，早望見城池。行者指道：「如來，那放黑氣的乃是獅駝國也。」如來道：「你先下去，與妖精交戰，許敗不許勝，敗上來，我自收他。」

大聖即按雲頭，徑至城上，腳踏著垛兒罵道：「潑業畜，快出來與老孫交戰！」那城樓上小妖急下城報與魔王。三個魔頭，各持兵器，趕上城來，見了行者，更不打話，舉兵器一齊亂殺。行者輪鐵棒應手相迎。鬥經七八回合，行者佯輸而走，觔斗一縱，跳上半空，三個怪即駕雲來趕。行者將身一閃，藏在佛祖金光影裏，全然不見。只見那過去、未來、見在的三尊佛像，與五百阿羅漢，三千揭諦神，佈散左右，把那三個妖王四面圍住。老魔慌了，叫道：「兄弟，不好了，那猴子真是個地裏鬼，那裏請得個主人公來也！」三魔道：「大哥休怕，我們一齊上前，使槍刀搠倒如來，好奪他那雷音寶剎！」這魔頭不識起倒，真個舉刀上前，卻被文殊、普賢，念動真言，喝道：「這孽畜還不歸正，更待怎生！」唬得老妖、二妖，不敢撐持，丟了兵器，打個滾，現了本相，仍是青獅、白象。二菩薩將蓮臺抛在他脊背上，飛身跨坐，兩怪遂泯耳皈依。

只有三魔不伏，丟了方天戟，騰開翅，扶搖直上，輪利爪要捉猴王。那大聖藏在光中，他怎敢近。如來即閃金光，把那鵲巢貫頂之頭，迎風一幌，變作鮮紅的一塊血肉。妖精輪利爪刁他一下，被佛爺把手往上一指，那妖翅膊上就了觔，飛不去，只在佛頂上不能遠遁，現了本相，乃是一個大鵬金翅鵰。即開口對佛叫道：「如來，你怎麼使大法力困住我也？」如來道：「你在此處多生業障，跟我去，大有利益。」妖精道：「你那裏持齋把素，極貧極苦。我這裏吃人肉，受用無窮。你若餓壞了我，你有罪愆。」如來道：「我管四大部洲，無數眾生瞻仰。凡做好事，我教他先祭汝口。」那大鵬欲脱難脱，沒奈何只得皈依。行者方纔轉出，向如來叩頭道：「佛爺，你今收了妖精，除了大害，只是沒了我師父也。」大鵬咬著牙恨道：「潑猴頭，尋這等狠人困我！你那老和尚幾曾吃他，在那錦香亭鐵櫃裏不是？」行者聞言，忙叩謝了佛祖。佛祖不敢鬆放了大鵬，也只教他在光焰上做個護法，引眾回雲，徑歸寶剎。

行者卻按落雲頭，直入城裏。那城裏一個小妖兒也沒有了。正是蛇無頭而不行，他見佛祖收了妖王，各自逃生而去。行者纔解救了八戒、沙僧，尋著行李、馬匹，與他二人說：「師父不曾吃。」引他兩個徑入內院，找著錦香亭，打開門看，內有一個鐵櫃，只聽得三藏啼哭之聲。沙僧使降妖杖打開鐵鎖，拽開櫃蓋，攙出師父。三藏見了道：「徒弟呵，怎生得到此尋著我也？」行者把上項事細說了一遍，三藏感謝不盡。師徒們在那宮殿裏安排茶飯，飽吃一餐，收拾出城，找路投西而去。正是：

真經必得真人取，魔怪千般總是虛。

畢竟不知這一去又到何方，且聽下回分解。

第七十八回　比丘憐子遣陰神　金殿識魔談道德

話說大聖用盡心機，請如來收了眾怪，解脫三藏之難。離獅駝城西行，又經數月，早值冬天。師徒們衝寒冒冷，宿雨餐風。正行間，又見一座城池，師徒談論未畢，早至城門之外。三藏下馬，一行四眾，進了月城。見一個老軍，在向陽牆下，偎風而睡。行者近前，搖他一下，叫聲「長官」。那老軍猛然驚覺，麻麻糊糊的睜開眼，看見行者，連忙跪下磕頭，叫「爺爺」。行者道：「你叫『爺爺』怎的！」老軍磕頭道：「你是雷公爺爺！」行者道：「亂說，吾乃東土去西天取經的僧人，適纔到此，不知地名，問你一聲的。」那老軍聞言，卻纔正了心，打個呵欠，爬起來，伸伸腰道：「長老，長老，恕小人之罪。此處地方，原喚比丘國，今改作小子城。」行者道：「國中有帝王否？」老軍道：「有，有，有！」行者卻轉身對唐僧說了。唐僧疑惑道：「既云比丘，又何云小子？」八戒道：「想是比丘王崩了，新立王位的是個小子，故名小子城。」唐僧道：「無此理，無此理，我們且進去，到街坊上再問。」

又入三層門裏，到通衢大市觀看，倒也衣冠濟楚，人物清秀。但見那：

萬戶千門車馬喧，六街三市廣財源。買金販錦人如蟻，奪利爭名只為錢。

師徒四眾在街市上行彀多時，看不盡繁華氣象。但只見家家門口一個鵝籠，三藏道：「徒弟啊，此處人家，都將鵝籠放在門首，何也？」八戒聽說，左右觀之，果是鵝籠排列，五色彩緞遮幔。獃子笑道：「師父，今日想是黃道良辰，宜結婚姻會友，都行禮哩！」行者道：「亂談，那裏就家家都行禮，其間必有緣故，等我上前看看。」他即捏訣念咒，變作一個蜜蜂兒，飛近前，鑽出幔裏觀看，原來裏面坐的是個小孩兒。再去第二家籠裏看，也是個小孩兒。連看八九家都是一般。卻是男身，更無女子。有的在籠中頑耍，有的在裏邊啼哭。行者看罷，現原身回報唐僧道：「那籠裏是些小孩子，大者不滿七歲，小者只有五歲，不知何故。」三藏見說，疑思不定。

忽轉街見一衙門，乃金亭館驛。長老道：「徒弟，我們且進這驛裏去。一則問他地方，二則天晚投宿。」四眾忻然而入。只見那在官人報與驛丞，接入門相見坐定，驛丞問：「長老自何方來。」三藏言：「貧僧東土大唐差往西天取經者。今到貴處，有關文理當照驗，權借高衙一歇。」驛丞即命看茶，辦支應，命當直的安排管待。三藏問：「今日可得入朝見駕？」驛丞道：「今晚不能，須待明日早朝。且於敝衙門寬住一宵。」

少頃，安排停當，驛丞即請四眾同吃了齋供，又教打掃客房安歇。三藏感謝不盡，坐下又問道：「貧僧有一件不明之事請教，煩為指示。貴處養孩兒不知怎生看待？」驛丞道：「天無二日，人無二理。養育孩童，懷胎十月而生，生下乳哺三年，漸成體相，豈有不知之理？」三藏道：「據尊言與敝邦無異。但貧僧進城時，見街坊人家，各設一鵝籠，都藏小兒在內。此事不明，故敢動問。」驛丞附耳低言：「長老莫管他，也莫說他，請安置，明早走路。」長老聞言，一把扯住要問明白。驛丞搖頭搖手，只叫謹言。三藏一發不放，定要問個詳細。驛丞無奈，只得屏去一應在官人役，獨在燈光之下，悄悄而言道：「適所問鵝籠之事，乃是當今國主無道之事。你只管問他怎的？」三藏道：「何為無道？必見教明白，我方得放心。」驛丞道：「此國原是比丘國，近有民謠改作小子城。三年前有一老人，打扮作道人模樣，攜一小女子，年方一十六歲。其女形容嬌俊，貌若仙姬，進獻與當今陛下，寵幸在宮，號為美后，不分晝夜貪歡。如今弄得精神疲困，身體尪羸，飲食少進，命在須臾。太醫院檢盡良方，不能療治。那進女子的道人，受我主誥封，稱為國丈。國丈有海上仙方，甚能延壽。前者去十洲、三島，採將藥來，俱已完備。但只是藥引子利害，單用著一千一百一十一個小兒的心肝煎湯服藥。服後有千年不老之功。這些鵝籠裏的小兒，俱是選就的，養在裏面。人家父母，懼怕王法，俱不敢啼哭。遂傳播謠言，叫作小子城。此非無道而何？長老明早到朝，只去倒換關文，不得言及此事。」言畢，抽身而退。

唬得個長老骨軟筋麻，止不住腮邊淚墮，失聲叫道：「昏君，為你貪歡愛色，弄出病來，怎麼屈傷這許多小兒性命。苦哉，苦哉，痛殺我也。」八戒近前道：「師父，你是怎的起？專把別人棺材擡在自家家裏哭。不要煩惱，他傷的是他的子民，與你何干？且來寬衣睡覺，莫替古人耽憂。」三藏滴淚道：「徒弟呵，我出家人積功累行，第一要行方便。怎麼這昏君一味亂行！從來也不見吃人心肝，可以延壽。這都是無道之事，教我怎不傷悲？」沙僧道：「師父且莫傷悲。等明早倒換關文，覿面見了國王，就看他是怎麼樣一個國丈。或者那國丈是個妖邪，欲吃人的心肝，故設此法，未可知也。」

行者道：「悟淨說得有理。師父，明日等老孫同你進朝，看國丈的好歹。如若是人，只恐他走了旁門，不知正道，徒以採藥為真，待老孫將先天之要旨，化他皈正。

若是妖邪，我把他拿住，與這國王看看，教他節欲養身，斷不教他傷了那些孩童性命。」三藏聞言，急躬身，反對行者施禮道：「徒弟啊，此論極妙，極妙！但只是見了昏君，不可便提此事，恐那昏君不分皂白，並作謠言見罪，卻怎生區處？」行者笑道：「老孫自有法力。如今先將鵝籠小兒攝離此城，教他明日無物取心，地方官自然奏表。那昏君必與國丈商量，或者另行選報。那時節借此舉奏，決不致罪坐於我也。」三藏甚喜，又道：「如今怎得小兒離城？若果能脫得，真賢徒天大之德，可速為之。」行者抖擻神威，即起身，吩咐八戒、沙僧：「同師父坐著，等我施為。你看但有陰風颳動，就是小兒出城了。」他三人一齊俱念：「南無救生藥師佛，南無救生藥師佛。」這大聖出得門外，打個唿哨，起在半空，捻了訣，念一聲「唵淨法界」，拘得那城隍、土地、社令、真官，並揭諦、功曹、丁甲、伽藍等眾，都到空中施禮道：「大聖，夜喚吾等，有何急令？」行者道：「今因路過比丘國，國王無道，聽信妖邪，要取小兒心肝做藥引子，指望長生。我師父十分不忍，欲要救生滅怪，故老孫特請列位，各使神通，把這城中人家鵝籠內的小兒，連籠都攝出城外山凹中，或樹林深處，收藏一二日，與他些果子食用，不得餓損，亦不得使他驚恐。待我除邪治國，勸正君王，臨行時送來還我。」眾神聽令，即便各使神通運用，滿城中陰風滾滾，慘霧漫漫。當夜有三更時分，眾神祇把鵝籠攝去各處安藏，行者按下祥光，徑至驛庭上，只聽得他三人還念佛哩，他也心中暗喜，近前叫：「師父，我來也。方纔陰風起處，我已把小兒一一救出去了，待我們起身時送還。」長老謝了又謝，方纔就寢。

至天曉，三藏起來，結束齊備道：「悟空，我趁早朝，倒換關文去也。」行者道：「待老孫和你同去，看那國丈邪正如何？」三藏道：「你去卻不肯行禮，恐國王見怪。」

行者道：「我不現身，暗中跟隨你，就當保護。」三藏甚喜。卻纔舉步，驛丞又來相見，附耳低言，只教莫管閒事。三藏點頭應諾。大聖閃在門旁，搖身一變，變作個蟭蟟蟲兒，嚶的一聲，飛在三藏帽兒上。出了館驛，徑奔朝中。

到朝門外，見黃門官施禮道：「貧僧乃東土大唐差往西天取經者。今到貴地，理當倒換關文，意欲見駕，伏乞轉奏。」那黃門官果為傳奏。國王喜道：「遠來之僧，必有道行。」即教將長老召入。長老階下朝拜畢，復請上殿賜坐，長老謝恩坐了。只見那國王相貌尫羸，精神倦怠，舉手處揖讓差池，開言時聲音斷續。長老將文牒獻上，那國王眼目昏濛，看了又看，方纔取寶印用了花押，遞與長老。長老收訖。那國王正要問取經原因，只聽得當駕官奏道：「國丈爺爺來矣！」那國王即扶著近侍小宦，掙下了龍牀，躬身迎接。慌得那長老急起身，側立於旁。回頭觀看，原來是一個老道者，自玉階前搖搖擺擺而進。他到寶殿前更不行禮，昂昂烈烈，徑到殿上。國王欠身道：「國丈今喜早降。」就請左手繡墩上坐。三藏起一步，躬身施禮道：「國丈大人，貧僧問訊了。」那國丈端然高坐，亦不回禮，轉面向國王道：「僧家何來？」國王道：「東土唐朝差上西天取經者，今來倒驗關文。」國丈笑道：「西方之路，黑漫漫有甚好處？」三藏道：「自古西方乃極樂之勝境，如何不好？」那國王問道：「朕聞上古有云：『僧是佛家弟子。』端的不知為僧可能不死，向佛可能長生？」三藏聞言，急合掌應道：

為僧者，萬緣都罷；了性者，諸法皆空。大智閒閒，澹泊在不生之內；真機默默，逍遙於寂滅之中。三界空而百端治，六根淨而千種窮。若乃堅誠知覺，須當識心，心淨則孤明獨照，心存則萬境皆清。行功打坐，乃為入定之原；佈惠施恩，誠是修行之本。

但使一心不動，萬行自全。若云採陰補陽，誠為謬語，服餌長壽，實乃虛詞。只要塵塵緣總棄，物物色皆空，素素純純寡愛欲，自然享壽不無窮。

那國丈聞言，付之一笑，用手指定唐僧道：「呵，呵，呵，你這和尚滿口茅柴。寂滅門中，須云認性，你不知那性從何而滅。枯坐參條，盡是些盲修瞎煉。俗語云：『坐，坐，坐，你的屁股破，火熬煎，反成禍。』更不知我這：

修仙者，骨之堅秀；達道者，神之最靈。攜琴訪友，採藥濟人，闡道法，揚太上之正教；施符水，除人世之妖氛。奪天地之秀氣，採日月之華精。運陰陽而丹結，按水火而胎凝。二八陰消兮，若恍若惚；三九陽長兮，如杳如冥。應四時採取藥物，養九轉修煉丹成。跨青鸞而昇紫府，騎白鶴而上瑤京。比你那靜禪釋教，寂滅陰神，涅槃遺臭殼，又不脫凡塵。三教之中無上品，古來惟道獨稱尊。」

那國王聽說，十分歡喜。滿朝官都喝采道：「好個『惟道獨稱尊』！」長老見人都讚他，不勝羞愧。國王又叫光祿寺安排素齋，待那遠來之僧出城西去。

三藏謝恩而退。纔下殿，往外正走，行者飛下帽頂兒來，在耳邊叫道：「師父，這國丈是個妖邪，國王受了妖氣。你先去驛中等齋，待老孫在這裏聽他消息。」三藏知會了，獨出朝門。

那行者一翅飛在金鑾殿翡翠屏中釘下，只見那班部中閃出五城兵馬官奏道：「我主，今夜一陣冷風，將各家鵝籠裏小兒，連籠都颳去了，更無蹤跡。」國王聞奏，又驚又惱，對國丈道：「此事乃天滅朕也！連月病重，御醫無效，幸國丈賜仙方，專待今日午時開刀，取此小兒心肝作引。何期被冷風颳去，非天欲滅朕而何？」國丈笑道：「陛下且休煩惱。此兒颳去，正是天送長生與陛下也。」國王道：「見把籠中之兒颷去，何以反說天送長生？」國丈道：「我纔入朝來，見一個絕妙的藥引，強似那一千一百一十一個小兒之心。那小兒之心，只延得陛下千年之壽。此引子，吃了我的仙藥，就可延萬萬年也。」國王漠然不知是何藥引，請問再三，國丈纔說：「那東土差去取經的和尚，乃是個十世修行的真體，自幼為僧，元陽未泄，比那小兒更強萬倍。若得他的心肝煎湯，服我的仙藥，足保萬年之壽。」那昏君聞言，十分聽信，對國丈道：「何不早說？若果如此，適纔留住，不放他去了。」國丈道：「此何難哉！適纔吩咐光祿寺辦齋待他，他必吃了齋方纔出城。如今急傳旨，將各門緊閉，點兵圍了金亭館驛，將那和尚拿來，必以禮求其心。如果相從，即時剖而取之，遂御葬其屍，還與他立廟享祭。如若不從，就與他個武不善作，即時捆住，剖開取之，有何難事！」那昏君即傳旨把各門閉了，又差羽林衛官軍圍住館驛。

行者聽得這個消息，一翅飛奔館驛，現了本相，對唐僧道：「師父，禍事了，禍事了！」那三藏纔與八戒、沙僧領御齋，忽聞此言，唬得渾身是汗，口不能言。八戒道：「有甚禍事？」行者道：「自師父出朝，少頃五城兵馬來奏冷風颷去小兒之事。國王方惱，那國丈卻轉喜歡道：『這是天送長生與你』。要取師父的心肝做藥引子，可延萬年之壽。那昏君聽信誣言，所以點兵來圍館驛，差錦衣官來請師父求心也。」八戒笑道：「行得好方便，救得好小兒，今番卻惹出禍來了！」

三藏戰兢兢扯著行者道：「賢徒呵，此事如何是好？」行者道：「若要好，大做小。」沙僧道：「怎麼叫作『大做小』？」行者道：「若要全命，師作徒，徒作師，方可保全。」三藏道：「你若救得我命，情願與你做徒弟也。」行者道：「既如此，不必遲疑，教八戒快和些泥來。」那獃子即使鈀築了些土，又不敢外面去，撒泡尿和了一團臊泥，遞與行者。行者沒奈何，將泥撲作一片，往自家臉一撳，印下個猴像的臉子。叫唐僧休動，再莫言語，貼在唐僧臉上，念動真言，吹口仙氣叫「變」，那長老即變作個行者模樣，脱了他的衣服，以行者的衣服穿上。行者卻將師父的衣服穿了，捻訣念咒，搖身變作唐僧的嘴臉。

正粧扮停當，只見鑼鼓齊鳴，槍刀簇擁，原來是羽林官領三千兵把館驛圍了。又見一個錦衣官走進驛庭問道：「東土唐朝長老在那裏？」那驛丞跪下指道：「在下面客房裏。」錦衣官即至客房裏道：「唐長老，我王有請。」只見假唐僧出門施禮道：「錦衣大人，陛下召貧僧有何話說？」錦衣官上前一把扯住道：「我與你進朝去。想必有取用也。」咦！這正是：

妖誣勝慈善，慈善反招凶。

畢竟不知此去端的性命何如，且聽下回分解。

第七十九回　尋洞除妖逢老壽　當朝正主救嬰兒

卻說那錦衣官把假唐僧扯出館驛，與羽林軍圍圍繞繞，徑簇擁到殿前。眾官都在階下跪拜，惟假唐僧挺立階心，口中高叫：「比丘王，請我貧僧何說？」那昏君笑道：「朕得一疾，纏綿日久不癒。幸國丈賜得一方，藥餌俱已完備，只少一味引子。特請長老，求些藥引。若得病癒，與長老修建祠堂，四時奉祭，永為傳國之香火。」假唐僧道：「我乃出家人，隻身至此，請陛下問國丈，不知要甚東西作引。」昏君道：「特求長老的心肝。」假唐僧道：「不瞞陛下說，心便有幾個兒，不知要的甚麼色樣？」那國丈在旁指定道：「那和尚，要你的黑心。」假唐僧道：「既如此，快取刀來，剖開胸腹，若有黑心，謹當奉命。」那昏君歡喜相謝，即著當駕官取一把牛耳短刀，遞與假僧。假僧接刀在手，解開衣服，挺起胸膛，將左手抹腹，右手持刀，唿喇的響一聲，把肚皮剖開，那裏頭就骨都都的滚出一堆心來，唬得文官失色，武將身麻。國丈在殿上見了道：「這是個多心的和尚！」假僧將那心，血淋淋的，一個個撿開與眾觀看，卻都是些紅心、白心、黃心、慳貪心、利名心、嫉妒心、計較心、好勝心、望高心、我慢心、殺害心、狠毒心、恐怖心、謹慎心、邪妄心、無名隱暗之心、種種不善之心，更無一個黑心。那昏君唬得獃獃掙掙，口不能言，戰兢兢的教收了去，收了去。那假唐僧忍耐不住，收了法，現出本相，對昏君道：「陛下全無眼力！我和尚家都是一片好心，惟你這國丈是個黑心，好做藥引。你不信，等我替你取他的出來看看。」

那國丈聽見，急睜睛仔細觀看。見那和尚變了面皮，不是那般模樣。咦！

認得當年孫大聖，蟠桃會上舊知名。

卻抽身騰雲就起。被行者翻觔斗跳在空中喝道：「那裏走，吃吾一棒！」那國丈即使蟠龍拐杖相迎。兩個在半空中賭鬥。那妖精苦禁二十餘合，蟠龍拐抵不住金箍棒，虛幌了一拐，將身化作一道寒光，落入皇宮內院，把進貢的妖后帶出宮門，並化寒光，不知去向。

大聖按落雲頭，到了宮殿，對多官道：「你們的好國丈呵！」多官一齊禮拜，感謝神僧。行者道：「且休拜，且去看你那昏君何在？」多官道：「我主見爭戰時，驚恐潛藏，不知向那座宮中去也。」行者即命快尋，莫被美后拐去。多官聽言，不分內外，同行者先奔美后宮，寂然無蹤，連美后也通不見了。三宮六院，概眾后妃，都來拜謝大聖。大聖道：「請起，不到謝處哩，且去尋你主公。」少時，見四五個太監，攙著那昏君自謹身殿後面而來。眾臣俯伏在地，齊奏道：「主公，主公，感得神僧到此，辨明真假。那國丈乃是個妖邪，連美后亦不見矣。」國王聞言，即請行者出皇宮，到寶殿，拜謝了，道：「長老，你早間來的模樣，那般俊偉，這時如何就改了形容？」行者笑道：「不瞞陛下說，早間來者，是我師父，乃唐朝御弟三藏。我是他徒弟孫悟空。還有兩個師弟豬悟能、沙悟淨，見在金亭館驛。因知你信了妖言，要取我師父心肝做藥引，是老孫變作師父模樣，特來此降妖也。」國王聞言，即傳旨著閣下太宰，快去驛中請師眾來朝。

那三藏聽見行者在空中降妖，嚇得魂飛魄散，又臉上帶著一片臊泥，正悶悶不快，只聽得閣下太宰來請入朝。八戒笑道：「師父莫怕，這番不是請你取心，想是師兄得勝，請你酬謝哩！」三藏道：「雖是得勝來請，但我這個臊臉，怎麼見人？」八戒道：「且去見了師兄，自有解釋。」那長老無計，只得扶著八戒、沙僧，同到驛亭之上。那太宰見了，害怕道：「爺爺呀，這都相似妖怪之類！」沙僧道：「朝士休怪醜陋，我等乃是生成的遺體。」

遂同太宰直至殿下。行者看見，即下殿迎著，把師父的泥臉子抓下，吹口仙氣，那唐僧即時復了原身，精神愈覺爽利。國王下殿親迎，口稱「法師老佛」，師徒們都上殿相見。行者道：「陛下可知那怪來自何方？等老孫去與你一並擒來，剪除後患。」國王含羞告道：「三年前他到時，朕曾問他。他說離城不遠，只在向南去七十里路，有一座柳林坡清華莊上。國丈年老無兒，止後妻生一女，年方十六，不曾配人，願進與朕。朕遂納了，寵幸在宮，不期得疾，太醫屢藥無功。他說我有仙方，止用小兒心煎湯為引。是朕不才，輕信其言，遂選民間小兒，擇定今日午時開刀取心。不料神僧下降，恰恰又遇籠兒都不見了，他就說神僧十世修真，元陽未泄，得其心比小兒心更加萬倍。一時誤犯，不知神僧識透妖魔。敢望大施法力，剪其後患，朕以傾國之資酬謝！」行者笑道：「實不相瞞，籠中小兒，是我師慈悲，著我藏了。你且休題甚麼酬謝，待我捉了妖怪，是我的功行。」叫八戒：「跟我去來。」八戒道：「謹依兄命。只是腹中空虛，不好著力。」國王即傳旨叫光祿寺快辦齋供。八戒儘飽一餐，抖擻精神，隨行者駕雲而起。唬得那國王、妃后，並文武多官，一個個朝空禮拜，都道是真仙真佛臨凡。

那大聖攜著八戒，徑到南方七十里之地，住下風雲，找尋妖處。但只見一股清溪，兩邊夾岸，岸上有千萬株的楊柳，更不知清華莊在於何處。正是那：

萬頃野田觀不盡，千堤煙柳隱無蹤。

大聖尋覓不著，即捻訣念一聲「唵」字真言，拘得一個當方土地來，跪下叩頭。行者道：「我問你，柳林坡有個清華莊在於何方？」土地道：「此間只有個清華洞，並無清華莊。大聖只去那南岸頭，有一棵九杈楊樹根下，左轉三轉，右轉三轉，連叫三聲『開門』，即現清華洞府。」大聖聞言，吩咐土地回去，與八戒跳過溪來，尋那棵楊樹。果然有九條杈枝，總在一棵根上，行者叫八戒：「你且遠遠的站定，待我叫開門，尋著那怪，趕將出來，你卻接應。」八戒即遠遠立下。這大聖依土地之言，繞樹根左轉三轉，右轉三轉，雙手齊撲其樹，叫：「開門，開門！」霎時間，一聲響亮，唿喇喇的兩扇門開，更不見樹的蹤跡。那裏邊光明霞采，亦無人煙。

行者撞進去，近前細看，見石屏上有「清華仙府」四個大字。跳過石屏看處，只見那老怪懷中摟著個美女，喘噓噓的正講比丘國事，齊道：「好機會來，三年事今日得完，卻被那猴頭破了！」行者跑近身，掣棒高叫道：「我把你這夥毛團，甚麼好機會，吃我一棒！」那老怪丟了美人，輪起蟠龍拐，急架相迎。他兩個在洞前爭鬥。八戒在外邊聽見裏面嚷鬧，激得他心癢難撓，把一棵九杈楊樹推倒，使鈀築了幾下，築得那鮮血直冒，嚶嚶的似乎有聲。他道：「這棵樹成了精也！」正看處，只見行者引怪出來。獃子不打話，趕上前舉鈀就築。那老怪心慌，敗了陣，將身一幌，化道寒光徑投東走。他兩個隨向東趕來。

正當喊殺之際，又聞得鸞鶴聲鳴，祥光縹緲，舉目視之，乃南極老人星也。那老人把寒光罩住，叫道：「大聖慢來，天蓬休趕，老道在此施禮哩！」行者即答禮道：「壽星兄弟，那裏來？」八戒笑道：「肉頭老兒，罩住寒光，必定捉住妖怪了！」壽星陪笑道：「在這裏，在這裏。望二公饒他命罷！」行者道：「老怪不與老弟相干，為何來說人情？」壽星笑道：「他是我的一副腳力，不意走將來成此妖怪。」行者道：「既是老弟之物，只教他現出本相來看看。」壽星聞言，即把寒光放出，喝道：「業畜！快現本相，饒你死罪。」那怪打個轉身，原來是隻白鹿。壽星拿起拐杖道：「這業畜！連我的拐棒也偷來也。」那隻鹿俯伏在地，口不能言，只管叩頭滴淚。

壽星謝了行者，就跨鹿而行。行者一把扯住道：「老弟，且慢走，還有兩件事未完哩！」壽星道：「還有甚事？」行者道：「還有美人未獲，不知是個甚麼怪物。又要同到比丘城見見那昏君，現相化凡也。」壽星道：「既這等說，我且暫停。你與天蓬下洞，擒捉那美人來，同去現相可也。」行者應聲前行。八戒抖擻精神，隨行者徑入清華仙府，吶喊聲，叫：「拿妖精，拿妖精！」那美人戰戰兢兢，即轉入石屏之內，又沒個後門出頭。被八戒喝聲：「那裏走，我把你這個哄漢子的臊精，看鈀！」那美人將身一閃，化道寒光，往外就走。被大聖抵住寒光，乒乓一棒，那怪立不住腳，倒在塵埃，現了本相，原來是一個白面狐狸。獃子忍不住手，舉鈀一築，可憐把個

傾城傾國千般笑，化作毛團業畜形。

行者叫道：「莫打爛他，且留他此身去見昏君。」那獃子一手拖著，隨行者出得門來。正遇著壽星老兒同鹿也到。八戒將個死狐狸摜在鹿的面前道：「這可是你的女兒麼？」那鹿點頭伸嘴，聞他幾聞，呦呦發聲，似有眷戀不捨之意。被壽星劈頭一掌道：「業畜，你得命足矣，又聞他怎的？」即解下勒袍腰帶，把鹿扣住頸項，牽著

道：「大聖，我和你比丘國相見去也。」行者道：「且住！索性把這邊都掃個乾淨，庶免他年復生妖孽。」即還拘出土地，叫尋些枯柴，填塞洞裏，放起火來，燒個乾淨，纔發回土地。

同壽星牽著鹿，拖著狐狸，一齊回到殿前。唬得那國裏君臣妃后，一齊下拜。行者近前，攙住國王，笑道：「且休拜我，這鹿兒即是國丈，你只拜他便是。」又指著狐狸道：「這是你的美后，你與他耍子兒麼？」那國王羞愧無地，只道：「感謝神僧救我一國小兒，真天恩也！」即傳旨教光祿寺安排素宴，大開東閣，請南極老人與唐僧四眾，共坐謝恩。三藏拜見了壽星，沙僧亦以禮見。都問道：「白鹿既是老壽星之物，如何得到此間為害？」壽星笑道：「前者東華帝君過我荒山，我留坐著棋，一局未終，這業畜走了。及客去尋他不見，我因屈指打算，知他走在此處，特來尋他，正遇著孫大聖施威。若還來遲，此畜休矣！」敘不了，只見報道：「素宴已備。」當時敘定坐次，教坊司動樂，國王擎著紫霞杯，一一奉酒。

筵宴已畢，壽星告辭。那國王又近前跪拜，求祛病延年之法。壽星笑道：「我因尋鹿，未帶丹藥。欲傳你修養之方，你又筋衰神敗，不能還丹。我這衣袖中只有三個棗兒，是與東華帝君獻茶的，我未曾吃，今送你罷！」國王吞之，漸覺身輕病退。壽星出了東閣，將白鹿一聲喝起，飛跨背上，踏雲而去。這朝中君王妃后，城中黎庶居民，各各焚香禮拜不題。

三藏叫徒弟收拾辭王，那國王苦留求教。行者道：「陛下，從此色欲少貪，陰功多積，凡百事將長補短，自足以祛病延年，就是教也。」又拿出兩盤散金碎銀，奉為路費，唐僧分文不受。國王無已，命擺鑾駕，請唐僧端坐鳳輦龍車，王與嬪后，俱推輪轉轂，送出朝門。滿城百姓亦皆盞添淨水，爐降真香，又送出城。忽聽得半空中一聲風響，路兩邊落下一千一百一十一個鵝籠，內有小兒啼哭。暗中有眾神祇高叫道：「大聖，我等前蒙吩咐，攝去小兒鵝籠，今知大聖功成起行，一一送來也。」那國王與臣民又俱下拜。行者望空謝了。

即叫城裏人家來認領小兒。當時傳播俱來，各認出籠中之兒。歡歡喜喜抱回，跳的跳，笑的笑，都叫：「扯住唐朝爺爺，到我家奉謝救兒之恩！」無大無小，若男若女，都不怕他相貌之醜，擡著豬八戒，扛著沙和尚，頂著孫悟空，撮著唐三藏，牽馬挑擔，一擁回城。那國王也不能禁止。這家也開宴，那家也設席。請不及的，或做衣帽鞋襪相送。如此盤桓，將有個月，纔得離城。又有的傳下影神，立起牌位，頂禮焚香供養。這纔是：

陰功救活千人命，小子城還是比丘。

畢竟不知向後又有何事，且聽下回分解。

第八十回　姹女育陽求配偶　心猿護主識妖邪

卻說比丘國君臣黎庶，送唐僧四眾出城，有二十里之遠，三藏勉強辭別而行。行彀多時，又過了冬殘春盡。看不了景物芳菲。前面又見一座高山，三藏緩觀山景，忽聞啼鳥之聲，又起思鄉之念。行者道：「師父，你安心前進，莫要多憂。古人云『欲求生富貴，須下死工夫。』」三藏道：「徒弟，雖然說得有理，但不知西天路還在那裏哩！」八戒道：「師父，我佛如來捨不得那三藏經，知我們要取去，想是搬了，不然如何只管不到？」沙僧道：「莫亂說！我們跟著大哥走。只把工夫捱他，終須有個到之之日。」

師徒正自閒敘，又見一派黑松大林。唐僧叫道：「悟空，我們纔過了那崎嶇山路，怎麼又遇這個深黑松林？是必在意。」大聖使鐵棒上前，引唐僧徑入深林，行經半日，未見出林之路。唐僧道：「徒弟，一向西來，無數的山林崎嶮，幸得此間清雅，這林中奇花異卉，可人情意。我要在此坐坐，一則歇馬，二則腹中飢了，你去化些齋來我吃。」行者即請師父下馬，坐在松陰之下。他取了鉢盂，縱觔斗到半空中，佇定雲光，回頭觀看，只見松林中祥雲縹緲，瑞靄氤氳。他忽失聲叫道：「好啊！」你道他叫好做甚？原來誇獎唐僧，說他是金蟬長老轉世，十世修行的好人，所以有此祥瑞罩頭。「我老孫五百年前著實為人，如今脫卻天災，與他做了徒弟。想師父徑回東土，必定有些好處，老孫也必定得個正果。」正這等誇念中間，忽然見林南下有一股子黑氣，骨都都的冒將上來。行者大驚道：「那黑氣裏必定有邪了。我那八戒、沙僧卻不會放甚黑氣。」那大聖在半空中詳察不定。

卻說三藏坐在林中，明心見性，諷念那《多心經》，忽聽得嚶嚶的叫聲「救人」。三藏大驚道：「善哉，善哉，這等深林裏有甚麼人叫？想是狼蟲虎豹唬倒的，待我看看。」那長老起身挪步，附葛攀藤，近前視之，只見那大樹上綁著一個美貌女子，上半截使繩索綁在樹上，下半截埋在土裏。長老立定腳，問他一句道：「女菩薩，你有甚事，綁在此間？」咦！分明這廝是個妖怪，長老肉眼凡胎，卻不認得。那妖見他來問，你看他桃腮垂淚，星眼含悲，巧語花言，忙忙的答應道：「師父，我家住在貧婆國，離此有二百餘里。父母在堂，十分好善。時遇清明，帶領本家老小，拜掃先塋，一行轎馬，都到了荒郊野外。只聞得鑼鳴鼓響，跑出一夥強人，持刀喊殺前來，慌得我們魂飛魄散，父母諸人各逃性命。奴奴年幼跑不動，唬倒在地，被眾強人拐來山內。大大王要做夫人，二大王要做妻室，第三、第四都愛我美色，一齊爭吵，大家都不忿氣，所以把奴奴綁在林間，眾強人散盤而去。今已五日五夜，看看命盡，不久身亡。不知是那世裏祖宗積德，今日遇著老師父到此，千萬發大慈悲，救我一命，九泉之下，決不忘恩！」說罷，淚下如雨。三藏真個慈心，也就忍不住吊下淚來，聲音哽噎，叫道：「徒弟。」那八戒、沙僧，正在林中尋花覓果，猛聽得師父叫聲悽愴，即走至跟前，問師父怎麼說。唐僧用手指定那樹上，叫八戒：「解下那女菩薩來，救他一命。」獃子不分好歹，就去動手。

卻說那大聖在半空中又見那黑氣濃厚，把祥光盡情蓋了，道聲：「不好，不好，黑氣罩暗祥光，怕不是妖邪害俺師父！化齋還是小事，且去看我師父去。」即返雲頭，按落林裏。只見八戒亂解繩兒。行者上前，一把揪住耳朵，撲的摔了一跌。獃子爬起道：「師父教我救人，你怎麼將我摜這一跌？」行者笑道：「兄弟，莫解他，他是個妖精，弄喧兒騙我們哩！」三藏喝道：「這潑猴亂說。怎麼這等一個女子，就認他是個妖怪。」行者道：「師父原來不知，這都是老孫幹過的買賣，想人肉吃的法兒，你那裏認得！」八戒噴著嘴道：「師父，莫信這弼馬溫！」三藏道：「也罷，也罷。八戒呵，你師兄常時也看得不差。既這等說，不要管他，我們去罷！」行者大喜道：「好了，師父是有命的了，請上馬，出松林外，有人家化齋你吃。」四人果一路前進，把那妖撇了。

卻說那妖綁在樹上，咬牙恨道：「幾年前聞說孫悟空神通廣大，果然話不虛傳。那唐僧乃童身修行，一點元陽未泄，正欲拿他去配合，成太乙金仙，不知被此猴識破吾法，將他救去了，卻不是勞而無功？等我再叫他兩聲，看是如何？」妖精不動繩索，把兩句言語，用一陣神風，嚶嚶的吹在唐僧耳內。你道叫的甚麼？他叫道：「師父呵，你放著活人的性命還不救，昧心拜佛取何經？」唐僧在馬上聽得，即勒馬叫悟空：「去救那女子下來罷！」行者道：「師父怎的又想起他來了？」唐僧道：「他又在那裏叫哩，他叫得有理，說道：『活人性命還不救，昧心拜佛取何經？』救人一命勝造七級浮屠，快去救他下來，強似取經拜佛。」行者笑道：「師父要善將起來，就沒藥醫你。你要救他，我也不敢苦勸，我勸一會你又惱了。任你去救，只是這個擔兒老孫卻擔不起。」唐僧道：「猴頭莫多話！你坐著，等我和八戒救他去。」

唐僧回至林裏，教八戒解了他上半截繩子，用鈀築出下半截身子。那怪跌跌腳，束束裙，喜孜孜跟著唐僧出松林，見了行者。行者冷笑不止。唐僧罵道：「潑猴頭，你笑怎的？」行者道：「我笑你『時來逢好友，運去遇佳人。』」三藏道：「亂説，我又不是利祿之輩，有甚運退時！」行者笑道：「師父，你自幼為僧，只會看經念佛，卻不曾見王法條律。這女子生得年少標致，我和你乃出家人，同他一路行走，倘或遇著歹人，把我們拿送官司，不論甚麼取經拜佛，且都打作姦情，縱無此事也要問個拐帶人口，大家不得乾淨，師父追了度牒，打個小死；八戒該問充軍；沙僧該問擺站；饒我老孫口能，怎麼折辯也要問個不應。」三藏喝道：「莫亂説，終不然我救他性命，有甚貽累不成！帶了他去，凡事都在我身上。」行者道：「師父雖説凡事在你，卻不知你不是救他，反是害他。」三藏道：「怎麼反是害他？」行者道：「他當時綁在林間，或五日十日餓死了，還得個完全身子。如今帶他出來，你坐的是個快馬，我們只得隨你，那女子腳小，怎麼跟得上走？一時把他丢下，若遇著狼蟲虎豹，一口吞之，卻不是反害其生也？」三藏道：「正是呀，這件事卻虧你想。如何處置？」行者笑道：「抱他上來，和你同騎著馬走罷！」三藏道：「我那裏好與他共馬？……也罷，也罷，我也還走得幾步，等我下來，慢慢的同走，著八戒牽著空馬罷！」行者大笑道：「獃子倒有買賣，師父照顧你牽馬哩！」三藏道：「這猴頭又亂説了！古人云：『馬行千里，無人不能自往。』等八戒慢慢牽著，我們大家同這女菩薩走下山去。或到菴觀寺院有人家之處，留他在那裏，也是我們救他一場。」行者道：「師父説得有理，快請前進。」

三藏拽步前走，沙僧挑擔，八戒牽著空馬，行者拿鐵棒，引著女子，一行前進，不上二三十里，天色將晚，又見一座樓臺殿閣。三藏道：「徒弟，那裏必定是座菴觀寺院，就此借宿了，明日早行。」霎時到了門首。三藏吩咐道：「你們略站遠些，等我先去借宿。若有方便處，著人來叫你。」眾人俱立在柳陰之下。

長老拽步向前，只見那門東倒西歪，零零落落。推開看時，又只見長廊寂靜，古剎蕭疏，苔蘚盈庭，蒿榛滿徑。三藏忍不住心中淒慘，硬著膽走進二層門，見那鐘鼓樓俱倒了，止有一口銅鐘，扎在地下，上半截如雪之白，下半截如靛之青。原來是日久年深，上邊被雨淋白，下邊是土氣上的銅青。三藏用手摸著鐘，正然感歎，忽聽得那鐘噹的一聲響，把三藏唬了一跌。原來那裏邊有一個侍奉香火的道人，他聽見人言語，拾一塊斷磚，照鐘上打將去，故此那鐘響了一聲。三藏叫聲：「鐘呵，莫非是：

西天路上無人到，日久多年變作精。」

那道人上前，一把攙起道：「老爺莫怕，不干鐘成精之事，卻纔是我打得鐘響。」三藏見他的模樣醜黑，道：「你莫是魍魎妖邪？我不是尋常之人，我是大唐來的，我手下有降龍伏虎的徒弟，你若撞著他，性命難存也！」道人跪下道：「老爺，我不是妖邪，我是這寺裏的道人。卻纔聽見老爺言語，就欲出來迎接；恐怕是個鬼祟，故此拾一塊斷磚，把鐘打一下壓驚，方敢出來。老爺請進。」那唐僧方然正了性道：「主持，險些兒唬殺我也。你帶我進去。」

那道人引定唐僧，直至三層門內看處，比外邊甚是不同。但見那：

青磚綠瓦琉璃殿，白玉黃金瑪瑙屏。半壁燈光明後院，一行香霧照中庭。

三藏見了，叫：「道人，你這前邊十分狼狽，後邊這等齊整，何也？」道人笑道：「老爺，這山中多有妖邪強寇，天色晴明，沿山打劫，天陰就來寺裏藏身，被他把佛像推倒墊坐，木植搬來燒火。本寺僧人軟弱，不敢與他講論，因此把前邊破房都捨與那些強人安歇，從新另化了些施主，蓋得這一所寺院。」三藏道：「原來如此。」

正行間，又見山門上有五個大字，乃「鎮海禪林寺」。纔跨入門裏，忽見一個和尚走來，你看他怎生模樣：

頭戴左笄絨錦帽，一對銅圈墜耳根。身著頗羅毛綫服，一雙白眼亮如銀。手中搖著播郎鼓，口念番經聽不真。三藏原來不認得，這是西方路上喇嘛僧。

那喇嘛和尚走出來，看見三藏眉清目秀，額闊頂平，耳垂肩，手過膝，好似羅漢臨凡。他走上前扯住，滿面笑唏唏的與他捻手捻腳，摸鼻子，揪耳朵，以示親近之意。攜至方丈中行禮畢，卻問：「老師父何來？」三藏道：「弟子乃東土大唐欽差往西方大雷音寺拜佛取經者。適行至寶方天晚，特奔上剎借宿一宵，明日早行，望垂方便。」那和尚笑道：「不當人子，不當人子。我們既做了佛門弟子，切莫說脫空之話。」三藏道：「我是老實話。」和尚道：「那東土到西天，不知有多少路程，山山有怪，洞洞有精，想你這個單身，又生得嬌嫩，那裏像個取經的。」三藏道：「院主也見得是，貧僧一個，豈能到此。我有三個徒弟，逢山開路，遇水疊橋，保我弟子，所以到得上剎。」那和尚道：「三位高徒何在？」三藏道：「現在山門外伺候。」那和尚慌了道：「師父，你不知我這裏有虎狼、妖怪傷人，白日裏不敢遠出，未經天晚，就閉了門戶。這早晚好把人放在外邊！」叫徒弟快去請進來。

有兩個小喇嘛兒，跑出去，看見行者，唬了一跌，見了八戒，又是一跌，扒起來往後飛跑，道：「爺爺，造化低了！你的徒弟不見，只有三四個妖怪站在門首也。」三藏問道：「怎麼模樣？」小和尚道：「一個雷公嘴，一個碓挺嘴，一個青臉獠牙。旁有一個女子，倒是個油頭粉面。」三藏笑道：「你不認得。那三個醜的，就是我徒弟。

那一個女子，是我打松林裏救命來的。」那喇嘛道：「爺爺呀，這們好俊師父，怎麼尋這般醜徒弟？」三藏道：「他醜自醜，卻俱有用。你快請他進來，若再遲些兒，那雷公嘴的有些撞禍，不是個人生父母養的。他就打進來也。」

那小和尚即忙跑出去，叫道：「列位老爺，唐老爺請哩！」於是八戒牽著馬，沙僧挑擔，行者在後面，押著那女子，一行進去。穿過了倒塌房廊，入三層門裏。拴馬歇擔，進方丈中與喇嘛僧相見，分了坐次，那和尚入裏邊，引出七八十個小喇嘛來，見禮畢，收拾辦齋管待。正是：

積功須在慈悲念，佛法興時僧讚僧。

畢竟不知怎生離寺，且聽下回分解。

第八十一回　鎮海寺心猿知怪　黑松林三眾尋師

話表三藏師徒到鎮海寺，眾僧安排齋供，四眾餐畢，那女子也得些食力。漸漸天昏，方丈裏點起燈來。眾僧一則是問唐僧取經來歷，二則是貪看那女子都攢攢簇簇，排列燈下。三藏對喇嘛僧道：「院主，明日離了寶山，西去的路途如何？」那僧雙膝跪下，慌得長老一把扯住道：「院主請起。我問你個路程，你為何行禮？」那僧道：「老師父明日西行，路途平正，不須費心，只是眼下有件事兒不尷尬。老師都在小和尚房中安歇甚好，這位女菩薩不方便，不知請他那裏睡好。」三藏道：「院主，你不要疑我們有甚邪心。早間打黑松林過，撞見這個女子綁在樹上，是我發菩提心將他救了到此，隨院主送他那裏睡去。」那僧道：「既老師寬厚，請他到天王殿裏，安排個草鋪教他睡罷。」三藏道：「甚好，甚好。」遂叫小和尚引那女子往殿後睡去。長老在方丈中，請眾僧各散，吩咐悟空：「早睡早起。」遂一處都睡了。

天明行者起來，教八戒、沙僧收拾行囊、馬匹，卻請師父走路。此時長老還貪睡未醒，行者近前叫聲「師父」，那師父把頭擡了一擡，又不曾答應。行者問：「師父怎麼說？」長老呻吟道：「我怎麼這般頭懸眼脹，渾身皮骨皆疼？」八戒聽說，伸手去摸摸，身上有些發熱。獃子笑道：「我曉得了。這是昨晚見沒錢的飯，多吃了幾碗，傷食了。」三藏道：「不是。我半夜起來解手，不曾戴得帽子，想是風吹了。」

行者道：「如今可走得路麼？」三藏道：「我如今起坐不得，怎麼上馬？但只誤了路呵！」行者道：「師父，你既身子不快，說甚麼誤了路，便寧耐幾日何妨？」兄弟們都伏侍著師父，不覺的早盡午來昏又至，良宵纔過又侵晨。

光陰迅速，早過了三日。那一日，師父欠身起來，叫道：「悟空，這兩日病體沈痾，不曾問得你，那個脫命的女菩薩，可曾有人送些飯與他吃？」行者笑道：「你管他怎的，且顧了自家的病著。」三藏道：「你且扶我起來，取出我的紙、筆、墨，寺裏借個硯臺來使使。」行者道：「要怎的？」長老道：「我要修一封書，並關文封在一處，你替我送上長安，見太宗皇帝一面。」行者道：「這個容易。我老孫別事無能；若說送書，人間第一。你把書收拾停當與我，我一觔斗送到長安，遞與唐王，再一觔斗回來，你的筆硯還不乾哩。只是你寄書怎的？且把書意念念我聽。」長老滴淚道：「我寫著：

臣僧稽首三頓首，萬歲三呼拜聖君：當年奉旨離東土，指望靈山見世尊。
不料途中遭厄難，何期半路有災迍。僧病沈痾難進步，佛門深遠接天門。
有經無命空勞碌，啟奏當今別遣人。」

行者聞言，忍不住呵呵大笑道：「師父，你忒不濟，略有些些病兒，就起這個意念。你若是病重，要死要活，只消問我。我老孫自有個本事，問道：『那個閻王敢起心？那個判官敢出票？那個鬼使來勾取？』若惱了我，我拿出那大鬧天宮的性子，一路棍打入幽冥，捉住十代閻王，一個個抽了他的筋，還不饒他哩！」三藏道：「徒弟呀，我病重了，切莫說這大話。」

八戒道：「師兄，若師父十分不好，我們好趁早打點送終之事。」行者道：「獃子又亂說了？你不知道。師父是我佛如來第二個徒弟，原叫作金蟬長老，只因他輕慢佛法，該有這場大難。」八戒道：「哥呵，師父既是輕慢佛法貶東土，如今發願往西天拜佛求經，千魔百難，受的苦也夠了，怎麼又叫他害病？」行者道：「你那裏曉得，師父不曾聽佛講法，打了一個盹，往下一失，左腳下躧了一粒米，下界來該有這三日病。」八戒驚道：「像老豬吃東西潑潑撒撒的，也不知害多少年代病哩！」行者道：「兄弟，佛不與你眾生為念。師父只今日一日，明日就好了。」三藏道：「我今日比昨不同：嚥喉裏十分作渴。你去尋些涼水來我吃。」行者道：「師父要水吃，便是好了。等我取水去。」

即時取了缽盂，往寺後香積廚取水。忽見那些和尚一個個眼兒通紅，悲啼哽嚥。行者道：「你們這些和尚，忒小家子樣！我們住幾日，臨行謝你，柴火錢照日算還。怎麼這等膿包？想是我那長嘴師父食腸大，吃傷了你的本兒也。」眾僧道：「老爺，我這荒山，大大小小也有百十眾和尚，每一人養老爺一日，也養得起百十日，怎麼敢計較甚麼食用。」行者道：「既不計較，你卻為甚麼啼哭？」眾僧道：「老爺，不知是那裏來的妖邪在這寺裏。我們晚間著兩個小和尚去撞鐘打鼓，只聽得鐘鼓響罷，再不見人回。至次日找尋，只見僧帽、僧鞋丟在後邊園裏，骸骨尚存，將人吃了。你們住了三日，我寺裏不見了六個和尚。故此我們不由的不怕，不由的不傷。因見你老師父貴恙，不敢傳說，忍不住淚珠偷垂也。」

行者聞言，又驚又喜道：「不消說了，心定是妖魔在此傷人也。等我與你剿除他。」眾僧道：「老爺，妖精不精者不靈，一定會騰雲駕霧，出幽入冥。老爺，你莫怪我們說，你若拿得他住，便與我荒山除了這禍根，正是三生有幸了。若還拿他不住呵，卻有好些兒不便處。」行者道：「怎叫作好些不便處？」那眾僧道：「不瞞老爺說，我這荒山，雖有百十眾和尚，卻都是自小兒出家的。髮長尋刀削，衣單破衲縫。早起洗了臉，叉手躬身皈大道；夜來燒了香，虔心叩齒念彌陀。因此上也不會伏虎，也不會降龍；也不識得怪，也不識得精。你老爺若還惹起那妖魔呵，我百十個和尚只夠他一頓飽，一則誤了我眾生輪迴，二則滅了這禪林古跡。這卻是好些兒不便處。」行者聞言發怒，高叫道：「你這眾和尚好獃哩！只曉得那妖精，就不曉得我老孫的行止？」眾僧道：「實不曉得。」行者道：「我今日略節說說，你們聽著。我也曾花果山獨霸稱雄，我也曾靈霄殿大鬧天宮。飢時把老君的丹，略略咬了兩三顆；渴時把玉帝的酒，輕輕嘑了六七鍾。睜著一雙金睛眼，天慘澹，月朦朧；拿著一條金箍棒，來無影，去無蹤。說甚麼大精小怪，那怕他惡虎強龍。一趕趕上去，跑的跑，躲的躲；一捉捉將來，砑的砑，舂的舂。正是八仙同過海，獨自顯神通。眾和尚，我拿這妖精與你看看，你纔認得我老孫。」眾僧聽著，暗點頭道：「這和尚開大口，說大話，想是有些來歷。」都一個個諾諾連聲。只有那喇嘛僧道：「且住，你老師父有恙。你拿這妖精不打緊，你兩下裏角鬥，倘貽累你師父，不當穩便。」

行者道：「有理，有理，我且送涼水與師父吃了再來。」即捧了一缽盂涼水，到方丈裏遞與師父。三藏正當煩渴之時，便捧著水，只是一吸。行者見長老精神漸爽，眉目舒開，問道：「師父，可吃些湯飯麼？」三藏道：「這涼水就是靈丹一般，這病兒減了一半，有湯飯也吃得些。」行者連聲高叫道：「我師父好了，要湯飯吃哩！」那些和尚忙忙的安排了幾桌素食送進。唐僧只吃得半碗兒粉湯。行者、沙僧用了一席。其餘的都是八戒一併食之。傢伙收去，點起燈來。眾僧各散。

三藏道：「我們今住幾日了？」行者道：「三整日矣。師父既好了，明日去罷！」三藏道：「正是。就帶幾分病兒，也沒奈何！」行者道：「既是明日要去，且讓我今晚捉了妖精者。」三藏驚道：「又捉甚麼妖精？」行者道：「有個妖精在這寺裏，等老孫替他捉捉。」唐僧道：「徒弟呀，我的病身未可，你怎麼又興此念？倘那怪有神通，你拿他不住呵，卻又不是害我？」行者道：「你好滅人威風。老孫到處降妖，你見我弱與誰的？只是不動手，動手就要贏。」三藏扯住道：「徒弟，常言說得好：『遇方便時行方便，得饒人處且饒人。操心怎似存心好，爭氣何如忍氣高。』」大聖見師父苦苦阻他，他道：「師父，實不瞞你說，那妖在此吃了人了！」唐僧大驚道：「吃了甚人？」行者說道：「我們住了三日，已是吃了這寺裏六個小和尚了。」長老道：「兔死狐悲，物傷其類。他既吃了寺內之僧，我亦僧也，我放你去，只要用心仔細些。」行者道：「不消說。」

你看他喜孜孜跳出方丈，徑來佛殿看時，天上有星，月還未上，那殿裏黑暗暗的。他就吹出真火，點起琉璃，東邊打鼓，西邊撞鐘。響罷，搖身一變，變作個小和尚兒，年紀只有十二三歲，披著黃絹褊衫，白布直裰，手敲著木魚，口裏念經。等到二更時分，殘月纔昇，只聽見呼呼的一陣風響。那風纔然過處，猛聞得蘭麝香熏，環聲響，即欠身擡頭觀看，呀！卻是一個美貌佳人，徑上佛殿。行者口裏嗚哩嗚喇，只情念經。那女子近前，一把摟住道：「小長老，念的甚麼經？」行者道：「《降魔經》。」女子道：「別人都自在睡覺，你還念經怎麼？」行者道：「許下的，如何不念？」女子摟住，與他親個嘴道：「我與你到後面耍耍去。」行者故意的扭過頭去道：「你有些不曉事！」女子道：「我怎的不曉事？從來說：『有緣千里來相會。』趁如今星光月皎，我和你到後園中交歡去也。」行者聞言，暗點頭道：「那幾個愚僧，都被色欲引誘，所以傷了性命。他如今也來哄我。」就隨口答應道：「娘子，我出家人年紀尚幼，卻不知甚麼交歡之事。」女子道：「你跟我去，我教你。」行者暗笑道：「也罷，我跟他去，看他怎生擺佈。」

他兩個摟著肩，攜著手，出了佛殿，徑至後邊園裏。那怪把行者使個絆子腿，跌倒在地。口裏「心肝哥哥」的亂叫，將手就去捏他的臊根。行者道：「我的兒，真個要吃老孫哩！」卻被行者接住他手，使個小坐跌法，把那怪一轂轆掀翻在地上。那怪口裏還叫道：「心肝哥哥，你倒會跌你的娘哩！」行者想道：「不趁此時下手他，還到幾時？」正是先下手為強，就一跳跳起來，現出原身，輪鐵棒劈頭就打。那怪吃了一驚道：「這個小和尚，這等利害！」定睛一看，原來是那唐長老的徒弟姓孫的。他也不懼，便隨手架起雙股劍，玎玎璫璫的左遮右格。只見陰風四起，殘月無光，他兩人後園中各逞神通爭鬥。

大聖精神抖擻，棍兒沒半點差池。妖精自料敵他不住，猛可的眉頭一蹙，計上心來，抽身便走。行者喝道：「潑貨那走，快快來降！」那妖只是不理。等行者趕到緊急之時，即將左腳上花鞋脫下來，念個咒語，叫「變」，就變作本身模樣，使兩口劍舞將來。真身一幌，化陣清風，竟撞到方丈裏，把三藏攝將去。眨眨眼就到了陷空山，進了無底洞，叫小的們安排素筵席成親不題。

卻說行者鬥得心焦，閃一個空，一棍把那妖打落下來，乃是一隻花鞋。行者曉得中了他計，連忙轉身來看師父。那有個師父？只見那獃子和沙僧口裏嘈嘈噥噥說甚麼。行者怒氣填胸，也不管好歹，撈起棍來一片打，連聲叫道：「打死你們，打死你們！」那獃子慌得走也沒路。沙僧卻是個靈山大將，見得事多，就軟款溫柔，近前跪下道：「兄長，我知道了。想你要打殺我兩個，也不去救師父，徑自回家去哩。」行者道：「我打殺你兩個，我自去救他。」沙僧笑道：「兄長說那裏話！無我兩個，真是單絲不綫，孤掌難鳴。兄啊，這行囊、馬匹，誰與看顧？寧學管、鮑分金，休倣孫、龐鬥智。自古道『打虎還得親兄弟，上陣須教父子兵』。望兄長且饒打，待天明和你同心戮力，尋師去也。」行者雖是性情剛烈，卻也明理察情。見沙僧如此說，便就回心道：「你都起來。明日找尋師父，卻要用力。」那獃子聽見饒了，恨不得許下半邊天道：「哥啊，這個都在老豬身上。」

兄弟們這一夜那曾得睡，只坐到天曉，收拾要行。早有寺僧來問：「老爺那裏去？」行者笑道：「不好說。昨日對眾誇口，說與你們拿妖精，妖精未曾拿得，倒把我個師父不見了。我們尋師父去哩！」眾僧害怕道：「老爺，小可的事，倒帶累老師，卻往那裏去尋？」行者道：「有處尋他。」眾僧連忙的端了兩三盆湯飯。八戒儘吃個飽，道：「好和尚！我們尋著師父，再到你這裏來耍子。」行者道：「還到這裏吃他飯哩！你去天王殿裏看看那女子在否？」眾僧道：「老爺，不在了。就是當晚宿了一夜，第二日就不見了。」

行者喜喜歡歡，謝別眾僧，著八戒、沙僧牽馬挑擔，徑回東走。八戒道：「哥哥差了，怎麼又往東行？」行者道：「你豈知道！前日那黑松林綁的那個女子，老孫把他認透了，你們都認作好人。今日吃和尚的也是他，攝師父的也是他，你們救得好女菩薩！今既攝了師父，還從舊處找尋去也。」二人方纔歎服，急急同到林內搜尋，那有蹤影。

行者心焦，掣出棒來，搖身一變，變作三頭六臂，六隻手理著三根棒，在林裏辟哩撥喇的亂打。八戒見了道：「沙僧，師兄著了惱，尋不著師父，弄作個氣心風了。」不期行者打了一路，打出兩個老頭兒來，一個是山神，一個是土地，上前跪下道：「大聖，山神、土地來見。」八戒道：「好啊！打了一路，打出兩個山神、土地，若再打一路，連太歲都打出來也。」行者問道：「山神、土地，我聞得汝等在此，專一結夥強盜。強盜得了手，買些豬羊祭賽你。又與妖精打夥兒把我師父攝來。如今藏在何處，快快的從實供來，免打！」二神慌了道：「大聖錯怪了我耶！妖精不在小神山上，但只夜間風響處，小神略知一二。他在那正南下，離此有千里之遙。那廂有一山，喚作陷空山。山中有個洞，叫作無底洞。是那山裏妖精，到此變化攝去也。」行者聽言，暗自驚心，即喝退二神，收了法身，現出本相，與八戒、沙僧道：「師父去得遠了。」八戒道：「遠便駕雲趕去！」

獃子就一縱狂風先起，隨後是沙僧駕雲。那白馬原是龍子出身，馱了行李，也踏了風霧。大聖隨起觔斗，一直南來，不多時，早見一座大山，阻住雲腳。三人都按定雲頭，落在山上。行者叫沙僧：「我和你且在此，著八戒先下山門裏打聽打聽，看端的可有洞府，我們好一齊去尋師父。」獃子即放下鈀。抖抖衣裳，空著手，跳下高山，找尋路徑。這一去畢竟不知好歹如何，且聽下回分解。

第八十二回　姹女求陽　元神護道

卻說八戒跳下山，尋著一條小路。依路前行，有五六里遠近，忽見兩個女妖，在那井上打水。他怎麼認得是女怪？見他頭上戴一頂一尺二三寸高的篾絲髻，甚不時興。獃子走近前，叫聲「妖怪」。那妖聞言大怒，兩人互相說道：「這和尚憊懶！我們又不與他相識，平時又沒有調得嘴慣，他怎麼叫我們作妖怪？」輪起擡水的槓子，劈頭就打。

這獃子手無兵器，遮架不得，被他撈了幾下，捂著頭跑上山來道：「哥啊，回去罷！妖怪兇！」行者道：「怎麼兇？」八戒道：「山凹內兩個女妖精在井上打水，我只叫了他一聲，就被他打了我三四槓子。」行者道：「你叫他作甚麼的？」八戒道：「我叫他作妖怪。」行者笑道：「打得還少！」八戒道：「謝你照顧，頭都打腫了，還說少哩！」行者道：「溫柔天下去得，剛強寸步難移。他們是此地之妖，我們是遠來之僧，你一身都是手，也要略溫存。你就去叫他作妖怪，他不打你打誰？豈不聞『人將禮樂為先』？」八戒道：「這卻不曉得。」行者道：「你自幼在山中吃人，你曉得有兩樣木麼？」八戒道：「不知，是甚麼木？」行者道：「一樣是楊木，一樣是檀木。楊木性格甚軟，巧匠取來，或雕聖像，或刻如來，粧金上粉，嵌玉裝花，萬人燒香禮拜，受了無量之福。那檀木性格剛硬，油房裏取了去做榨撒，使鐵箍箍了頭，又使鐵鎚往下打，只因剛強，所以受此苦楚。」八戒道：「哥呵，你這話兒早與我說說，也不受他打了。」行者道：「你還去問他個端的。」八戒道：「這去他認得我了。」行者道：「你變化了去。」八戒道：「哥呵，且如我變了，卻怎麼問他？」行者道：「你到他跟前，行個禮兒。看他多大年紀，若與我們差不多，叫他聲『姑娘』；若比我們老些兒，叫他聲『奶奶』。」八戒笑道：「可是蹭蹬！這般許遠的田地，認甚麼親！」行者道：「不是認親，要套他的話哩！若是他拿了師父，就好下手。若不是他，卻不誤了我別處幹事？」八戒道：「說得有理，等我再去。」

他即把釘鈀撒在腰裏，下山凹，搖身一變，變作個黑胖和尚。搖搖擺擺，走近怪前，深深唱個大喏道：「奶奶，貧僧稽首了。」那兩個喜道：「這個和尚卻好。」便問：「長老，那裏來的？」八戒道：「那裏來的。」又問：「那裏去的？」又道：「那裏去的。」又問：「你叫作甚麼名字？」又道：「我叫作甚麼名字。」那怪笑道：「這和尚好便好，只是沒來歷，會說順口話兒。」八戒道：「奶奶，你們打水怎的？」那怪道：「和尚，你不知道，我家老夫人今夜裏攝了一個唐僧在洞內，要款待他。我洞中水不乾淨，差我兩個來此，打這陰陽交媾的好水，安排素筵，與唐僧吃了，晚間要成親哩！」

那獃子聞言，急抽身跑上山，叫沙和尚：「快拿將行李來，我們分了罷！」沙僧道：「二哥，又分怎的？」八戒道：「師父已在那妖精洞裏成親哩，我們都各安生理去也！」行者道：「這獃子又亂說了！那妖精把師父困在洞裏，師父眼巴巴的望我們去救，你卻說這樣話。」八戒道：「怎麼救？」行者道：「我們跟著那兩個女怪，做個引子，引到那門前，一齊下手。」

真個獃子隨著行者，遠遠的標著那兩妖。漸入深山，有一二十里遠近，忽然不見。八戒驚道：「師父是日裏鬼拿去了！」行者道：「你怎曉得？」八戒道：「那兩個怪正擡著水，忽然不見了。卻不是日裏鬼？」行者道：「想是鑽進洞去了，等我去看看。」

大聖急睜火眼金睛，漫山觀看，果然不見動靜。只見那陡崖前，有一座玲瓏剔透山，山前有一架三檐四簇的牌樓，上有六個大字，乃「陷空山無底洞」。行者道：「兄弟呀，這妖精把個架子支在這裏，還不知門向那裏開哩。」轉過牌樓下看時，那山腳下有一塊大石，約有十餘里方圓；正中間有缸口大的一個洞兒，爬得光溜溜的。八戒道：「哥呵，這就是妖精出入之洞也。」行者看了道：「怪哉！我老孫自保唐僧，妖怪也拿了些，卻不曾見這樣洞府。八戒，你先下去試試，看有多少淺深，我好進去救師父。」八戒搖頭道：「這個難，這個難，我老豬身子夯夯的，若塌了腳吊下去，不知二三年可得到底哩！」行者道：「就有多深麼？」八戒道：「你看！」大聖伏在洞口上，仔細往下一看，咦！深呵，周圍足有三百餘里。回頭道：「兄弟，果然深得緊！」八戒道：「我們回去罷，師父救不得耶！」行者道：「你說那裏話。莫生懶惰意，休起畏難心。且將行李、馬匹安頓了，你兩個攔住洞口，讓我進去打聽打聽。若師父果在裏面，我把妖精從內打出，你兩個卻在外面擋住，這是裏應外合。打死精靈，纔救得師父。」二人遵命。

行者卻將身一縱，跳入洞中，足下冉冉生雲。不多時，到於深遠之處，那裏邊明明朗朗，一般的有日色風聲，又有花草果木。行者道：「好去處呵，也是個洞天福地。」正看時，又有一座二滴水的門樓，團團都是松竹，內有許多房舍。又想道：「此必是妖精的住處了。我且變化了，到裏邊去打聽打聽。」即搖身捻訣，變作一個蒼蠅兒，輕輕的飛進去。只見那怪高坐在草亭內。他那模樣，比在寺裏更是不同，越發打扮得俊俏了。行者聽了半晌，只見他綻破櫻桃，喜孜孜的叫：「小的們，快安排素筵席來，我與唐僧哥哥吃了成親。」行者暗笑道：「真個有這話！我且進去看師父在那裏，不知他的心事如何？」即轉翅，飛到裏邊看處，那東廊下鎖著門，紅紙格子裏面坐著唐僧哩。

行者一頭撞進去，飛在唐僧光頭上釘著，叫聲「師父」。三藏認得聲音，叫道：「徒弟，救我呵！」行者道：「師父，那妖精安排筵席，與你吃了成親哩。或生下一男半女，也是你和尚後代，你愁怎的？」長老咬牙切齒道：「徒弟，我一向西來，那一日有甚歪意？今被這妖精拿住，要求配偶，我若把真陽喪了，我就身墮輪迴，打在陰山背後，永世不得翻身。」行者笑道：「既然如此，老孫帶你去罷！」三藏道：「進來的路兒，我通忘了。」行者道：「莫說忘了路。他這洞古怪，不是好走進走出的，是打上頭往下鑽。如今救你出去，要打底下往上鑽。還不知可有本事鑽出去哩！」三藏滿眼垂淚道：「似此艱難，怎生是好？」行者道：「沒事，沒事。那妖精整治酒與你吃，沒奈何也吃他一鍾，你便回他一鍾。只要斟得急些，斟起一個喜花兒來，等我變作個蟭蟟蟲兒，飛在酒泡之下。他把我一口吞下肚去，我就捻破他的心肝五臟。弄死了他，你纔得脱身出去。」三藏道：「也罷，也罷，你可跟著我。」

他師徒兩個商量纔定，那妖早已安排停當。只見他走進東廊，開了門，叫聲「長老」，唐僧不敢答應。又叫一聲，唐僧沒奈何應他一聲道：「娘子，有。」那妖即把唐僧攙起，和他攜手挨肩，交頭接耳。你看他作出那千般嬌態，萬種風情，豈知三藏一腔子煩惱。正是：

真僧何意遇嬌娃，妖冶娉婷實可誇。淡淡翠眉分柳葉，盈盈丹臉襯桃花。
繡鞋微露雙鈎鳳，雲髻高盤兩鬢鴉。含笑與師攜手處，香飄蘭麝滿袈裟。

妖精挽著三藏，行近草亭道：「長老，我辦了一杯酒，和你酌酌。」唐僧道：「娘子，貧僧自不用葷。」妖精道：「我知你不吃葷，因洞中水不乾淨，特命山頭上取陰陽交媾的淨水，做些素果素菜筵席，和你耍子。」唐僧只得跟他進去。那妖露尖尖玉指，捧豔豔金杯，滿斟美酒，遞與唐僧，叫道：「長老哥哥妙人，請一杯交歡酒兒。」三藏羞答答的接了酒，心下躊躇。只聽得行者在耳邊說道：「這是葡萄素酒，吃他一鍾無妨。」三藏只得吃了。急取酒滿斟一鍾，回與妖怪。果然斟起一個喜花兒來，行者變作個蟭蟟蟲兒，輕輕的飛入喜花之下。那妖接在手且不吃，把杯兒放下，與唐僧拜了兩拜，口裏嬌嬌怯怯，敘了幾句情話，卻纔舉杯。那花兒已散，露出蟲來。妖精也不認得是行者變的，就把小指挑起，往下一彈。

行者見事不諧，料難入他腹，即時又變一個餓老鷹，飛起來，輪開爪，響一聲掀翻桌席，把那些果菜盤碟盡皆摔碎，撇卻唐僧，飛將出去。唬得妖精心膽皆裂，戰戰兢兢摟住唐僧道：「長老哥哥，此物是那裏來的？」三藏道：「貧僧不知。」妖精道：「我費了許多心，安排這個素宴與你耍耍。卻不知這個匾毛畜生從那裏飛來，把我的傢伙打碎！」眾妖道：「夫人，這些素品都潑散在地，穢了怎用？」那妖道：「小的們，我知道了。想必是我把唐僧困住，天地不容，故降此物。你們將碎傢伙拾出去，另安排些酒餚，不拘葷素。我指天為媒，指地作證，然後再與唐僧成親。」依然把長老送在東廊裏坐下不題。

卻說行者飛出去，現了本相，到洞口叫聲「開門」。八戒、沙僧聽得，撒開兵器，行者跳出。八戒動問備細，行者把上項事說了一遍，道：「兄弟們還在此間把守，等老孫再進去來。」復翻身入裏面，還變作個蒼蠅兒，釘在門樓上聽之。只聞得這妖氣哼哼的，在亭子上吩咐：「小的們，不論葷素，拿來燒紙。我借天地為媒證，務要與唐僧成親。」行者暗笑道：「這妖精全沒一些兒廉恥，青天白日把個和尚關在家裏擺佈。且等我再去看看師父。」嚶的一聲，又飛在東廊之下。只見那師父坐在裏邊，清淚滴腮。行者鑽將進去，釘在頭上，叫聲「師父」。長老認得，跳起來抱怨道：「你弄變化，打破傢伙，能值幾何？鬥得那妖精淫興發了，如今不分葷素安排，定要與我交媾，此事怎了！」行者陪笑道：「師父莫怪，有救你處。」唐僧道：「怎生救我？」行者道：「我纔飛起去時，見他後邊有個花園，你哄他往園裏去耍子。走到桃樹邊就莫走了，等我飛上桃枝，變作個紅桃子，你可摘下來奉他，他必然也摘一個回你，你把紅的定要讓他，他若一口吃了，我在他肚裏卻搗破皮袋，扯斷肝腸，弄死他，你就脫身了。」三藏道：「你若有手段，就與他賭鬥便了，只要鑽在他肚裏怎麼？」行者道：「師父，你不知。他這個洞若好出入，便可與他賭鬥。只為出入艱難，不便動手，須是這般捽手幹，大家纔得乾淨。」三藏點頭聽信。師徒商量已定，三藏纔欠身扶著格子叫道：「娘子，娘子。」那妖聽見，笑唏唏的跑來道：「妙人哥哥，有甚話說？」三藏道：「娘子，我這一路西來，奔忙勞苦，昨在鎮海寺偶得傷風重疾，出了汗，纔略好些，又蒙娘子攜來仙府，悶坐了這一日，又覺心神不爽。你帶我那裏略散心耍耍兒去麼？」那妖十分歡喜道：「妙人哥哥，倒有興趣，我和你去花園內耍耍。」叫小的們開了園門，打掃路徑。這妖精開了格子，攙出唐僧。你看那許多小妖，都是油頭粉面，嬝娜娉婷，簇擁著唐僧徑到花園之內。那妖俏語低聲叫道：「妙人哥哥，這裏耍耍，真可散心釋悶。」唐僧與他攜手相攙，緩步玩賞，看不盡的奇葩異卉。

行過了許多亭閣，忽擡頭到了桃樹林邊。行者把師父頭上一掐，就飛在桃樹枝上，搖身一變，變作個桃子兒，其實紅得可愛。長老對妖精道：「娘子，你這苑內花香，枝頭果熟，怎麼這桃樹上果子青紅不一何也？」妖精笑道：「天無陰陽，日月不明；地無陰陽，草木不生；人無陰陽，不分男女。這桃樹上果子，向陽處有日色者先熟，故紅；背陰處者還生，故青。此陰陽之道理也。」三藏道：「謝娘子指教。」即向前伸手摘一個紅桃，妖精也去摘了一個青桃。三藏躬身將紅桃奉與妖精道：「娘子，你愛色，請吃這個紅桃，拿青的來我吃。」妖精真個換了，暗喜道：「好和尚呵，果是個情人！一日夫妻未做，卻就有這般恩愛。」這唐僧把青桃拿過來就吃。那妖歡喜相陪，啟朱脣，露銀牙，把紅桃張口便咬。行者十分性急，轂轆一個跟頭，翻入他肚腹之中。妖精害怕，對三藏道：「長老呵，這個果子怎麼不容咬破，就滾下去了？」三藏道：「娘子，新開園的果子愛吃，所以下去得快了。」

行者在他肚內，復了本相，叫聲：「師父，不要與他答嘴，老孫已得了手也！」三藏道：「徒弟方便著些。」妖精聽見道：「你和那個說話哩？」三藏道：「和我徒弟孫悟空說話哩。」妖精道：「孫悟空在那裏？」三藏道：「在你肚裏哩，卻纔吃的那個紅桃子不是？」妖精慌了道：「罷了，罷了，我是死也！孫行者，你千方百計的鑽在我肚內怎的？」行者道：「也不怎的，只是吃了你的六葉連肝肺，三毛七孔心，五臟都淘淨，弄作個梆子精？」妖精聽說，唬得魂飛魄散。

行者在肚內，就輪拳跳腳，支架子，理四平，幾乎把個皮袋兒搗破了。那妖忍不住疼痛，倒在塵埃，半晌家不言語。行者見不言語，想是死了，卻把手略鬆一鬆。他又回過氣來，叫：「小的們在那裏？」原來那些小妖，自進園來，各人知趣，都各自去採花鬥草耍子，讓那妖與唐僧兩個自在敍情兒。忽聽得叫，卻纔都跑將來。又見妖精倒在地上，面容改色，口裏哼喚不絕，連忙攙起道：「夫人怎的，想是急心疼了？」妖精道：「不是，不是，我肚裏已有了人也，快把這和尚送出去！」那些小妖真個都來扛擡，行者在肚內叫道：「那個敢擡！要便是你自家送我師父出去，我饒你命。」那怪一心惜命，只得掙起來，把唐僧背在身上，拽開步往外就走。小妖跟隨道：「夫人，往那裏去？」妖精道：「留得五湖明月在，何愁沒處下金鈎？把這廝送出去，等我別尋一個頭兒罷！」

他一縱雲光，直到洞口。又聞得叮叮噹噹，兵器亂響。三藏道：「徒弟，外面兵器響哩！」行者道：「是八戒揉鈀哩，你叫他一聲。」三藏便叫：「八戒！」八戒聽見道：「沙和尚，師父出來也！」二人掣開鈀杖，妖精把唐僧馱出。咦！正是：

心猿入穴降邪怪，土木同門接聖僧。

畢竟不知那妖性命如何，且聽下回分解。

卻說三藏被妖精送出洞外，沙僧問道：「師父出來，師兄何在？」三藏指著妖精道：「悟空在他肚裏哩。」八戒笑道：「醃髒殺人，在肚裏做甚，出來罷！」行者在裏邊叫道：「張開口，等我出來！」那怪真個把口張開。行者變得小小的，爬在嚥喉之內，正欲出來，又恐他無禮來咬，即將鐵棒吹口仙氣，變作個棗核釘兒，撐住他的上齶子，把身一縱，跳出口外。就把鐵棒順手帶出，把腰一躬，還是原身法相，舉起棒來就打。那妖也隨手取出兩口寶劍，叮噹架住。兩個在山頭上重複賭鬥。

八戒口裏絮絮叨叨，對沙僧道：「兄弟，師兄歪纏！纔子在他肚裏，輪起拳來，送他一個滿腔紅，爬開肚皮出來，卻不了帳？怎麼從他口裏出來，卻又與他爭戰，讓他這等猖狂。」沙僧道：「正是。卻也虧了師兄深洞中救出師父。且請師父自家坐著，我和你各持兵器，助助大哥，打倒妖精去來。」八戒擺手道：「不，不，不，他有神通，我們不濟。」沙僧道：「說那裏話！都是大家有益之事，去來，去來。」

他兩個不顧師父，一齊駕風趕上，舉鈀杖望妖精亂打。那妖戰行者一個尚是不能，又加二人，怎生抵敵，急回頭抽身就走。行者喝兄弟們趕上。那妖見他們趕來，即將右腳上花鞋脫下來，變作本身模樣，使兩口劍舞將來。真身一幌，化一陣清風，徑直回去。這番也只說戰他們不過，顧命而回，豈知又有這般巧事，也是三藏災星未退。他到洞門前牌樓下，卻見唐僧在那裏獨坐，他就近前一把抱住，搶了行李，咬斷轡繩，連人和馬，復又攝將進去不題。

且說八戒閃個空，一鈀把妖精打落地，乃是一隻花鞋。行者看見道：「你這兩個獃子，看師父罷了，誰要你來幫甚麼功！」八戒道：「沙和尚，如何麼？我說莫來。這猴子好的有些夾腦風，我們替他降了妖怪，反落得他生報怨。」行者道：「在那裏降了妖怪？那妖怪昨日與我戰時，也使了一個遺鞋計，哄了我走了。不知師父如何，我們且去看看！」

三人急回來，果然沒了師父，連行李、白馬一併無蹤。慌得八戒、沙僧前後跟尋。大聖亦心焦性燥。正尋覓處，只見那路旁邊斜拖著半截兒轡繩，他一把拿起，不覺滿眼流淚。八戒忍不住仰天大笑，行者罵道：「你這個夯貨，又是要散火哩？」八戒道：「哥哥，不是這話。師父一定又被妖精攝進洞去了。常言道：『事無三不成。』你進洞兩遭了，再進去一遭，管情救出師父來也。」行者揩了眼淚道：「也罷，到此地位，勢不容已。你兩個好生把守洞口。」

大聖復轉身，跳入裏面，徑到了妖精宅外。見那門樓關了，輪鐵棒一下打開，闖將進去。那裏邊靜悄悄全無人跡。東廊下不見唐僧，亭子上桌椅與各處傢伙，一件也無。原來他那洞內周圍有三百餘里，妖精窠穴甚多。前番攝唐僧在此，被行者尋著，今番搬去，不知去向。惱得這行者跌腳捶胸，正當吆喝暴躁之間，忽聞得一陣香風撲鼻，他道：「這香煙從後面飄出，想是在後頭哩！」拽開步，走將進去看時，只見有三間倒坐兒，靠壁鋪一張供桌，桌上香爐內香煙馥郁。那上面供養著一個大金字牌，牌上寫著「尊父李天王之位」，略次些兒，寫著「尊兄哪吒三太子位」。行者見了，滿心歡喜，也不去搜妖怪，找唐僧，把那牌子並香爐拿將起來，返雲光徑至洞口，唏唏哈哈，笑聲不絕。

八戒、沙僧迎著行者道：「哥哥這等歡喜，想是救出師父也？」行者笑道：「不消我們救，只問這牌子要人。」放在地下道：「你們看！」沙僧近前看了道：「此意何也？」行者道：「這是那妖精家供養的。我闖入他住居之所，見人跡俱無，惟有此牌。想是李天王之女，三太子之妹，思凡下界，假捏妖邪，將我師父攝去。不問他要人，卻問誰要？你兩個且在此把守，等老孫執此牌位，徑上天堂，玉帝前告個御狀，教天王爺兒們還我師父。」八戒道：「哥呵，御狀豈是輕易告的？」行者笑道：「我有主張。我把這牌位、香爐做個證見，另外再備紙狀兒。」八戒道：「狀兒上怎麼寫？你且念念我聽。」行者道：

告狀人孫悟空，年甲在牒，係東土唐朝取經僧唐三藏徒弟，告為假妖攝陷人口事。彼有托塔天王李靖同男哪吒太子，閨門不謹，走出親女，在下方陷空山無底洞變化妖邪，迷害多命。今將師身攝陷無蹤。切思伊父子不仁，故縱女氏成精害眾。伏乞憐准，行拘至案，收邪救師，明正罪犯，深為恩便。有此上告。

八戒、沙僧聞言道：「哥呵，告得有理，必得上風，快去快來。」

大聖執著牌位、香爐，一駕祥雲，直至南天門裏通明殿下。四大天師迎面作禮道：「大聖何來？」行者道：「有紙狀兒，要告兩個人哩！」天師吃驚道：「這個賴皮，不知要告那個？」無奈將他引入靈霄殿下。行者將牌位、香爐放下，朝上禮畢，將狀子呈上。玉帝從頭看了，即將原狀批作聖旨，命太白金星同原告到雲樓宮宣托塔李天王見駕。

原來雲樓宮是天王住宅，行者隨金星同到，天王遂出迎迓。見金星捧著旨意，即命焚香。及轉身看見行者，天王忍不住問道：「老長庚，你齎得是甚麼旨意？」金星道：「是孫大聖告你的狀子。」天王聽見個「告」字，大怒道：「他告我怎的？」金星道：「告你假妖攝陷人口事。你焚了香，請自家開讀。」那天王氣呼呼的，設了香案，望空拜畢，展開旨意看了，原來是如此如此。狠得他手撲著香案道：「這個猴頭，他錯告我了！」金星道：「且息怒。現有牌位、香爐在御前作證，說是你親女哩！」天王道：「我只有三個兒子，一個女兒。大小兒名金吒，侍奉如來，做前部護法。二小兒名木叉，在南海隨觀世音做徒弟。三小兒名哪吒，在我身邊，早晚隨朝護駕。一女年方七歲，名貞英，人事尚未省得，如何會做妖精？不信，抱出來你看。這猴頭著實無禮！且莫說我是天下元勳，封受先斬後奏之職，就是下界小民，也不可誣告。律云『誣告加三等』。」叫手下把這猴頭捆了。那庭下擺列著巨靈、魚肚、藥叉諸將，一擁上前，把行者捆倒。金星道：「李天王莫闖禍呵！我在御前同他領旨來宣你的人。你怎麼好捆他？」天王道：「金星呵，似他這等詐偽告擾，怎該容他？你且坐下，等我取砍妖刀砍了這個猴頭。然後與你見駕回旨。」金星見他取刀，著實替行者害怕。行者全然不懼，笑吟吟的道：「老官兒放心，一些沒事。老孫的買賣原是這等做，一定先輸後贏。」

說不了，天王輪過刀來，望行者劈頭就砍。早有那三太子趕上前，將斬妖劍架住，叫道：「父王息怒。」天王大驚失色。噫！父見子以劍架刀，就當喝退，怎麼反大驚失色？原來有個緣故。當初天王生此子時，他左手掌上有個「哪」字，右手掌上有個「吒」字，故名哪吒。這太子三朝兒就下海淨身闖禍，踏倒水晶宮，捉住蛟龍要抽筋為絲子。天王知道，恐生後患，欲待殺之。哪吒奮怒，將刀在手，割肉還母，剔骨還父，還了父精母血，一點靈魂徑到西方極樂世界告佛。佛正與眾菩薩講經，只聞得幢幡寶蓋下有人叫道：「救命！」佛慧眼一看，知是哪吒之魂，即將碧藕為骨，荷葉為衣，念動起死回生真言，哪吒遂得了性命。運用神力，法降九十六洞妖魔，神通廣大。後來要殺天王，報那剔骨之仇。天王無奈，告求我佛如來。如來賜他一座舍利子如意黃金寶塔，那塔上層層有佛，喚哪吒以佛為父，解釋了冤仇。所以稱為托塔李天王。今日因閒在家，未曾托著那塔，恐哪吒有報仇之意，故此大驚失色。當時天王即向座上取了黃金寶塔，托在手中，纔問哪吒道：「孩兒，你有何話說？」哪吒叩頭道：「父王是有女兒在下界哩！」天王道：「我只生了你姊妹四個，那裏又有女兒？」哪吒道：「父王忘了？那女兒原是個妖精，三百年前在靈山偷食了如來的香花燈燭，如來差我父子將他拿住。彼時只該打死，如來吩咐道：『積水養魚終不釣，深山餵鹿望長生。』當時饒了他性命。積此恩念，拜父王為父，拜孩兒為兄，在下方供設牌位，侍奉香火。不期他又成精，陷害唐僧，卻被孫行者搜尋到巢穴之間，將牌位拿來，就坐名告了御狀。此是結拜之恩女，非我同袍之親妹也。」天王聞言，悚然驚訝道：「孩兒，我實忘了。他叫作甚麼名字？」太子道：「他有三個名字：他的本身出處，喚作金鼻白毛老鼠精；因偷香花燈燭，改名喚作半截觀音；如今饒他下界，又改喚地湧夫人是也。」

天王卻纔省悟，放下寶塔，便親手來解行者。行者就放起刁來道：「那個敢解我！要便連繩兒擡去見駕，老孫的官事纔贏。」慌得天王手軟，太子無言。大聖打滾撒賴，只要天王去見駕。天王無計可施，哀求金星說個方便。金星做好做歹，再三央求，行者方纔許天王親解其縛，請他上坐陪禮。行者對金星道：「老官兒，何如？我說先輸後贏，買賣原是這等做。快催他去見駕，莫誤了我的師父。」金星即催天王快走。天王那裏敢去，怕他沒的說做有的，怎生與他折辯，沒奈何又央金星方便。金星道：「我有一句話兒，你可依我？」行者道：「你說，你說。」金星道：「一日官事十日打。你告了御狀，說妖精是天王的女兒，天王說不是，你兩個只管在御前折辯，反覆不已。天上一日，下界就是一年，這一年之間，那妖精把你師父陷在洞中，莫說成親，若有個喜花下兒子，也生得一個小和尚了，卻不誤了大事？」行者低頭想道：「是呵！老官兒，依你說來，旨意如何回繳？」金星道：「教李天王點兵，同你下去降妖，我去回旨。」行者道：「你怎麼樣回？」金星道：「我只說原告脫逃，被告免提。」行者笑道：「好呵！我倒看你面情罷了，你倒說我脫逃？教他點兵在南天門外等我，我和你回旨繳狀去。」天王害怕道：「他這一去，若有言語，是臣背君也。」行者道：「你把老孫當甚麼樣人？我也是個大丈夫，一言既出，駟馬難追，豈又有污言頂你？」天王方謝了行者。行者同金星回了旨，即返雲光，到南天門外，見天王、太子佈列天兵等候。那些神將，風滾滾，霧騰騰，隨著大聖，一齊墜下雲頭，早到了陷空山上。八戒、沙僧接著，同到洞口邊。天王道：「不入虎穴，安得虎子，誰敢當先？」行者道：「我當先。」三太子道：「我奉旨降妖，我當先。」那獃子便莽撞起來，高聲叫道：「當頭還要我老豬！」天王道：「不須羅噪，依我分擺：孫大聖和太子同領著兵將下去，我們三人在口上把守，好教他上天無路，入地無門。」眾人都道有理。

你看那行者和三太子領了兵將，望洞裏只是一溜，頃刻間停住雲光，徑到妖精舊宅。挨門搜尋，一處又一處，把那三百里地草都踏光了，那見個妖精？都只說這孽畜一定是早出了這洞，遠遠去了。那曉得他在東南黑角落上，望下去另有個小洞。洞裏一重小小門，一間矮矮屋，盆栽幾種花，檐旁數竿竹，黑氣氤氳，暗香馥馥。老怪攝了三藏，搬在這裏逼住成親，只說行者再也找不著。誰知他命合該休，那些小怪在裏面，嚌嚌嘈嘈，挨挨簇簇。中間有一個偶然伸出頭來，望洞外略看一看，恰好撞著個天兵，一聲嚷道：「在這裏！」那行者掄著棒，一下闖將進去。那裏邊窄小，窩著一窩妖精。天兵一齊擁上，一個個那裏去躲？

行者尋著唐僧和馬匹、行李。那老怪尋思無路，看著哪吒太子，只是磕頭求命。太子道：「這是玉旨來拿你，不當小可，我父子只為受了一炷香，險些兒做出大事。」喝聲天兵：「取下縛妖索，把那些妖精都捆了！」返雲光一齊出洞。行者口裏嘻嘻嘎嘎，天王掣開洞口，行者就引三藏拜謝了天王、太子。沙僧、八戒只是要打殺了老怪，天王道：「他是奉玉旨拿的，輕易不得，我們還要去回旨哩！」

一邊天王、太子領兵押怪回天宮，一邊唐僧四眾策馬挑擔，齊上大路。畢竟不知前去如何，且聽下回分解。

第八十四回　難滅伽持圓大覺　法王成正體天然

話說三藏固守元陽，脫離了無底妖洞，隨行者投西前進。不覺夏時，正值那熏風初動，梅雨絲絲。師徒四眾正行處，忽見那路旁柳陰中走出一個老母，攙著一個小孩兒，對唐僧高叫道：「和尚，不要走了，快早兒撥馬東回，進西去都是死路。」唬得個三藏跳下馬來，打個問訊道：「老菩薩，古人云：『海闊從魚躍，天空任鳥飛。』怎麼西進就沒路了？」那老母用手朝西指道：「那裏去，有五六里遠近，乃是滅法國。那國王前生那世裏結下冤仇，今世裏無端造罪，二年前許下一個羅天大願，要殺一萬個和尚。這兩年陸陸續續，殺彀了九千九百九十六個無名和尚，只要等四個有名的和尚，湊成一萬，好做圓滿哩。你們若去到城中，都是送命王菩薩。」三藏聞言害怕，戰兢兢的道：「老菩薩，深感盛情，感謝不盡。但請問可有不進城的方便路兒，我貧僧轉過去罷！」那老母笑道：「轉不過去，轉不過去，只除是會飛的就過去了。」八戒賣嘴道：「媽媽兒莫說黑話。我們都是會飛的。」行者火眼金睛，認得那老母攙著孩兒，原是觀音菩薩與善財童子。慌得倒身下拜，叫道：「菩薩，弟子失迎！」那菩薩一朵彩雲，輕輕駕起，嚇得個唐僧立身無地，只情跪著磕頭。八戒、沙僧也慌朝天禮拜。一時間祥雲渺渺，徑回南海而去。

行者起來，扶著師父道：「請起來，菩薩已回寶山也。」三藏起來道：「悟空，感蒙菩薩指示，前邊必有滅法國要殺和尚，我等怎生奈何？」行者道：「師父休怕！我們曾遭著那毒魔狠怪，更不曾傷損。此間乃是一國凡人，有何懼哉？只奈這裏不是住處，天色將晚，恐有鄉村人家上城回來的，看見我們是和尚，嚷出名去，不當穩便。且找下大路，尋個僻靜之處，卻好商議。」三藏依言，一行都閃下路來，到一個坑坎之下坐定。行者道：「兄弟，你兩個好生保守師父。待老孫變化了，去那城中看看，尋一條僻路連夜去也。」

說罷，他即將身一縱，忽哨的跳在空中。怪哉：

上面無繩扯，下頭沒棍撐。一般同父母，他便骨頭輕。

佇立在雲端裏往下觀看，只見那城中喜氣沖融，祥光蕩漾。行者道：「好個去處，為何滅法？」看一會漸漸天昏。他想著：「我要下去踏看路徑，這般個嘴臉，撞見人必定說是和尚。」即搖身一變，變作個撲燈蛾兒。他翩翩翻翻，飛向六街三市，旁房檐，近屋角。正行時，忽見那隅頭拐角上一灣子人家，人家門首都掛著個燈籠兒。他飛近前仔細觀看，正當中一家子方燈籠上，寫著「安歇往來商賈」六字，下面又寫著「王小二店」四字。行者纔知是開飯店的。又伸頭打一看，看見有八九個人，都寬了衣服，卸了頭巾，各各上牀睡了。行者暗喜道：「師父過得去了。」你道他怎麼就知過得去？他要起個不良之心，等那些人睡著，要偷他的衣服、頭巾，粧作俗人進城。

正思忖處，只見那小二走向前吩咐：「列位官人仔細些，我這裏君子小人不同，各人的衣物、行李都要小心著。」你想在外做買賣的人，那一樣不仔細？又聽得店家吩咐，越發謹慎。他都爬起來道：「主人家說得有理。我們走路的人辛苦，只怕睡著不醒，一時失所奈何？你將這衣服、頭巾、搭聯都收進去，待天明交付與我們起身。」那王小二真個把些衣物之類，盡情都搬進他屋裏去了。行者性急，展開翅，就飛入裏面，釘在一個頭巾架上。又見王小二去門首摘了燈籠，放下吊搭，關了門窗，卻纔進房脱衣睡下。那小二有個婆子，帶了兩個孩子，哇哇聒噪。那婆子又拿了一件破衣，補補納納，急忙不睡。行者暗想：「若等這婆子睡了下手，城門卻不閉了？」他就忍不住飛下去，望燈上一撲，那盞燈早已息了。他又搖身一變，變作個老鼠，嗜嗜哇哇的叫了兩聲，跳下來，拿著衣服、頭巾，往外就走。那婆子慌慌張張的道：「老頭子，不好了，夜耗子成精也！」行者聞言，又弄手段，攔著門叫道：「王小二莫聽你婆子亂説，我不是夜耗子成精。明人不做暗事，吾乃齊天大聖臨凡，保唐僧往西天取經。因到你這國裏，特來借些衣冠用用，過了城即便送還。」那王小二聽言，一轂轆爬起來，黑天摸地，撈著褲子當衫子，左穿也穿不上，右套也套不上。

大聖早已駕雲出去，徑至路下坑坎邊。三藏見星光月皎，探身凝望，見行者來至近前，即問：「徒弟，可過得滅法國麼？」行者上前，放下衣物道：「師父，要過滅法國，和尚做不成。」三藏道：「怎麼説？」行者道：「師父，他這城中，我已看了。雖是國王無道殺僧，城上卻倒有祥光喜氣。適纔在飯店內借了這幾件衣服、頭巾，我們且扮作俗人，進城去借了宿，至四更天就起來，教店主按排了飯吃，挨到五更時候，挨城門而去，奔大路西行。就有人撞見扯住，只説是上邦欽差的，滅法王不敢阻滯，放我們來的。」沙僧道：「師兄處得最當，且依他行。」真個長老無奈，脱去褊衫、僧帽，穿了俗人的衣服，戴了頭巾。沙僧也換了。八戒的頭大，戴不得巾兒，被行者變了些針綫，把頭巾扯開，兩頂縫作一頂，與他搭在頭上；揀件寬大的衣服與他穿了。然後自家也換上一套道：「列位，這一去，把『師父徒弟』四個字兒且收起，都要做弟兄稱呼。師父叫作唐大官兒，你叫作朱三官兒，沙僧叫作沙四官兒，我叫作孫二官兒。但到店中，你們卻休言語，只讓我一個開口答話。等他問甚麼買賣，只說是販馬的客人，把這白馬做個樣子。說我們是十弟兄，我四個先來賃店房賣馬。那店家必然款待我們。臨行時，等我謝他，卻就走路。」長老只得曲從。

四眾忙忙的牽馬挑擔趕城。此處是個太平境界，入更時分，尚未關門。徑直進去，行到王小二店門首，只聽得裏邊叫哩。有的說：「我不見了頭巾！」有的說：「我不見了衣服！」行者只推不知，引著他們，往斜對門一家安歇。那家子還未收燈籠，即近門叫道：「店家，可有閒房兒，我們安歇。」那裏邊有個婦人答應道：「有，有，有。請官人們上樓。」說不了，就有一個漢子來牽馬。行者把馬兒遞與他牽進去，他引著師父，從燈影兒後面徑上樓門。那樓上有方便的桌椅，推開窗格，映月光齊齊坐下。只見有人點上燈來。行者攔門，一口吹息道：「這般月亮不用燈。」

那人纔下去，又一個丫環拿四碗清茶，行者接住。樓下又走上一個婦人來，約有五十七八歲的模樣，一直上樓，站著旁邊問道：「列位客官，那裏來的，有甚寶貨？」行者道：「我們是北方來的，有幾匹粗馬販賣。」那婦人道：「客人高姓？」行者道：「這一位是唐大官，這是朱三官，這是沙四官，我學生是孫二官。」婦人笑道：「異姓。」行者道：「正是異姓同居。我們共有十個弟兄，我四個先來賃店房打火。還有六個在城外安歇，領著一群馬，因天晚不好進城。待我們賃了房子，明早都進來，等賣了馬纔回。」那婦人道：「一群有多少馬？」行者道：「大小有百十匹兒，都像我這個馬的身子，卻只是毛片不一。」婦人笑道：「孫二官人誠然是個客綱客紀。早是來到舍下，第二個人家也不敢留你。我舍下院落寬闊，槽劄齊備，草料又有，憑你幾百匹馬都養得下。卻一件，我舍下在此開店多年，也有個賤名，先夫姓趙，不幸去世久矣，我喚作趙寡婦店。我店裏三樣兒待客，如今先小人，後君子，先把房錢講定，後好算賬。」行者道：「說得是，你府上是那三樣待客？常言道：『貨有高低三等價，客無遠近一般看。』怎麼說三樣待客，你試說說我聽。」趙寡婦道：「我這裏是上、中、下三樣。上樣者，是五果五菜的筵席。二位一張，請小娘兒陪唱陪歇，每位該銀五錢，連房錢在內。」行者笑道：「相應呵！我那裏五錢銀子那得能彀。」婦人又道：「中樣的，合盤桌兒，熱酒篩來，憑自家猜枚行令，不用小娘兒，每位只該二錢銀子。」行者道：「一發相應。下樣兒怎麼？」婦人道：「不敢在尊客面前說。」行者道：「也說說無妨，我們好揀相應的幹。」婦人道：「下樣者，沒人伏侍，鍋裏有方便的飯，憑他怎麼吃，吃飽了，拿個草兒，打個地鋪睡覺，天光時憑賜幾文飯錢，決不爭競。」八戒聽說道：「造化，造化，老朱買賣到了！等我看著鍋底吃飽了飯，鍋門前睡他娘。」行者道：「兄弟，說那裏話！你我在江湖上，那裏不賺幾兩銀子！把上樣的安排將來。」

那婦人滿心喜歡，即叫看好茶來，廚下快整治東西。遂下樓去忙叫宰雞宰鵝，殺豬殺羊，看好酒，拿白米做飯，白麵捍餅。三藏在樓上聽見道：「孫二官，他去宰殺牲口，怎好？」行者即去那樓門邊跌跌腳道：「趙媽媽，你上來。」那寡婦上來道：「二官人有甚吩咐？」行者道：「今日且莫殺生，我們今日齋戒。」寡婦驚訝道：「官人們是長齋，是月齋？」行者道：「俱不是，我們喚作庚申齋。今朝乃是庚申日當齋，到明朝辛酉就開齋了。你如今且去安排些素的來，定照上樣價錢奉上。」那婦人越發歡喜，跑下去叫：「莫宰！莫宰！快辦素菜筵席。」那些當廚的庖丁，都是每日做慣的手段，霎時間就安排停當，擺在樓上。四眾任情受用。又忽聽得乒乓板響，行者問：「媽媽，底個做甚？」寡婦道：「是我小莊上幾個客子，叫他們擡轎子去請小娘兒陪你們，想是轎槓撞得樓板響。」行者道：「早是説哩，快不要去請。一則齋戒日期，二則兄弟們未到。索性明日進來，一家請個表子在府上耍耍罷。」寡婦道：「好，好。」遂叫不要去請。四眾吃了酒飯，收了傢伙。

三藏悄悄向行者道：「那裏睡？」行者道：「就在樓上睡。」三藏道：「不穩便。我們都辛辛苦苦的，倘或睡著，這家子一時再有人上來，我們或滾了帽子，露出光頭，他認得是和尚，嚷將起來，卻怎麼好？」行者道：「是呵！」又去樓前跌跌腳。寡婦又上來道：「孫官人又有甚吩咐？」行者道：「我們在那裏睡？」婦人道：「樓上好睡。又沒蚊子，又是南風，大開著窗子，忒好睡哩。」行者道：「睡不得。我這朱三官兒有些寒濕氣，沙四官兒有些漏肩風，唐大哥只要在黑處睡，我也有些兒羞明。此間不是睡處。」那媽媽走下去，倚著櫃欄歎氣。他有個女兒抱著個孩子，近前道：「母親，常言道：『十日灘頭坐，一日過九灘。』如今炎天，雖沒甚買賣，到交秋時還做不了的生意哩，你嗟歎怎麼？」婦人道：「兒呵，不是愁沒買沒賣。今日晚間已是將收舖子，有這四個馬販子來賃店房。他都有病，怕風羞亮，都要在黑處睡。你想家中都是些單浪瓦的房子，那裏去尋黑暗處？不若捨與他一頓飯吃了，叫他往別家去罷！」女兒道：「母親，我家有個黑暗處，又無風色，甚好，甚好。」婦人道：「是那裏？」女兒道：「父親在日曾做了一張大櫃。那櫃有四尺寬，七尺長，三尺高下，裏面可睡六七個人。叫他們往櫃裏睡去罷！」婦人道：「不知可好，等我問他一聲。」「孫官人，舍下蝸居，更無黑處，止有一張大櫃，不透風，又不透亮，往櫃裏睡去如何？」行者道：「好，好，好。」即著幾個客子把櫃擡出，打開蓋兒，請他們下樓。行者引著師父，沙僧拿擔，順燈影後徑到櫃邊。八戒不管好歹，就先跳進櫃去。沙僧把行李遞入，攙著唐僧進去，沙僧也到裏邊。行者又叫把馬牽來，緊挨著櫃兒拴住，方纔進去，叫：「趙媽媽，蓋上蓋兒，插銷上鎖，明日早些兒來開。」寡婦應了，遂關門去睡不題。

卻說他四個到了櫃裏，可憐呵，一來天氣乍熱，二來悶住了氣。略不透風，他都摘了頭巾，脱了衣服，又沒把扇子，只將僧帽撲撲搧搧。你挨我擠，噥到有二更時分，卻都睡著。惟行者有心，偏睡不著，伸手將八戒腿上一捻。那獃子口裏哼哼的道：「睡了罷，辛辛苦苦的，還有甚麼心腸耍子？」行者搗鬼道：「我們原來的本身是五千兩，前者馬賣了三千兩，如今兩搭聯裏現有四千兩，這一群馬還賣他三千兩，也有一本一利，彀了，彀了。」八戒要睡的人，那裏答對。

豈知他那店裏走堂的，挑水的，燒火的，素與強盜一夥。聽見行者說有許多銀子，他就著幾個溜出去，夥了二十多個賊，明火執杖的來打劫馬販子。衝開門進來，唬得那趙寡婦娘女們戰戰兢兢的關了房門，儘他外邊收拾。原來那賊不要店中傢伙，只尋客人。到樓上不見蹤影，打著火把，四下照看，只見天井中一張大櫃，櫃腳上拴著一匹白馬，櫃蓋緊鎖，掀翻不動。眾賊道：「走江湖的人都有手眼。看這櫃勢重，必是行囊財物，鎖在裏面。我們牽了馬，擡櫃出城，打開分用，卻不是好？」那些賊果找起繩槓，把櫃擡著就走。幌啊幌的，八戒醒了，道：「哥哥，睡罷，搖甚麼？」行者道：「莫言語，沒人搖。」三藏與沙僧忽地也醒了，道：「是甚人擡著我們哩？」行者道：「莫嚷，莫嚷，等他擡，擡到西天，也省得走路。」

那夥賊得了手，不往西去，倒擡向城東，殺散守門的軍，打開城門出去。當時驚動巡城總兵和兵馬司，即點人馬弓兵，出城趕賊。那賊見官軍勢大，不敢抵敵，各自落草逃走。眾官軍不曾拿得半個強盜，只是奪下櫃，捉住馬，得勝而回。總兵在燈光下見了那匹好馬，把自家馬兒不騎，就騎上這個白馬回城。把櫃子擡在總府，同兵馬寫個封皮封了，令人巡守。待天明啟奏，請旨定奪不題。

卻說唐僧在櫃裏埋怨行者道：「你這個猴頭，害殺我也！若在外邊，被人拿住，送與滅法國王，還好折辯。如今鎖在櫃裏，被賊劫去，又被官軍奪來，明日見了國王，見見成成的開刀請殺，卻不湊了他一萬之數？」行者道：「你且放心睡睡。明日見那昏君，老孫自有對答，管你一毫兒也不傷。」

挨到三更時分，行者弄個手段，順出棒來，吹口仙氣，即變作三尖頭的鑽兒，挨櫃腳兩三鑽，鑽了一個眼子。搖身一變，變作個螻蟻兒爬將出去。現原身，踏起雲頭，徑入皇宮門外。那國王正在睡濃之際。他使個大分身普會神法，將左臂上毫毛都拔下來，吹口仙氣，都變作瞌睡蟲。念一聲「唵」字真言，教當坊土地領去，佈散王宮內院，五府六部，各衙門大小官員宅內，但有品職者，都與他一個瞌睡蟲，人人穩睡，不許翻身。又將右臂毫毛盡數拔下，變作千百個小行者。將鐵棒幌一幌，變作千百口剃頭刀兒。他自己拿一把，吩咐小行者各拿一把，都去王宮內院、五府六部、各衙門裏剃頭。咦！這纔是：

法王滅法法無窮，萬法原歸一體同。管取法王成正果，不生不滅去來空。

這半夜剃削成功，念動咒語，發回土地。將身一抖，兩臂上毫毛歸原。將剃頭刀總捏成真，還是一條金箍棒，收藏耳內。復翻身還變螻蟻，鑽入櫃內，現了本相，與唐僧守困不題。

卻說那王宮內院，宮娥彩女，天不亮起來梳洗，一個個都沒了頭髮。穿宮的大小太監，也都沒了頭髮。一擁齊來，到於寢宮外，奏樂驚寢，個個噙淚，不敢傳言。少時，那三宮皇后醒來，也沒了頭髮。忙移燈到龍牀前看處，錦被窩中，睡著一個和尚皇帝。忍不住言語出來，驚醒國王。那國王急睜睛，見皇后的頭光，他連忙爬起來道：「梓童，你如何這等？」皇后道：「主公亦如此也。」那皇帝摸摸頭，唬得三尸呻咋，七魄飛空，道：「朕當怎的來耶！」正驚慌處，只見那六院嬪妃，宮娥彩女，大小太監，都光著頭跪下道：「主公，我們做了和尚耶！」國王見了，眼中流淚道：「想是寡人殺害和尚之報。」即傳旨吩咐：「汝等不得說出落髮之事，恐文武群臣，褒貶國家不正。且都上殿設朝。」

卻說那五府六部，各衙門大小官員，天不明都要去朝主拜闕。原來這半夜一個個也沒了頭髮，各人都寫表啟奏此事。畢竟不知後來如何，且聽下回分解。

第八十五回　心猿妒木母　魔主計吞禪

話說那國王早朝，文武多官俱執表章啟奏道：「主公，望赦臣等失儀之罪。」國王道：「眾卿禮貌如常，有何失儀？」眾卿道：「主公啊，不知何故，臣等一夜把頭髮都沒了。」國王執了這表，下龍牀對群臣道：「果然不知何故，朕宮中大小人等，一夜也盡沒了頭髮。」君臣們都各汪汪滴淚道：「從此後，再不敢殺戮和尚也。」國王復上龍位，眾官各立本班。只見當駕官喝道：「有事出班來奏，無事捲簾散朝。」

那武班中閃出巡城總兵官，文班中走出東城兵馬使，當階叩頭道：「臣蒙聖旨巡城，夜來獲得賊贓一櫃，白馬一匹。微臣不敢擅專，請旨定奪。」國王道：「連櫃取來。」二臣即退至本衙，點起齊整軍餘，將櫃擡出。三藏在內，魂不附體道：「徒弟們，這一到國王前，如何理說？」行者笑道：「莫嚷，我已打點停當了。開櫃時，他就拜我們為師哩！」不一時擡至朝內，放在丹墀之下。

二臣請國王開看，國王即命打開。方揭了蓋，八戒就忍不住往外一跳，唬得那多官膽戰，口不能言。又見行者攙出唐僧，沙僧搬出行李。八戒見總兵官牽著馬，走上前，咄的一聲道：「馬是我的，拿過來！」唬得那官兒翻觔斗跌倒在地。四眾俱立在階中。那國王看見是四個和尚，忙下龍牀，宣召三宮妃后，下金鑾寶殿，同群臣拜問道：「長老何來？」三藏道：「是東土大唐駕下，差往西方天竺國大雷音寺，拜活佛取真經的。」國王道：「老師遠來，為何在這櫃裏安歇？」三藏道：「貧僧知陛下有願心殺和尚，不敢明投上國，夜扮俗人，至寶方飯店裏借宿。因怕人識破原身，故此在櫃中安歇。不幸被賊偷出，又被官兵獲來，今得見陛下龍顏，所謂撥雲見日，望陛下赦放貧僧，海深恩德也！」國王道：「老師是天朝上國高僧，朕失迎迓。朕當年有願殺僧者，曾因僧謗了朕，朕許天願，要殺一萬和尚做圓滿。不期今夜歸依，教朕等為僧，如今君臣后妃髮都沒了。望老師勿吝教誨，願為門下。」八戒聽言，呵呵大笑道：「既要拜為門徒，有何贄見之禮？」國王道：「師若肯從，願將國中財寶獻上。」行者道：「莫說財寶，我和尚是有道之僧。你只把關文倒換了，送我們出城，保你皇圖永固，福壽長臻。」那國王聽說，即著光祿寺大排筵宴，君臣同拜為師，即時倒換關文，求三藏改換國號。行者道：「陛下，『法國』之名甚好，但只『滅』字不好。自經我過，可改號『欽法國』，管教你海晏河清千代盛，風調雨順萬方安。」國王謝了，傳旨擺鑾駕，送唐僧四眾出城西去。君臣們秉善歸真不題。

卻說長老辭別了欽法國王，在馬上欣然道：「悟空，此一法甚善，大有功也。」沙僧道：「哥啊，是那裏尋這許多整容匠，連夜剃這許多頭？」行者把那施變化弄神通的事說了一遍。師徒們都笑不合口。

正歡喜處，忽見一座高山阻路。唐僧勒馬道：「徒弟們，你看前面山勢崔巍，切須仔細！」行者笑道：「放心，放心，保你無事。」三藏道：「休言無事。我見那山峰挺立，遠遠的暴雲飛出，有些凶氣，頗覺神思不安。」行者笑道：「你把烏巢禪師的《多心經》早又忘了。」三藏道：「我記得。」行者道：「你雖記得，還有四句頌子，你卻忘了哩！」三藏道：「那四句？」行者道：

佛在靈山莫遠求，靈山只在汝心頭。人人有個靈山塔，好向靈山塔下修。

三藏道：「徒弟，我豈不知？若依此四句，千經萬典，也只是修心。」行者道：「不消說了。心淨孤明獨照，心存萬境皆清。差錯些兒成懈怠，千年萬載不成功。但要一片志誠，雷音只在眼下。似你這般恐懼驚性，神思不安，大道遠矣，雷音亦遠矣。且莫狐疑，隨我去。」長老聞言，心神頓爽，萬慮皆休。

四眾一同前進，不幾步到於山上。師徒們正行之時，只聽得呼呼一陣風起。三藏又害怕道：「風起了！」行者道：「和、熏、金、朔，四時皆有風，風起怕怎的？」說不了，又見一陣霧起。三藏一發心驚道：「悟空，風還未定，如何又這般霧起？」行者道：「且莫忙。請師父下馬，你兄弟二人在此保守，等我去看看是何吉凶。」大聖把腰一躬，就到半空，用手搭眉上，圓睜火眼，向下觀之，果見那懸巖邊坐著一個妖精，左右有三四十個小妖擺列，他在那裏逼法的噴風噯霧。行者暗笑道：「我師父也有些兒先兆，果然是個妖精在這裏弄喧哩！若老孫使鐵棒往下就打，這叫作搗蒜打，打便打死了，只是壞了老孫的名頭。」那行者一生豪傑，再不曉得暗算計人。他道：「我且回去，照顧八戒照顧，教他來先與這妖精見一仗。但只八戒有些躲懶，不肯出頭。等我且哄他一哄。」

即時落下雲頭，到三藏前。三藏問道：「悟空，風霧處吉凶何如？」行者道：「這會卻明淨了，沒甚風霧。」三藏道：「正是。」行者笑道：「師父，我常時間還看得好，這次卻看錯了。我只說風霧之中恐有妖怪，原來不是。」三藏道：「是甚麼？」行者道：「前面不遠，乃是一莊村。村上人家好善，蒸的白米乾飯、白麵饃饃齋僧哩！這些霧，想是那些人家蒸籠之氣，也是積善之應。」八戒聽說，認了真實，扯過行者悄悄的道：「哥哥，你先吃了他的齋來的？」行者道：「吃不多兒，因那菜蔬太鹹了些，不喜多吃。」八戒道：「啐，憑他怎麼鹹，我也儘肚吃他一飽！」行者道：「你要吃麼？」八戒道：「正是。我肚裏已飢了，先要去吃些兒，不知如何？」行者道：「兄弟，古書云：『父在，子不得自專。』師父在此，誰敢先去？」八戒笑道：「你若不言語，我就去了。」行者道：「我不言語，看你怎麼得去。」那獃子吃嘴的見識偏有，走上前道：「師父，適纔師兄說，前村裏有人家齋僧。你看這馬，有些要打攪人家，要草要料，卻不費事？幸如今風霧明淨，你們且略坐坐，等我去尋些嫩草兒，先餵餵馬，然後再往那家子化齋去罷。」唐僧歡喜道：「好啊！你今日卻勤謹。快去快來。」那獃子笑著就走。行者趕上道：「兄弟，他那裏齋僧，只齋俊的，不齋醜的，你須是變變兒去。」獃子即走到山凹裏，捻訣念咒，搖身一變，變作個矮胖和尚。手裏敲個木魚，口裏哼啊哼的，又不會念經，只哼的是「上大人」。

卻說那怪物收風斂霧，號令群妖，在於大路口上，擺開一個圈子陣，專等行客。這獃子晦氣，不多時撞到當中，被群妖圍住。這個扯住衣服，那個扯著絲絛，推推擁擁，一齊下手。八戒道：「不要扯，等我一家家吃將來。」那妖道：「和尚，你要吃甚的？」八戒道：「你們這裏齋僧，我來吃齋的。」群妖道：「你想這裏齋僧，不知我這裏專要吃僧。我們都是山中得道的妖仙，專要把你們和尚拿到家裏，上蒸籠蒸熟吃哩，你倒還想來吃齋！」八戒聞言，纔報怨行者道：「這個弼馬溫，其實憊懶！他哄我說是這村裏齋僧，卻原來是些妖精。」那獃子被他扯急了，即便現出原身，腰間掣釘鈀，一頓亂築，築退那些小妖。

小妖急跑去報老怪道：「大王，山前來了一個和尚，且是生得乾淨。我說拿家來蒸他吃，不想他會變化。」老妖道：「變化甚的模樣？」小妖道：「那裏成個人相，長嘴大耳朵，背後又有鬃，雙手輪一根釘鈀，沒頭沒臉的亂築，唬得我們跑回來報大王也。」老妖聞言，急輪著一條鐵杵，走近前看時，見獃子果然生得醜惡。老妖硬著膽喝道：「你是那裏來的，叫甚名字？快早說來，饒你性命。」八戒笑道：「我的兒，你是也不認得你祖宗哩，我是唐僧的徒弟豬八戒。」那妖道：「你原來是唐僧的徒弟。我一向聞得唐僧的肉好吃，正要拿你哩，你卻撞將來，我肯饒你？不要走，看杵！」那妖不容分說，近前亂打。八戒抖擻威風，與妖精廝鬥，那妖喝令小妖把八戒一齊圍住。

卻說行者在唐僧背後，忽失聲冷笑。沙僧道：「哥哥冷笑何也？」行者道：「八戒真個獃呀，聽見說齋僧，就被我哄去了，這早晚還不見回來。若是一頓鈀打退妖精，你看他得勝而回，爭嚷功勞。若戰他不過，被他拿去，背前面後，不知罵了多少弼馬溫哩！悟淨，你休言語，等我去看看。」他也不使長老知道，悄悄的拔根毫毛，變作本身模樣，隨著長老。他的真身出個神，跳在空中觀看，但見那獃子被怪圍繞，釘鈀勢亂，漸漸難敵。行者按落雲頭，厲聲叫道：「八戒不要忙，老孫來了！」那獃子聽得是行者聲音，仗著勢愈長威風，一頓鈀向前亂築。那妖抵敵不住，領群妖敗陣去了。行者見妖精敗去，他就撥轉雲頭，徑回本處，把毫毛一抖，收上身來。

不一時，獃子轉來，累得那黏涎鼻涕，白沫生生，氣呼呼的走將來，叫聲：「師父！」長老見了，驚訝道：「八戒，你去打馬草的，怎麼這般狼狽回來？」獃子放下鈀，搥胸跌腳道：「師父，說起來就活活羞殺人，師兄捉弄我，他先頭說風霧裏是一莊村人家齋僧的，我就當真，想著肚內飢了，先去吃些兒，假倚打草為名。豈知若干妖怪，把我圍了，苦戰了這一會，若不是師兄的哭喪棒相助，我也莫想得脫命回來也。」行者在旁笑道：「這獃子亂說！我在這裏看著師父，何曾離側。」長老道：「是啊，悟空不曾離我。」那獃子跳著嚷道：「師父，你不曉得，他有替身。」長老道：「悟空，端的可有怪麼？」行者瞞不過，躬身笑道：「是有個把小妖兒，他不敢惹我們。八戒，你過來，一發照顧你照顧。我們既保師父，走過險峻山路，就似行軍的一般。」八戒道：「行軍便怎的？」行者道：「你做個開路將軍，在前剖路。那妖精不來便罷，若來時，你與他賭鬥。打倒妖精，就算你的功果。」八戒量著那妖精手段與他差不多，卻說：「我就向前。」行者歡喜，即請師父上馬，沙僧挑擔，相隨八戒，一路入山不題。

卻說那妖敗回本洞，高坐在石崖上，默默無言。洞中還有許多小妖，都上前問道：「大王常時出去，喜喜歡歡回來，今日如何煩惱？」老怪道：「小的們，我往常出洞巡山，不管那裏的人與獸，定撈幾個來家，養贍汝等。今日造化低，撞見一個對頭。」小妖問：「是那個對頭？」老妖道：「是一個和尚，乃東土唐僧取經的徒弟，名喚豬八戒。我被他一頓釘鈀，把我築得敗下陣來。好惱啊！我這一向聞得人說，唐僧乃十世修行的羅漢，有人吃他一塊肉，可以延壽長生。不期他今日到我山裏，正好拿住他蒸吃，不知他手下有這等徒弟。」

說不了，班部叢中閃上一個小妖道：「大王纔說要吃唐僧，唐僧的肉不中吃。」老妖道：「怎麼不中吃？」小妖道：「若是中吃，也到不得這裏，別處妖精也都吃了。他手下有三個徒弟，大徒弟是孫行者，三徒弟是沙和尚，這個是他二徒弟豬八戒。」老怪道：「沙和尚比豬八戒如何？」小妖道：「也差不多兒。」「那孫行者比他如何？」

小妖吐舌道：「不敢說。那孫行者神通廣大，變化多端，他五百年前曾大鬧天宮，普天神將也不曾伏得他。你怎敢想吃唐僧？」老妖道：「你怎麼曉得這等詳細？」小妖道：「我當初在獅駝嶺獅駝洞那大王處。那大王不知好歹，要吃唐僧，被孫行者使一條棒，打進門來，可憐就打得犯了骨牌名，都『斷幺絕六』。還虧我有些見識，從後門走了，來到此處，蒙大王收留。故此知他手段。」老妖聞言，大驚失色。這正是大將軍怕讖語，他聞得自家人這等說，安得不驚。

正都在悚懼之際，又一個小妖上前道：「大王莫怕。若是要吃唐僧，等我定個計策拿他。」老妖道：「你有何計？」小妖道：「我有個分瓣梅花計。」老妖道：「怎麼叫作分瓣梅花計？」小妖道：「如今把洞中大小群妖，點將起來，千中選百，百中選十，十中只選三個，須是有能幹會變化的，都變作大王的模樣，手執大王之杵，三處埋伏。先著一個戰豬八戒，再著一個戰孫行者，再著一個戰沙和尚。捨著三個小妖，調開他弟兄三個，大王卻在半空伸下手去捉唐僧，就如探囊取物，有何難哉！」老妖聞言，滿心歡喜道：「此計絕妙，絕妙！這一去，拿不得唐僧便罷，若是拿了唐僧，就封你做個前部先鋒。」小妖叩頭謝恩。即將洞中群妖點起，果然選出三個有能的，俱變作老妖，各執鐵杵，埋伏等待不題。

卻說長老無慮無憂，隨八戒上大路。行彀多時，只見那路旁邊撲喇的一聲響喨，跳出一個妖怪，奔向前邊，要捉長老。行者叫八戒：「妖精來了，何不動手？」獃子掣釘鈀就築，那妖使鐵杵相迎。他兩個在山坡下正然賭鬥，又見那草科裏響一聲，又跳出個怪來，就奔唐僧。行者道：「師父，八戒的眼拙，放那妖精來拿你了，等老孫打他去！」急掣棒上前就打，那妖更不打話，舉杵來迎。他兩個一撞一衝，正相持處，又聽得山背後呼的風響，又跳出個妖精來，徑奔唐僧。沙僧見了大驚，即掣杖對面擋住，那妖也揮杵恨苦相持。吆吆喝喝，亂嚷亂鬥，漸漸的調遠。

那老妖在半空中，見唐僧獨坐馬上，伸下五爪鋼鈎，把唐僧一把撾住，一陣風徑攝到洞內，連叫「先鋒」。那定計的小妖上前跪倒，口中道：「不敢，不敢。」老妖道：「大將軍一言即出，如白染皂。我原説拿了唐僧，封你為前部先鋒，今果然妙計成功，豈可失信於你？著小的們刷鍋燒火，把唐僧蒸一蒸，我和你都吃他一塊肉，以圖延壽長生也。」先鋒道：「大王，且不可吃。」老妖道：「既拿來，怎麼不可吃？」先鋒道：「大王吃了他不打緊，豬八戒、沙和尚都做得人情，但恐孫行者那主子刮毒。他若曉得了，他也不來和我們廝打，只把那金箍棒往山腰裏搠個窟窿，連山都搠倒了，我們安身之處也無矣。」老怪道：「先鋒，憑你有何高見？」先鋒道：「依著我，把唐僧且綁在後園，兩三日，等他們不來尋找，纔拿他出來，自在受用，卻不是好？」

老妖即令把唐僧拿入後園，一條繩綁在樹上。那長老止不住腮邊流淚，叫道：「徒弟呀，你們在山中擒怪，我在此受災，何日相會，痛殺我也！」正自兩淚交流，只見對面樹上有人叫道：「長老，你也進來了！」長老問道：「你是何人？」那人道：「我是本山中的樵子，被那山主前日拿來，綁在此間，今已三日，算計要吃我哩。」長老滴淚道：「樵夫啊，你死只是一身，無甚掛礙，我卻死得不乾淨。」樵子道：「長老，你是個出家人，死了有甚麼不乾淨？」長老道：「我本是東土往西天去的，奉唐朝皇帝御旨，拜活佛，取真經，要超度那幽冥無主的孤魂。今若喪了性命，可不盼殺那君王，孤負那臣子？那枉死城中無限的冤魂，卻不大失所望，永世不得超生，一場功果盡化作風塵，這卻怎麼得乾淨？」樵子聞言，墮淚道：「長老，你死也只如此，我死又更傷情。我靠著打柴為生，老母今年八十三歲，只我一人奉養。倘若身喪，誰與他埋屍送老？苦哉，苦哉，痛殺我也！」長老聞言，大哭道：「可憐，可憐，事君事親，皆同一理，你為親恩，我為君恩。」正是那流淚眼觀流淚眼，斷腸人對斷腸人！

且不言三藏遭困。卻說行者在草坡下戰退小妖，急回來路邊，不見了師父，止存白馬、行囊。慌得他牽馬挑擔，向山頭找尋。畢竟不知尋得著否，且聽下回分解。

第八十六回　木母助威征怪物　金公施法滅妖邪

話說大聖滿山頭尋叫師父，忽見八戒氣呼呼的跑將來道：「哥哥，你喊怎的？」行者道：「師父不見了，你可曾看見？」八戒道：「我原來只跟唐僧做和尚的，你又捉弄我，教做甚麼將軍！我捨命與那妖精戰了一會回來。師父是你與沙僧看著的，反來問我？」說不了，只見沙僧來到。行者問：「師父那裏去了？」沙僧道：「你兩個眼都花了，把妖精放將來拿師父，我去打妖精，師父自家在馬上坐的。」行者氣得暴跳道：「中他計了，中他計了！」沙僧道：「中他甚計？」行者道：「這是分瓣梅花計，把我弟兄們調開，他劈心裏撈了師父去了。左右只在這座山上，我們快尋去來。」

三人急急入山找尋。行了有二十里遠近，只見那懸崖之下，有一座洞府，石門上橫安著一塊石版，有八個大字，乃「隱霧山折嶽連環洞」。行者道：「八戒動手啊！此間乃妖精住處，師父必在他家也。」那獃子舉鈀儘力一築，把那石門築了一個大窟窿，叫道：「妖怪，快送出我師父來！」守門的小妖急急報入。老怪大驚道：「不知是那個尋將來也？」先鋒道：「等我出去看看。」那小妖奔至前門，從那窟窿處往外張，見是個長嘴大耳朵，即回頭高叫：「大王莫怕他！這個是豬八戒，沒甚本事。怕便只怕那毛臉雷公嘴的和尚。」八戒在外邊聽見道：「哥啊，他不怕我，只怕你哩！師父定在他家了。你快上前。」行者罵道：「潑業畜，你孫外公在這裏，送我師父出來，饒你性命。」先鋒道：「大王，不好了，孫行者也尋將來了！」老怪報怨道：「都是你定的甚麼分瓣分瓣，卻惹得禍事臨門，怎生結果？」先鋒道：「大王且休埋怨。我記得孫行者是個寬洪海量的猴頭，雖則他神通廣大，卻好奉承。我們拿個假人頭出去哄他一哄，奉承他幾句，只說他師父是我們吃了。若還哄得他去了，唐僧還是我們受用；哄不過再作理會。」老怪道：「那裏得個假人頭？」先鋒道：「等我做一個兒看。」

他即尋一棵柳樹根，砍作個人頭模樣，塗上些血，著一個小妖使盤兒捧至門下，叫道：「大聖爺爺，息怒容稟。」行者果好奉承，聽見叫聲「大聖爺爺」，便就止住八戒：「且莫動手，看他有甚話說。」小怪道：「你師父被我大王拿進洞來，洞裏小妖村頑，不識好歹，這個來吞，那個來咬，把你師父吃了，只剩下一個頭在這裏也。」行者道：「既吃了便罷，拿出頭來我看。」小怪從門窟裏拋出那個頭來。八戒見了就哭，行者道：「獃子，你且認認真假再哭。這是個假人頭。」八戒道：「怎認得是假？」行者道：「真人頭拋出來撲搭不響，假人頭拋得像梆子聲。你不信，等我拋了你聽。」拿起來往石頭上一摜。噹的一聲響亮。急掣出棒，撲的一下打破了，八戒看時，乃是個柳樹根。獃子忍不住罵道：「我把你這夥毛團，你將我師父藏在洞裏，拿個柳樹根哄你豬祖宗，莫成我師父柳樹精變的！」

慌得那拿盤的小怪，戰兢兢忙報道：「難，難，難！難，難，難！」老妖道：「怎麼有這許多難？」小妖道：「豬八戒與沙和尚倒哄過了，孫行者卻是個販古董的，識貨，識貨！他就認得是個假人頭。如今得個真人頭與他，或者他就去了。」老怪即命眾妖揀了一個新鮮的人頭，教啃淨頭皮，滑塌塌的，還使盤兒拿出，叫：「大聖爺爺，先前委是個假頭。這個真正是唐老爺的頭，我大王留下鎮宅子的，今特獻出來也。」撲通的把個人頭又從門窟裏抛出，血滴滴的亂滾。

行者認得是個真人頭，沒奈何就哭。八戒、沙僧也一齊放聲大哭。八戒噙著淚道：「哥哥，且等我拿去，乘生氣埋下再哭。」行者道：「也是。」那獃子不嫌穢污，把個頭抱在懷裏，跑上山崖，向陽處取鈀築了一個坑，把頭埋了；又築起一個墳塚。他走向澗邊，攀幾根大柳枝，拾幾塊鵝卵石，回至墳前，把柳枝插在左右，鵝卵石堆在面前。行者問道：「這是怎麼説？」八戒道：「這柳枝權為松柏，與師父遮遮墳頂。這石子權當點心供養。」行者道：「且休亂弄。教沙僧在此，一則廬墓，二則看守行李、馬匹。我和你去打破他的洞府，拿住妖魔，碎屍萬段，與師父報仇去來。」

八戒即舉鈀隨著行者，努力向前，不容分辨，把他石門打破，喊聲振天，叫道：「還我活唐僧來耶！」那洞裏群妖一個個魂飛魄散，都報怨先鋒的不是。老妖道：「這和尚打進門來，卻怎處治？」先鋒道：「古人説得好：『手插魚籃，避不得腥。』一不做，二不休，左右帥領家兵殺那和尚去來！」老妖無計可奈，真個統群妖一齊吶喊，殺出洞門。這大聖與八戒急退幾步，到那山場平處，抵住群妖，喝道：「那個是拿我師父的妖怪？」那老妖持鐵杵應聲高叫道：「那潑和尚，你不得惹我。我乃南山大王，數百年放蕩於此。你唐僧已是我吃了，你敢如何？」行者罵道：「這個大膽的毛團，你能有多少行止？李老君乃開天闢地之祖，尚坐於太清之上；佛如來是治世之尊，還坐於大鵬之下。你這個孽畜，敢稱甚麼南山大王，數百年之放蕩。不要走，吃你外公老爺一棒！」那妖側身閃過，使杵抵住鐵棒。八戒忍不住，掣鈀亂築。那先鋒帥眾齊來，在山中平地處一場混戰。

大聖見那些小妖勇猛，連打不退，即使個分身法，把毫毛拔下一把，都變作本身模樣，一個使一根金箍棒，從外邊往裏打進，這行者與八戒從陣裏往外殺來，可憐那些小妖蕩著鈀九股血出，挽著棒骨肉如泥。唬得那南山大王滾風生霧，得命逃回。那先鋒不能變化，早被行者一棒打倒，現出本相，乃是個鐵背蒼狼怪。行者將身一抖，收上毫毛道：「獃子，不可遲慢，快趕老怪，討師父的命去來！」

那老怪逃命回洞，吩咐小妖把前門堵了，再不敢出頭。行者、八戒趕至門首吆喝，無人答應。八戒使鈀築時，莫想得動。行者道：「八戒，莫費氣力，他把門已堵了。且回墓前看看去。」

二人復至本處，見沙僧還哭哩。八戒越發傷悲，伏在墳上，手撲著土痛哭。行者道：「兄弟，這妖精把前門堵了，一定有個後門出入。你兩個只在此間，等我再去尋看。」八戒滴淚道：「哥啊，仔細著，莫連你也撈去了，我們不好哭得。哭一聲師父，哭一聲師兄，就要哭得亂了。」行者道：「亂說！」即收了棒，拽步轉過山坡，忽聽得潺潺水響。回頭看處，原來是澗中之水，上溜頭沖下來的。又見澗那邊有座門，門邊有個暗溝，溝中流出紅水來。他道：「不消講，那就是後門了。」即變一個水老鼠，颼的一聲攛過去，從那溝中鑽至裏面天井中。探頭觀看，只見那向陽處有幾個小妖，拿著些人肉巴子曬哩。行者道：「我的兒啊，那想是師父的肉，吃不了，曬乾巴子防天陰的。我且再變化進去，尋那老怪，看是何如？」跳出溝，搖身又一變，變作個有翅的螞蟻兒。

他展開翅，一直飛到中堂。只見那老怪煩煩惱惱坐著，有一個小妖從後面跳將來報道：「大王萬千之喜！」老妖道：「喜從何來？」小妖道：「我纔在後門外澗頭上探看，忽聽得有人哭，即爬上峰頭望望，原來是豬八戒、孫行者、沙和尚在那裏拜墳痛哭。想是把那假人頭認作唐僧的頭，葬作墳墓哭哩！」行者暗中聽說，道：「若據此言，我師父還藏在那裏，未曾吃哩。等我再去尋尋。」

即飛過中堂，東張西看，見旁邊有個小門兒，關得甚緊。他從門縫裏鑽入看時，原來是個大園子，隱隱的聽得悲聲。飛入深處，但見一叢大樹，樹底下綁著兩個人，一個正是唐僧。行者見了，歡喜不勝，忍不住現了本相，近前叫聲：「師父！」那長老滴淚道：「悟空，你來了，快救我一救！」行者道：「師父，你且莫叫，面前有人，怕走了風訊。你既有命，我可救得你。」

卻又搖身還變作個螞蟻兒，復入中堂，釘在樑上。只見那些小妖紛紛嚷嚷。內中忽跳出一個道：「大王，他們見堵了門，攻打不開，將假人頭弄作個墳墓。今日哭一日，明日再哭一日，後日復了三，好道回去。打聽得他散了呵，把唐僧拿出來碎劇碎剁，把些大料煎了，香噴噴的大家吃一塊兒，也得個延壽長生。」又一個小妖拍掌道：「還是蒸了吃的有味。」又一個道：「他本是個稀奇之物，還著些鹽兒醃醃，吃得長久。」行者在樑上聽見，大怒道：「我師父與你何仇，這般算計吃他！」即將毫毛拔了一把，都變作瞌睡蟲兒，往那眾妖臉上拋去。一個個鑽入鼻中，打盹睡倒。只有老妖睡不穩，他兩隻手不住揉頭搓臉。行者道：「等我與他個雙掭燈！」又變一個蟲兒，鑽在鼻內。那老妖打兩個呵欠，呼呼的也睡倒了。

行者纔跳下來，現了本相，把旁門打破，跑至後園，高叫「師父」，將繩解下，挽著師父就走。只聽得對面樹上綁的人叫道：「老爺捨大慈悲，也救我一命！」長老叫悟空：「那個人也解他一解。」行者道：「他是甚麼人？」長老道：「他是個樵子，說有母親年老。一發連他救了罷！」行者也解他繩索，一同帶出後門，爬上石崖，過了陡澗。長老道：「悟能、悟淨都在何處？」行者道：「他兩個都在那裏哭你哩，你可叫他一聲。」長老果高叫：「八戒，八戒！」那獃子哭得昏頭昏腦的，揩揩眼淚道：「沙和尚，師父回家來顯魂哩，在那裏叫我們不是？」行者上前喝道：「夯貨，顯甚麼魂，這不是師父來了？」沙僧見了，忙忙跪在面前道：「師父，你受了多少苦呵，哥哥怎生救得你來也？」行者把上項事說了一遍。

八戒聞言，舉鈀把那墳墓一頓築倒，掘出那人頭來，築得稀爛。道：「師父呵，不知他是那家的亡人，教我朝著他哭。」長老道：「也虧他救了我命哩！還把他埋一埋，見我們出家人之意。」那獃子聽長老此言，遂又埋下。

行者笑道：「師父，你請略坐坐，等我剿除去來。」即又跳下石崖，過澗入洞，把那綁唐僧、樵子的繩索拿入中堂，那老妖還睡著未醒，即將他四馬攢蹄捆倒，使金箍棒掬起來。握在肩上，徑出後門，到師父跟前放下。八戒舉鈀就築，行者道：「且住，洞裏還有小妖未拿，要打又費工夫，不若尋些柴，教他斷根罷！」那樵子聞言，即引八戒去山凹裏尋了若干枯柴，送入後門裏。行者點上火，八戒兩耳搧起風。大聖將身抖一抖，收了瞌睡蟲的毫毛。那些小妖醒來，煙火齊著，莫想有半個得命，連洞府燒得精空，卻回見師父。那老妖也方醒，被八戒上前，一鈀築死，現出本相，原來是個艾葉花皮豹子精。長老喜謝不盡，攀鞍上馬。那樵子道：「老爺，向西南去不遠，就是舍下。請老爺到舍，見見家母，叩謝老爺活命之恩，送爺上路。」

長老忻然，不騎馬，即與樵子並四眾同行。向西南迤運前來，不多路，只見一個老嫗，倚著柴扉，眼淚汪汪，兒天兒地的痛哭。這樵子看見自家母親，急忙忙先跑到柴扉前，跪下叫道：「母親，兒來也！」老嫗一把扯住道：「兒呵，你這幾日不來家，我只說是山主拿你去害了性命，是我心疼難忍。你既不曾被害，何以今日纔來？」樵子道：「母親，兒已被山主拿去，綁在樹上，自必死。幸虧這幾位老爺，神通廣大，把山主一頓打死，卻將那老老爺連孩兒都解救出來，此誠天高地厚之恩。如今山上太平，孩兒徹夜行走，也無事矣。」

那老嫗聽言，一步一拜，拜接長老四眾，都入茅舍中坐下。娘兒兩個又磕頭稱謝不盡，慌忙安排些素齋野菜，供奉師徒飽餐一頓，收拾起程。那樵子殷勤相送，引上大路道：「老爺切莫憂思。這條大路，向西方不滿千里，就是天竺國，極樂之鄉也。」長老聞言，翻身下馬，謝別了樵子，師徒遂一直投西。畢竟不知前行還到何處，且聽下回分解。

第八十七回　鳳仙郡冒天致旱　孫大聖勸善施霖

大道幽深，如何消息，說破鬼神驚駭。挾藏宇宙，剖判玄關，真樂世間無賽。靈鷲峰前，寶珠拈出，明映五般光彩。照徹乾坤，上下群生，知者壽同山海。

卻說三藏師徒別樵子奔上大路，行經數日，忽見一座城池相近。三藏道：「悟空，你看那前面的城池，可是天竺雷音麼？」行者搖手道：「不是，不是。如來處雖稱極樂，卻沒有城池，乃是一座大山，山中有樓臺殿閣，喚作靈山大雷音寺。就到了天竺國，也不是如來住處，天竺國還不知離靈山有多少路哩！那城想是天竺之外郡。到前面方知明白。」

不一時至城外。三藏下馬，入到三層門裏，見那民物荒涼，街衢冷落。又到市口之間，見許多穿青衣者，左右擺列，有幾個冠帶者，立於房檐之下。他四眾順街行走，那些人更不遜避。八戒把長嘴揪一揪，叫道：「讓路，讓路！」那些人猛擡頭，看見模樣，一個個骨軟觔麻，跌跌蹡蹡，都道：「妖精來了，妖精來了！」唬得那檐下冠帶者，戰兢兢躬身問道：「那方來者？」三藏一力當先，對眾道：「貧僧乃東土大唐駕下拜天竺國大雷音寺佛祖求經者。路過寶方，不知地名，甚失迴避，望列公恕罪。」那官人卻纔施禮道：「此處乃天竺外郡，地名鳳仙郡。連年乾旱，郡侯差我等在此出榜，招求法師祈雨救民也。」行者聞言道：「你的榜文何在？」眾官道：「榜文在此，適間纔打掃廊檐，還未張掛。」行者道：「拿來我看看。」眾官即將榜文展開，掛在檐下。行者四眾上前同看。榜上寫著：

大天竺國鳳仙郡郡侯上官，為榜聘明師，招求大法事。茲因連年亢旱，田畝無收。富室聊以偷生，窮民難以活命。斗粟百金之價，束薪五兩之資。十歲女易米三升，五歲男隨人帶去。城中懼法，典衣當物以存身；鄉下欺公，打劫吃人而度日。為此出給榜文，仰望十方賢哲，禱雨救民。願以千金奉謝，決不虛言。須至榜者。

行者看罷，對眾官道：「郡侯上官何也？」那官道：「上官乃我郡侯之姓也。」三藏道：「悟空，你會求雨，與他求一場甘雨，以濟民瘼，此乃萬善之事。如不求就行，莫誤了走路。」行者道：「祈雨有甚難事？我老孫翻江攪海，喚雨呼風，那一件兒不是幼年耍子的勾當，何為稀罕。」

眾官聽説，著兩個急去郡中報道：「老爺，萬千之喜！」那郡侯正焚香默禱，聽得報聲，即問何喜？那官道：「今日領榜，方至市口張掛，即有四個和尚，稱是東土大唐差往大雷音拜佛求經者，見榜即道能祈甘雨，特來報知。」那郡侯即整衣步行，徑至市口，眾人閃過。郡侯一見唐僧，不怕他徒弟醜惡，當街心倒身下拜道：「下官乃鳳仙郡郡侯上官正，熏沐拜請老師祈雨救民。望師大捨慈悲，救濟，救濟！」三藏答禮道：「此間不是講話處，待貧僧到那寺觀，卻好行事。」郡侯道：「老師同到小衙，自有潔淨之處。」

師徒們牽馬挑擔，徑至府中，一一相見。郡侯即命看茶擺齋。齋畢，唐僧謝了，卻問：「郡侯大人，貴處乾旱幾時了？」郡侯道：

敝地大邦天竺國，鳳仙外郡吾司牧。一連三載遇乾荒，草子不生絕五穀。

大小人民買賣難，十家九戶俱啼哭。三停餓死二停人，一停還似風中燭。
下官出榜遍求賢，幸遇真僧來我國。若施寸雨濟黎民，願奉千金酬厚德。

行者聽説，呵呵笑道：「莫説，莫説，若説千金為謝，半點甘雨全無。但論積功累德，老孫送你一場大雨。」那郡侯原來十分清正賢良，愛民心重，即請行者上坐，低頭下拜道：「老師果捨慈悲，下官必不敢悖德。」行者道：「郡侯請起，等老孫行事。」沙僧道：「哥哥，怎麼行事？」行者道：「你和八戒過來，就在他這堂下，隨著我做個羽翼，等老孫喚龍來行雨。」八戒、沙僧謹依使令。三個人都在堂下，郡侯焚香禮拜，三藏坐著念經。

行者念動真言，即時見正東上一朵烏雲，漸漸落至堂前，乃是東海老龍王敖廣。向前對行者躬身施禮道：「大聖喚小龍來，那方使用？」行者道：「累你遠來，別無甚事，此間乃鳳仙郡，連年乾旱，煩你到此施雨濟民。」老龍道：「啟上大聖得知，我雖能行雨，乃上天遣用之輩。上天不差，豈敢擅自來此？大聖既有拔濟之心，容小龍回海點兵。煩大聖到天宮奏准，請一道降雨的聖旨，請水官放出龍來，我卻好照數下雨。」行者聞言，只得發放老龍回海。他即跳出罡斗，吩咐八戒、沙僧：「保著師父，我上天宮去也。」説聲去，寂然不見。那郡侯驚訝道：「孫老爺那裏去了？」八戒笑道：「駕雲上天去了。」郡侯十分恭敬，傳出飛報，教滿城官民人等，家家供養龍王牌位，門設水缸、柳枝，焚香拜天不題。

卻説行者一路觔斗雲，徑到西天門外，早見護國天王上前迎接道：「大聖，取經之事完乎？」行者道：「也差不遠矣。今行到天竺國鳳仙郡，彼處三年不雨，民甚艱苦，老孫欲喚雨拯救，特來朝見玉帝請旨。」天王道：「那廂敢是不該下雨哩！我向時聞得說，那郡侯冒犯天地，上天見罪，立有米麵山和金鎖，直等此三事倒斷，纔該下雨。」行者遂徑至通明殿外，與四大天師說了，引至靈霄殿下啟道：「萬歲，有孫悟空路至天竺國鳳仙郡，欲與求雨，特來請旨。」玉帝道：「那廝三年前十二月二十五日，朕出行監觀萬天，浮遊三界，駕至他方，見那上官正不仁，將齋天素供，推倒餵狗，口出穢言，造有冒犯之罪，朕即立三事在披香殿內。汝等引孫悟空去看，若三事倒斷，即降旨與他。如不倒斷，且休管閒事。」

四天師即引行者至披香殿內看時，見有一座米山，約有十丈高下；一座麵山，約有二十丈高下。米山邊有一隻拳大之雞，在那裏緊一嘴，慢一嘴，嗛那米吃；麵山邊有一隻金毛哈巴狗兒，在那裏長一舌，短一舌，餂那麵吃。左邊懸一座鐵架子，架上掛一把金鎖，約有一尺三四寸長短，鎖梃有指頭粗細，下面有一盞明燈，燈焰燎著那鎖梃。行者不知其意，回頭問天師曰：「此何意也？」天師道：「那廝觸犯了上天，玉帝立此三事，直等雞嗛了米盡，狗餂得麵盡，燈焰燎斷鎖梃，那方纔該下雨哩。」行者聞言，大驚失色，再不敢啟奏。走出殿，滿面含羞。四天師笑道：「大聖不必煩惱，這事只宜作善可解。若有一念善慈，驚動上天，那米麵山即時就倒，鎖梃即時就斷。你去勸他歸善，福自來矣。」行者遂相別，降雲下界。

那郡侯同三藏、眾人等接著，都簇簇攢攢來問。行者將郡侯喝了一聲道：「只因你這廝三年前十二月二十五日冒犯了天地，致令黎民有難，如今不肯降雨！」慌得郡守跪伏在地道：「老師如何得知？」行者道：「你把那齋天的素供，怎麼推倒餵狗，可實實說來。」那郡侯不敢隱瞞，道：「三年前十二月二十五日，獻供齋天，在於本衙之內，因妻不賢，惡言相鬥，一時怒發無知，推倒供桌，潑了素饌，果是喚狗來吃了。這兩年憶念在心，神思恍惚，無處解釋。不知上天見罪，遺害黎民。今遇老師降臨，萬望明示，上界怎麼樣計較？」行者道：「那一日正是玉皇下界之日。見你將齋供餵狗，又口出穢言，玉帝立有三事記汝。」即將米麵山、鎖梃之事，說了一遍。三藏道：「似這等說，怎生是好？」行者道：「不難，不難。我臨行時，四天師曾對我言，但只作善可解。」那郡侯拜伏哀告道：「但憑老師指教，下官一一歸依也。」行者道：「你若回心向善，趁早念佛看經，我還替你為作。汝若仍前不改，我亦不能解釋，不久天即誅之，性命不能保矣。」

那郡侯磕頭禮拜，誓願歸依。當時召請本處僧道，啟建道場，各各寫發文書，申奏三天，郡侯領眾，拈香瞻拜，答天謝地，引罪自責。三藏也與他念經。一壁廂又出飛報，教城裏城外大家小户，不論男女人等，都要燒香念佛。自此時，一片善聲盈耳。行者卻纔歡喜，對八戒、沙僧道：「你兩個好生護持師父，等老孫再與他去去，奏上玉帝求些雨來。」

他一縱雲頭，又直至天門，向護國天王道：「那郡侯已歸善矣。」正說處，早見直符使者捧定了道家文書，僧家關牒，到天門外。那符使見了行者，施禮道：「此意乃大聖勸善之功。」行者道：「你將此文牒送去何處？」符使道：「直送至通明殿上，與天師傳遞到玉皇大天尊前。」行者道：「如此恰好。我便與你同去。」即同符使到了通明殿。四天師傳奏靈霄殿。玉帝見了道：「那廝們既有善念，看三事如何？」正說處，忽有披香殿看管的將官報道：「所立米麵山俱倒了，霎時間米、麵皆無，鎖梃亦斷。」奏未畢，又有當駕天官引鳳仙郡土地、城隍、社令等神齊來拜奏道：「本郡郡主並滿城大小黎庶之家，無一人不歸依善果，禮佛敬天，今啟垂慈，普降甘雨，救濟黎民。」玉帝聞奏大喜，即傳旨：「著雷、電、風、雲、雨部，各遵號令，去下方鳳仙郡界，即於今日今時，聲雷佈雲，降雨三尺零四十二點。」天師奉旨，傳與各部立時下界。

行者亦謝恩而起，會同眾神，俱到鳳仙郡界。眾神各逞神威，一齊振作。那一時，半空中轟雷掣電，風雲際會，甘雨滂沱。喜歡殺了鳳仙郡內之人，真似枯木重生，白骨再活。那消半日工夫，雨已下足了三尺零四十二點，眾神祇漸漸收回。大聖厲聲高叫道：「那四部眾神，且暫停雲從，待老孫去叫郡侯拜謝列位。列位可撥開雲霧，各現真身，與這凡夫親眼看看，他纔信心供奉也。」眾神聽說，只得都停在空中。這行者按落雲頭，徑至郡裏。那郡侯一步一步拜來謝。行者道：「且慢謝我。我已留住四部神祇，你可傳召多人，同此拜謝，教他向後好來降雨。」郡侯隨傳眾人，一個個拈香朝拜，只見那四部神祇，開明雲霧，各現真身。約有半個時辰，行者纔起在雲端，作禮道：「有勞，有勞，請列位各歸本部。老孫還教郡中人家，供養高真，遇時醮謝。從此後五日一風，十日一雨，還來拯救拯救。」眾神依言，各各回部不題。

卻說大聖與三藏道：「事畢民安，可收拾走路矣。」那郡侯急忙行禮道：「孫老爺說那裏話！今此一場，乃無量無邊之恩德，下官這裏備辦小宴，奉答厚恩。仍與老爺建寺院，立生祠，勒碑刻名，四時享祀。雖刻骨鏤心，難報萬一，怎麼就說走路的話？」三藏道：「大人之言雖當，但我等行腳之僧，不敢久住，一二日間，定走無疑。」那郡侯那裏肯放，連夜差多人治辦酒席，起蓋祠宇。

次日，大開筵宴酬謝；扳留將有半月，只等寺院生祠完備。一日，郡侯請四眾往觀，唐僧驚訝道：「功程浩大，何成之如此速耶？」郡侯道：「下官催趲人工，晝夜趕完，特請列位老爺看看。」行者笑道：「果是賢能的好郡侯也！」即時都到新寺，見那殿閣巍峨，山門壯麗，俱稱讚不已。行者請師父留一寺名，三藏道：「可喚作『甘霖普濟寺』。」郡侯大喜，即命書匾貼金，廣招僧眾，侍奉香火。殿左邊立起四眾生祠，每年四時祭祀。又起蓋雷神、龍神等廟，以答神功。三藏看畢，即命趲行。

那一郡人民，知久留不住，各備贐儀，分文不受。因此合郡官員人等，盛張鼓樂旌幢，送有三十里遠近，猶不忍別，掩淚而回。畢竟不知此去又到何方，且聽下回分解。

第八十八回　禪到玉華施法會　心猿木土授門人

話說唐僧喜喜歡歡別了郡侯，在馬上向行者道：「賢徒，這一場善果，尤勝似比丘國搭救兒童之功也。」行者道：「皆是他本人善念所感，我何功之有？」師徒們奔上大路。光景如梭，又值深秋之後。四眾行彀多時，又見城垣影影。長老舉鞭遙指叫：「悟空，你看那裏又有一座城池，卻不知是甚去處？」

說不了，忽見樹叢裏走出一個老者，慌得唐僧滾鞍下馬，上前道個問訊。那老者還禮道：「長老那方來的？」唐僧合掌道：「貧僧東土唐朝差往雷音拜佛求經者。今至寶方，不知是甚去處，特求老施主指教。」那老者聞言，口稱：「有道禪師，我這敝處，乃天竺國下郡，地名玉華州。州中城主，就是天竺皇帝之宗室，封為玉華王。此王甚賢，尊敬僧道，重愛黎民。老禪師若去相見，必有重敬。」三藏謝了。那老者徑穿樹林而去。

三藏轉身對徒弟備言前事，遂步至城邊街道觀看。那關廂人家，做買做賣的，人煙湊集，生意亦甚茂盛。觀其聲音相貌，與中華無異。三藏吩咐徒弟們謹慎，切不可放肆。那八戒低了頭，沙僧掩著臉，惟孫行者攙著師父。兩邊人都來爭看，齊聲叫道：「我這裏只有降龍伏虎的高僧，不曾見降豬伏猴的和尚。」八戒忍不住，把嘴一掬道：「你們可曾看見降豬王的和尚？」唬得滿街上人跌跌爬爬，都往兩邊閃過。猷子低著頭，只是笑。過了吊橋，入城門內，又見那大街上熱鬧繁華，果然是神州都邑。三藏暗喜道：「人言西域諸番，更不曾到此。細觀此景，與我大唐何異，誠所謂極樂世界也。」又聽得人説，白米四錢一石，麻油八釐一觔，真是五穀豐登處。

行彀多時，方到玉華州府。府門左右，有長史府、審理廳、典膳所、待客館。三藏道：「徒弟，此間是府，等我進去，朝王驗牒而行。你們都到客館裏坐下。我見了王，倘或賜齋，便來喚你等同享。」沙僧即把行李挑至館中。那看館的人役，見他們面貌醜陋，也不敢問他，只得讓他坐下。

卻説三藏換了衣帽，拿了關文，徑至王府前。早見引禮官迎著問道：「長老何來？」三藏道：「東土大唐差來大雷音拜佛求經之僧，今到貴地，欲倒換關文，特來朝參千歲。」引禮官即為傳奏。那王子果然賢達，即傳旨召進。三藏至殿下施禮，王子請上殿賜坐。三藏將關文獻上，王子看了，見有各國印信手押，也就忻然將寶印了，押了花字，付還三藏，問道：「國師長老，自你那大唐至此，歷遍諸邦，共有幾多路程？」三藏道：「貧僧也未記程途。但先年蒙觀音菩薩在我王御前顯身，曾留了頌子，言西方十萬八千里。貧僧在路，已經過一十四遍寒暑矣。」王子笑道：「十四遍寒暑，即十四年了，想是途中有甚耽閣。」三藏道：「一言難盡！萬蟄千魔，也不知受了多少苦楚，纔到得寶方。」那王子十分歡喜，即著典膳官備素齋管待。三藏起身啟道：「貧僧有三個小徒，在外等候，不敢領齋，但恐違誤行程。」王子教當殿官快去請長老三位徒弟，進府同齋。

當殿官隨出外相請。都道：「未曾見。」有跟隨的人道：「待客館中坐著三個醜貌和尚，想必是也。」當殿官同眾至館中，即問看館的道：「那個是大唐取經僧的高徒？我王有旨，請吃齋也。」八戒正坐打盹，聽見一個「齋」字，忍不住跳起身來答道：「我們是！」當殿官一見了，唬得戰戰兢兢，只得勉強奉請，行者三人即同眾入王府，當殿官先入啟知。那王子舉目見那等醜惡，卻也心中害怕。三藏合掌道：「千歲放心。頑徒雖是貌醜，卻都心良。」八戒便朝上唱個喏道：「貧僧問訊了。」王子愈覺心驚。三藏道：「頑徒都是山野中收來的，不會行禮，萬望赦罪。」王子耐著驚恐，教典膳官請眾位去暴紗亭吃齋。三藏謝了恩，辭王下殿，同至亭內。那典膳官帶領人役，調開桌椅，擺上齋來，師徒共享。

卻說那王子退殿進宮，宮中有三個小王子，見他面容改色，即問道：「父王今日有何驚恐？」王子道：「適纔有東土差來取經的一個和尚，倒換關文，卻一表非凡。我留他吃齋，他說有徒弟在府前，我即命請。少時進來，見我不行大禮，打個問訊，我已不快。及擡頭看時，一個個醜似妖魔，心中不覺驚駭，故此面容改色。」原來那三個小王子比眾不同，一個個好武好強，便就伸拳擄袖道：「莫敢是那山裏走來的妖精，假粧人像。待我們拿兵器出去看來！」

那小王子，大的個拿一條齊眉棍，第二個輪一把九齒鈀，第三個使一根烏油黑棒子，雄糾糾的走出王府，吆喝道：「甚麼取經的和尚，在那裏？」時有典膳官跪下道：「小主，他們在暴紗亭吃齋哩！」小王子不分好歹，闖將進去，喝道：「汝等是人是怪，快早說來，免得動手。」唬得三藏丟下飯碗，躬身答道：「貧僧乃唐朝來取經者，人也，非怪也。」小王子道：「你便還像個人，那三個醜的，斷然是怪！」八戒只管吃飯不睬，沙僧與行者欠身道：「我等俱是人，面雖醜而心良，身雖粗而性善。汝三個俱是何人，卻恁樣海口輕狂！」旁有典膳等官道：「三位是我王之子小殿下。」

八戒丟了碗道：「小殿下，各拿兵器怎麼，莫是要與我們打哩？」二王子掣開步，雙手舉鈀便舞。八戒嘻嘻笑道：「你那鈀只好與我這鈀做孫子罷了！」即揭衣，腰間取出鈀來，幌一幌金光萬道，丟下解數有瑞氣千條，把個王子唬得手軟筋麻，不敢舞弄。行者見大的個使一條齊眉棍，跳啊跳的，即耳朵裏取出金箍棒來，幌一幌碗來粗細，有丈二長短，著地下一搗，搗了有三尺深淺，豎在那裏，笑道：「我把這棍子送你罷！」那王子即丟了自己棍，去取那棒，雙手儘力一拔，莫想得動分毫。第三個便撒起莽性，使烏油棒向前。被沙僧一手劈開，取出降妖寶杖，捻一捻豔豔光生，紛紛霞亮，唬得那典膳等官，一個個獃獃掙掙，口不能言。三個小王子一齊下拜道：「神師，神師！我等凡人不識，萬望施展一番，我等好拜求也。」行者走近前，輕輕的把棒拿將起來道：「這裏窄狹，不好展手，等我跳在空中，耍一路兒，你們看看。」即唿哨一聲，腳踏五色祥雲，起在半空，把金箍棒丟開個雪花蓋頂，黃龍轉身，一上一下，左旋右轉。起初時人與棒似錦上添花，次後來不見人，只見一天棒滾。八戒在底下喝聲采，忍不住叫道：「等老豬也去耍耍來！」他即駕起風頭，也到半空，丟開鈀，上三下四，左五右六，前七後八，滿身解數，只聽得呼呼風響。正使到熱鬧處，沙僧對長老道：「師父，也等老沙去操演操演。」你看他聳身一跳，輪著杖也起在空中，只見瑞氣氤氳，金光縹緲，雙手使降妖杖丟一個丹鳳朝陽，餓虎撲食，緊迎慢擋，疾轉忙攛。弟兄三個，都在那半空中，揚威耀武。唬得那三個小王子跪在塵埃。暴紗亭大小人員，並王府裏老王子，滿城中一應人等，家家念佛磕頭，户户拈香禮拜。果然是：

見像歸真度眾僧，人間作福享清平。從今果正菩提路，盡是參禪拜佛人。

他三個各逞神威，施展一回，按下祥雲，把兵器收了，到唐僧面前問訊，各各坐下。

那三個小王子急回宮裏，奏上老王道：「父王萬千之喜，適纔可曾看見半空中舞弄麼？」老王道：「我纔見半空霞彩，在宮院內同你母親等眾焚香禮拜，更不知是那裏神仙降會也。」小王子道：「不是那裏神仙，就是那取經僧三個醜徒弟。一個使鐵棒，一個使釘鈀，一個使寶杖，把我三個的兵器，比得通沒有分毫。我們教他使一路，他嫌地上窄狹，不好施展，就各駕雲頭，起在空中跳舞，所以滿天祥雲瑞氣。纔然落下，都坐在暴紗亭裏。做兒的十分歡喜，欲要拜他為師，學他手段，保護我邦，此誠莫大之功，不知父王以為何如？」老王聞言，信心從願。

當時父子四人，不擺駕，不張蓋，步行到暴紗亭。他四眾收拾行李，正欲進府，辭謝起行。忽見玉華王父子上亭來倒身下拜，慌得長老撲地行禮，行者等閃過旁邊，微微冷笑。他父子拜畢，請四眾進府堂上坐下。老王起身道：「唐老師父，孤有一事奉求，不知三位高徒可能容否？」三藏道：「但憑千歲吩咐。」老王道：「孤先見列位時，只以為唐朝遠來行腳僧，肉眼凡胎，多致輕褻。適見老師三位高徒起舞在空，方知是仙佛臨凡。孤三個犬子，一生好弄武藝，今謹發虔心，欲拜為門徒，學些武藝。萬望老師開天地之心，傳度小兒，必以傾國之資奉謝。」行者聞言，呵呵笑道：「你這殿下，好不會事！我等出家人，巴不得要傳幾個徒弟。你令郎既有從善之心，切不可說起分毫之利，但只以情相處足矣。」王子聞言，十分歡喜。隨命大排筵宴，就於本府正堂擺列。一壁廂歌舞吹彈，撮弄演戲，他師徒們盡樂一日。直到天晚，散了酒席，即在暴紗亭鋪設牀幃安宿。

一宵晚景已過。明早，那老王父子又來相見。昨日還是王禮，今日就行師禮。那三個小王子，對行者、八戒、沙僧叩頭拜問道：「尊師之兵器，還借出與弟子們看看。」八戒、沙僧聞言，忻然將鈀、杖取出。二王子與三王子跳起去便拿，就如蜻蜓撼石柱，一個個掙得紅頭赤臉，莫想拿動半分毫。大王子見了，叫道：「兄弟，莫費力了。師父的兵器俱是神兵，不知有多少重哩！」八戒笑道：「我的鈀也沒多重，只有一藏之數，連柄五千零四十八觔。」三王子問沙僧寶杖之數，沙僧笑道：「也是五千零四十八觔。」大王子求行者的金箍棒看，行者去耳朵裏取出一個針兒來，迎風一幌，就有碗來粗細，直直的豎立面前。眾人見了，都皆悚懼。三個小王子禮拜道：「豬師、沙師之兵，俱隨身帶在衣下。孫師為何自耳中取出，見風即長何也？」行者笑道：「你不知我這棒不是凡間之物。這棒是

神禹當年親手設，安置東洋鎮海闕。老孫有分取將來，變化無窮隨口訣。他重一萬三千五百觔，或粗或細能生滅。混沌傳留直到今，原來不是凡間鐵。」

那王子聽言，個個頂禮不盡。三人向前重複拜禮，虔心求授。行者道：「你三人不知學那般武藝？」王子道：「使棍的就學棍，使鈀的就學鈀，使杖的就學杖。」行者笑道：「教便也容易，只是你等無力量，使不得我們的兵器，恐學之不精，如畫虎不成反類狗也。汝等既有誠心，可焚香拜了天地，我先傳你些神力，然後可授武藝。」

三個小王子聞言，滿心歡喜。即便親擡香案，沐手焚香，朝天拜畢，請師傳法。行者轉身下來，對唐僧行禮道：「告尊師，恕弟子之罪。今賢王三子，投拜我等，欲學武藝。彼既為我等之徒弟，即為我師之徒孫也。謹稟過我師，庶好傳授。」八戒、沙僧見行者行禮，也朝三藏磕頭道：「望師父高坐法位，讓我兩個各招個徒弟耍耍，

也是西方路上之憶念。」三藏忻喜應允。

行者纔教三個王子就在暴紗亭後靜室之間，畫了罡斗，教三人都俯伏在內，一個個瞑目寧神。這裏暗念真言，將仙氣吹入他腹中，把元神收歸本舍，傳與口訣，各授得萬千之膂力，卻像個脱胎換骨之法。運遍了子午周天火候，那三個小王子方纔甦醒，一齊爬將起來，抹抹臉，精神抖擻，一個個骨壯筋強，大王子就拿得金箍棒，二王子就輪得九齒鈀，三王子就舉得降妖杖。

老王見了，歡喜不勝，又排素宴，啟謝他四眾。就在筵前各傳各授：學棍的演棍，學鈀的演鈀，學杖的演杖。雖然打幾個轉身，丢幾個解數，終是有些吃力，走一路便喘氣噓噓，不能耐久。蓋他那兵器都有變化通神之妙，此等終是凡夫，豈能遽及。當日散了筵宴。

次日，三個王子又來稱謝道：「感蒙神師授賜了膂力，縱然輪得師的兵器，只是轉換艱難。意欲命工匠依神師兵器式樣，減削斛兩，打造一般，未知師父肯容否？」八戒道：「説得有理。我們的器械，一則你們使不得，二則我們要護法降魔，正該另造，另造。」王子隨即宣召鐵匠，買辦鋼鐵萬觔，就在王府内院搭廠，支爐鑄造。先一日將鋼鐵煉熟。次日請行者三人將鐵棒、鈀、杖，都取出放在篷廠之間，看樣造作。遂此晝夜不收。

噫！這兵器原是他們隨身之寶，一刻不可離的。今放在廠中幾日，那霞光有萬道沖天，瑞氣有千般照地。其時有一妖精，離城只有七十里遠近，山名豹頭山，洞喚虎口洞，夜坐之間，忽見霞光瑞氣，即駕雲來看。見光彩起自王府之内，他按下雲頭，近前觀看，乃是三般兵器放光。妖精又喜又愛道：「好寶貝，好寶貝，這是甚人用的，今放在此？也是我的緣法，拿了去呀！」他即弄起威風，將三般兵器，一股收之，徑轉本洞。這正是：

道不須臾離，可離非道也。神兵盡落空，枉費參修者。

畢竟不知怎生尋得兵器，且聽下回分解。

卻說那院中幾個鐵匠，因連日辛苦，夜間俱自睡了。及天明起來，篷下不見了三般兵器，一個個獃掙神驚，四下尋找。只見那三個王子出宮來看，那鐵匠一齊磕頭道：「小主呵，神師的三般兵器，都不知那裏去了！」小王子聽言，心驚道：「想是師父今夜收拾去了？」急奔暴紗亭，忍不住叫道：「師父還睡哩！」沙僧道：「起來了。」即將房門開了。王子進裏看時，不見兵器，慌慌張張問道：「師父的兵器都收來了？」行者跳起道：「不曾收啊！」王子道：「三般兵器，今夜都不見了。」八戒連忙爬起道：「我的鈀在麼？」小王道：「適纔我等出來，只見眾人前後找尋不見，弟子恐是師父收了，卻纔來問。老師的寶貝，俱是能長能消，想必藏在身邊哄弟子哩！」行者道：「委的未收，都尋去來。」

隨至院中篷下，果然不見蹤影。八戒道：「定是這夥鐵匠偷了，快拿出來，略遲了些兒，就都打死，打死。」那鐵匠慌得磕頭滴淚道：「爺爺，我們連日辛苦，夜間睡著，及至天明起來，遂不見了。我等乃一概凡夫，怎麼拿得動，望爺爺饒命！」行者無語，暗恨道：「還是我們的不是。既然看了式樣，就該收在身邊，怎麼卻丟放在此。那寶貝霞彩光生，想是驚動甚麼歹人，今夜竊去也。」八戒不信道：「哥哥，這般個太平境界，又不是曠野深山，怎得個歹人來？定是鐵匠欺心，他見我們的兵器光彩，認得是三件寶貝，連夜走出王府，夥些人來，偷出去了。拿過來打呀，打呀！」眾匠只是叩頭發誓。

正嚷處，只見老王子出來，問及前事，沈吟半晌道：「神師兵器，本不同凡，就有百千餘人，也弄他不動。況孤在此城，今已五代，不是大膽海口，孤也頗有個賢名在外。這城中軍民匠作人等，也頗懼孤之法度，斷是不敢欺心。望神師再思可矣。」行者笑道：「不用再思，也不須苦賴鐵匠。我問殿下，你這州城四面，可有甚麼山林妖怪？」王子道：「神師此問，甚是有理，孤這州城之北，有一座豹頭山，山中有一座虎口洞。往往人言洞內有仙，又言有虎狼妖怪。孤未曾訪得端的，不知果是何物？」行者笑道：「不消講了，定是那方歹人偷將去了。」叫八戒、沙僧：「你都在此保著師父，等老孫尋訪去來。」

他唿哨一聲，形影不見，早跨到豹頭山，徑上山峰觀看，果然有些妖氣。行者正看時，忽聽得山背後有人言語，急回頭視之，乃兩個狼頭妖怪，朗朗的說著話，向西北上走。行者揣道：「這定是巡山的怪物，等老孫跟他去聽聽，看他說些甚的。」即捻訣念咒，搖身一變，變作個蝴蝶兒，展開翅，翩翩翻翻趕上去，飛在那個妖精頭上，忽聽得「二哥，我大王連日僥倖。前月裏得了一個美人兒，在洞內盤桓，十分快樂。昨夜裏又得三般兵器，果然是無價之寶。明朝開宴慶釘鈀會哩，我們都有受用。」這個道：「我們也有些僥倖，拿這二十兩銀子買豬羊去。如今到了乾方集上，先吃幾壺酒兒。把東西開個花帳兒，落他二三兩銀子，買件綿衣過寒，卻不是好？」兩個怪說說笑笑的，上大路急走如飛。

行者聽得要慶釘鈀會，心中暗喜，欲要打殺他，奈手無兵器。他即飛向前，現了本相，在路口上立定。那怪看看走到身邊，被他一口法唾噴將去，念一聲「唵吽吒唎」，即使個定身法，把兩個狼頭精直挺挺雙腳站住。又將他扳倒，揭衣搜撿，果是有二十兩銀子，著一條搭包兒打在腰間，裙帶上又各掛著一個粉牌兒，一個上寫著「刁鑽古怪」，一個上寫著「古怪刁鑽」。

大聖取了他銀子，解了他牌兒，返雲頭回至州城，到王府中見了王子、唐僧，具言前事。八戒笑道：「想是老豬的寶貝霞彩光明，所以治筵席慶賀哩！但如今怎得他來？」行者道：「我兄弟三個俱去。這銀子是買辦豬羊的，且拿來賞了匠人，教殿下尋幾個豬羊。八戒你變作刁鑽古怪，我變作古怪刁鑽，沙僧變作個販豬羊的客人，走進那虎口洞裏，得便處各人拿了兵器，打絕那妖邪回來，卻收拾走路。」沙僧笑道：「妙，妙，妙！快去，快去！」老王果依此計，即教管事的買辦了豬羊。

他三人辭了師父，在城外大顯神通。八戒道：「哥哥，我未曾看見那刁鑽古怪，怎生變得他的模樣？」行者道：「我記得他的模樣，你站下，等我教你變。」那獃子真個口裏念咒，行者吹口仙氣，霎時就變得與那刁鑽古怪一般無二，將一個粉牌兒帶在腰間。行者即變作古怪刁鑽。腰間也帶了牌兒。沙僧打扮作客人。一起兒趕著豬羊，上大路徑奔山來。不多時，進了山凹裏，又遇見一個青臉紅毛的小妖，左脅下挾著一個彩漆的請書匣兒，迎著行者叫道：「古怪刁鑽，你兩個來了，買了幾口豬羊？」行者道：「這趕的不是，你往那裏去？」那怪道：「我往竹節山去，請老大王明早赴會。」行者就問：「共請多少人？」那怪道：「請老大王坐首席，連本山大王共請頭目等眾，約有四十多位。」行者討他帖兒看看，只見上面寫著：

明辰敬治餚酌，慶釘鈀嘉會，屈尊車從過山一敘，幸勿外，至感！右啟祖翁九靈元

聖老大人尊前，門下孫黃獅頓首百拜。

行者看畢，仍遞與那妖。那妖放在匣內，徑往東南上去了。

沙僧問道：「哥哥，帖兒上甚麼話頭？」行者道：「乃慶釘鈀會的請帖。名字寫著『門下孫黃獅』，請的是祖翁九靈元聖老大人。」沙僧笑道：「黃獅想必是個金毛獅子成精，但不知九靈元聖是個何物？」八戒聽言笑道：「是老豬的貨了！」行者道：「怎見得是你的貨？」八戒道：「古人云：『癩母豬專趕金毛獅子。』故知是老豬之貨物也。」

他三人說說笑笑，趕著豬羊，卻就望見虎口洞門。只見那門外有一叢大大小小的雜項妖精，在那花樹之下頑耍。忽聽得八戒呵呵趕豬羊到來，便都上前揑豬揑羊，一齊捆倒。早驚動裏面妖王，出來問道：「你兩個來了，買了多少豬羊？」行者道：「買了八口豬，七腔羊，共十五個牲口。豬銀該一十六兩，羊銀該九兩。前者領銀二十兩，仍欠五兩。這個就是客人，跟來找銀子的。」妖王聽說，即喚小的們取銀子打發他去。行者道：「這客人一則來找銀子，二來要看看嘉會。」那妖罵道：「你這個刁鑽兒憊懶，你買東西罷了，又與人說甚麼會不會！」八戒上前道：「主人公得了寶貝，誠是天下之奇珍，就教他看看怕怎的？」那怪咄的一聲道：「你這古怪也可惡，我這寶貝乃是玉華州城中得來的，倘這客人看了，去那州中說與人知，那王子一時來訪求，卻如之何？」行者道：「主公，這個客人，乃乾方集後邊的人，去州許遠，那裏去傳說？況且他肚裏飢了，我兩個也未曾吃飯，家中有現成酒飯，賞他些吃了去罷！」說不了，有一小妖取了五兩銀子，遞與行者。行者遞與沙僧道：「客人，收了銀子，我與你進去吃些飯來。」三人遂同進洞內，到二層敞廳之上，只見正中間安著一柄九齒釘鈀，真個是光彩映目，東山頭靠著金箍棒，西山頭靠著降妖杖。那怪王隨後跟著道：「客人，那中間放光亮的就是釘鈀。你看便看，只是出去千萬莫與人說。」沙僧點頭應了。

噫！這正是物見主，必定取。那八戒一生粗莽，他見了釘鈀，那裏與他敍甚麼情節，跑上去拿下來，輪在手中，現了本相，望妖精劈臉就築。這行者、沙僧也奔至兩山頭，各拿器械，現了原身。三弟兄一齊亂打，慌得那妖王急抽身閃入後邊，取一柄四明鏟，桿長鐏利，趕到天井，支住他三般兵器，厲聲喝道：「你是甚麼人，敢弄虛頭，騙我寶貝！」行者罵道：「我把你這個賊毛團，你是認我不得。我們乃東土聖僧唐三藏的徒弟，因至玉華州，他三個王子拜我們為師，學習武藝，將我們寶貝作樣，打造兵器，放在院中，被你這賊毛團夤夜偷來，倒說我弄虛頭騙你！不要走，就把我們這三件兵器，各奉承你幾下嘗嘗。」那妖就舉鏟來敵，從天井中鬥出前門。看他三僧攢一妖，在豹頭山戰鬥多時，那妖抵敵不住，向東南巽宮上縱風逃去。八戒拽步要趕，行者道：「且讓他去。自古道：『窮寇莫追。』且只來斷他歸路。」八戒依言，三人徑至洞口，把那大小狼妖獸怪盡皆打死。大聖又使個手法，將他那洞裏細軟物件，並打死的雜獸，與趕來的豬羊，盡皆帶出。沙僧就取出乾柴，放起火來，把一個巢穴燒得乾淨。帶諸物即轉州城。

此時城門尚開，老王父子與唐僧俱在暴紗亭盼望。只見他們撲哩撲喇的丟下一院子死獸、豬羊及細軟物件，一齊叫道：「師父，我們已得勝回來也！」那殿下喏喏相謝，長老滿心歡喜。三個小王子跪拜於地問道：「此物俱是何來？」行者笑道：「那些山獸都是成精的妖怪，那老妖是個金毛獅子。被我們收了兵器，打出門來。那妖與我等戰到天晚，敗陣走了，我等不曾趕他，卻掃除洞穴，打殺群妖，搜尋他這些物件帶來。」老王聽說，又喜又憂，喜的是得勝而回，憂的是那妖日後報仇。行者道：「殿下放心，我已慮之熟矣，一定與你掃除盡絕，方纔起行，決不至貽害於後。我午間去時，撞見一個小妖送請書，請他甚麼祖翁九靈元聖。方纔那妖敗陣，必然向他祖翁處會話，明辰斷然尋我們報仇，當與你掃蕩乾淨也。」老王稱謝了。擺上晚齋，師徒用畢，各歸寢處不題。

卻說那妖果然向東南方奔到竹節山中，有一座洞天，喚名九曲盤桓洞，洞中的九靈元聖是他的祖翁。當夜足不停風，行至五更時分，到洞口敲門而進。見了老妖，倒身下拜，止不住腮邊淚落。老妖道：「賢孫，你昨日下柬，今早正欲來赴會，你怎麼又親來，為何發悲煩惱？」妖精叩頭，將上項事細說一遍道：「不知那三個和尚叫作甚名，卻俱有本事，小孫一人敵他不過。望祖爺拔刀相助，拿那和尚報仇，庶見我祖愛孫之意也！」老妖聞言，默想片時，笑道：「原來是他，我賢孫，你錯惹了他也！」妖精道：「祖爺知他是誰？」老妖道：「那長嘴大耳者，乃豬八戒，晦氣色臉者，乃沙和尚，這兩個猶可。那毛臉雷公嘴者，叫作孫行者，這猴兒其實神通廣大，五百年前曾大鬧天宮，十萬天兵也不曾拿得住他，他便是個撞禍的都頭，生事的太歲。你怎麼惹他？也罷，等我和你去，把那廝連玉華王子都擒來替你出氣。」那妖聽說，叩頭而謝。

當時老妖即點起猱獅、雪獅、狻猊、白澤、伏狸、摶象諸孫，各執鋒利器械，黃獅引領，各縱狂風，徑至豹頭山界。只聞得煙火之氣撲鼻，又聞得有哭泣之聲。仔細看時，原來是刁鑽、古怪二個在那裏叫主公，哭主公哩！妖精近前喝道：「你是真刁鑽兒，假刁鑽兒？」二怪跪倒，噙淚叩頭道：「我們怎是假的？昨日這早晚領了銀子去買豬羊，走至山西邊大路之上，見一個毛臉雷公嘴的和尚，他啐了我們一口，我們就腳軟口噤，不能言動。被他扳倒，把銀子搜了去，牌兒解了去，我兩人昏昏沈沈，直到此時纔醒。及到家，見煙火未息，房舍盡燒。又不見主公並大小頭目，故在此傷心痛哭。不知這火是怎生起的？」那妖聞言，止不住淚如泉湧，跌腳叫喊道：「這廝十分作惡，怎麼幹出這般毒事，把我洞府燒盡，美人燒死，家當老小一空，氣殺我也！」即望石崖上撞頭磕腦。老妖叫猱獅扯他過來道：「賢孫，事已至此，徒惱無益。且養全銳氣，到州城裏拿那和尚去。」當時丟了此處，都奔州城。

只聽得狂風滾滾，黑霧騰騰，來得甚近，唬得那城外各關廂人等，拖男挾女，顧不得家私，都往州城中奔走。守城的將城門閉了，火急報入王府。那王子、唐僧等正在暴紗亭吃早齋，聽得人報，卻出門來問。眾人道：「一群妖精飛沙走石噴霧掀風的來近城了！」老王大驚道：「怎麼好？」行者笑道：「放心，放心，這是虎口洞妖精，昨日敗陣，往東南方去，夥了那甚麼九靈元聖兒來也。等我同兄弟們出去，吩咐教關了四門，汝等點人夫看守城池。」那王子果傳令閉門，點夫守城。他父子並唐僧在城樓上點劄，旌旗蔽日，炮火連天。行者三人叮嚀老王與師父且自安心，卻半雲半霧，出城迎敵。這正是：

失卻慧兵緣不謹，頓教魔起眾邪凶。

畢竟不知凶吉如何，且聽下回分解。

第九十回　師獅授受同歸一　盜道纏禪靜九靈

卻說大聖同八戒、沙僧，出城頭覿面相迎。見那夥妖精都是些雜毛獅子：黃獅精在前引領，狻猊獅、摶象獅在左，白澤獅、伏狸獅在右，猱獅、雪獅在後，中間卻是一個九頭獅子。那青臉兒怪執一面錦繡團寶幢，緊挨著九頭獅子。刁鑽古怪、古怪刁鑽打兩面紅旗，齊齊的都佈在坎宮之地。

八戒莽撞，走近前罵道：「偷寶貝的賊怪，你去那裏夥這幾個毛團，來此怎的？」黃獅精切齒罵道：「潑狠禿廝，昨日三個敵我一個，我敗回去，讓你為人罷了。你怎麼這般狠惡，燒了我的洞府，傷了我的眷屬。我和你冤仇深如大海，不要走，吃你老爺一鏟！」八戒舉鈀就迎。兩個纔交手，還未見高低，那猱獅精輪一根鐵蒺藜，雪獅精使一條三楞簡，徑來奔打。這壁廂，沙和尚急掣降妖杖相助。又見那狻猊、白澤與摶象、伏狸四獅精一擁齊上。大聖急輪金箍棒向前架住。狻猊使悶棍，白澤使銅錘，摶象使鋼槍，伏狸使鉞斧。那七個獅子精，這三個狠和尚，恨命相持。

戰經半日，不覺天晚。八戒看看腳軟，虛幌一鈀，敗下陣去，被那雪獅、猱獅趕上，照脊樑上打了一簡，睡在地下。兩個精把八戒採鬃拖尾，扛將去見那九頭獅子，報道：「祖爺，我等拿了一個來也。」說不了，沙僧、行者也都戰敗。眾妖一齊趕來，被行者拔一把毫毛，嚼碎噴去，即變作百十個小行者，圍圍繞繞，將那些獅怪圍裹在中。沙僧、行者卻又上前攢打。到晚拿住狻猊、白澤，走了伏狸、摶象、金毛，報知老妖，老怪見失了二獅，吩咐：「把豬八戒捆了，不可傷他性命。待他還我二獅，卻將八戒與他。他若無知，壞了我二獅，即將八戒殺了對命！」當晚群妖安歇城外。

大聖把兩個獅子精擡近城邊，老王見了，即傳令開門，差二三十個校尉，拿繩扛出門，綁了獅精，扛入城裏。大聖收了法毛，同沙僧徑至城樓上，見了唐僧。唐僧道：「這場事甚是利害呀！悟能性命，不知有無？」行者道：「沒事！我們把這兩個妖精拿了，他那裏斷不敢傷。且將二精牢拴緊縛，待明早抵換八戒也。」三個小王子對行者叩頭道：「師父先前賭鬥，只見一身。及後佯輸而回，卻怎麼就有百十位師身？及至拿住妖精，近城來還是一身，此是甚麼法力？」行者笑道：「我身上有八萬四千毫毛，以一化十，以十化百，百千萬億之變化，皆身外身之法也。」那王子一個個頂禮，即時擺上齋來，就在城樓上吃了。傳令各垛口上都要燈籠旗幟，梆鈴鑼鼓，交更傳箭，放炮吶喊。

早又天明。老怪即喚黃獅精定計道：「汝等今日用心拿那行者、沙僧。等我暗自飛空上城，拿他那師父並那老王父子，先轉九曲盤桓洞，待你得勝回報。」黃獅領計，便引猱獅、雪獅、摶象、伏狸各執兵器到城邊，滾風踏霧的索戰。這裏行者與沙僧跳出城頭，厲聲罵道：「賊潑怪，快將我師弟八戒送還，我饒你性命。不然，都教你粉骨碎屍！」那妖精那容分說，一擁齊來，這大聖弟兄兩個，各逞神威，擋住五個獅子。正殺到好處，那老妖駕著黑雲，徑直騰至城樓上，搖一搖頭，唬得那城上文武官員並城夫人等，都滾下城去。被他奔入樓中，張開口，把三藏與老王父子一齊噙出，復至城外地下，將八戒也著口噙之。原來他九個頭就有九張口，六口噙著六人，還空了三張口，發聲喊叫道：「我先去也！」這五個小獅精見他祖得勝，一個個愈展雄才。

行者聞得城上人喊嚷，情知中了他計，急喚沙僧仔細。他卻把臂膊上毫毛盡皆拔下，嚼爛噴出，變作千百個小行者，一擁攻上。當時拖倒了猱獅，活捉了雪獅，拿住搏象獅，扛翻伏狸獅，將黃獅打死，烘烘的嚷到州城之下，倒轉走脫了青臉兒與刁鑽古怪、古怪刁鑽二怪。那城上官看見，卻又開門，將繩把五個獅精又捆了，扛進城去。還未發落，只見那王妃哭哭啼啼，對行者禮拜道：「神師呵，我殿下父子並你師父，性命休矣！這孤城怎生是好？」大聖收了法毛，對王妃作禮道：「賢后莫愁。只因我拿他七個獅精，那老妖弄攝法，將師父與殿下父子攝去，料必無傷。待明早我兄弟二人去那山中，管情捉住老妖，還你四個王子。」那王妃並宮女聞言，都對行者拜謝畢，一個個含淚還宮。行者吩咐各官：「將打死的黃獅精剝了皮，六個活獅精牢牢拴鎖。取些齋飯來，我們吃了睡覺。你們都放心，保你無事。」

次早大聖領沙僧駕起祥雲，不多時，到了竹節山頭。按下雲頭，止在山上看景，忽見那青臉兒，手拿一條短棍，徑跑出崖谷之間。行者喝道：「那裏走，老孫來也！」唬得那小妖一翻一滾的跑下崖谷，他兩個一直追來。只見一座洞府，兩扇花斑石門緊緊關閉。門上橫嵌著一塊石版，鐫著十個大字，乃是「萬靈竹節山，九曲盤桓洞」。

原來那小妖跑進洞去，即把洞門閉了。到裏邊對老妖道：「爺爺，外面又有兩個和尚來了。」老妖道：「你大王並猱獅、雪獅、搏象、伏狸可曾來？」小妖道：「不見，不見。」老妖聽說，半晌不語，忽的吊下淚來，叫聲：「苦呵，我黃獅、猱獅孫等又盡被和尚捉去矣，此恨怎生報得。」叫小的們：「好生在此看守，等我出去，索性拿那兩個和尚進來一總懲治。」

你看他身無披掛，手不拈兵，大踏步走到前邊，只聞得行者吆喝哩。他就開了洞門，徑不打話，來奔行者。行者使棒當頭支住，沙僧輪杖就打。那老妖把頭搖一搖，左右八個頭，一齊張開口，把行者、沙僧輕輕的又銜入洞內，教取繩索來。那刁鑽古怪、古怪刁鑽與青臉兒即拿兩條繩，把他二人著實捆了。老妖罵道：「你這潑猴，把我那七個兒孫捉了，我今拿住你和尚四個，王子四個，也足以抵得我兒孫之命。小的們，選柳棍來，且打這猴頭一頓，與我黃獅孫報報冤仇。」那三個小妖，各執柳棍，齊打行者。行者本是熬煉過的身體，憑他怎麼捶打，略不介意。少時，打折了柳棍，天已晚了，老妖叫：「小的們且住，點起燈火來，你們吃些飲食，讓我到錦雲窩略睡睡去。汝三人用心看守，待明早再打。」三個小妖移過燈來，拿柳棍又打行者腦蓋，就像敲梆子一般，剔剔托托，緊幾下，慢幾下。夜將深了，卻都盹睡。

行者就使個遁法，將身一小，脫出繩來，耳朵內取出棒來，幌一幌，朝著三個小妖道：「你這業畜，把你老爺就打了許多棍子。老爺也把這棍子略搵你搵，看道如何？」把三個小妖輕輕一搵，就搵做三個肉餅。卻又剔亮了燈，解放沙僧。八戒忍不住大聲叫道：「哥哥，我的手腳都捆腫了，倒不先來解放我？」這獃子喊了一聲，卻早驚動老妖。老妖一轂轆爬起來道：「是誰人解放？」行者聽見，一口吹息燈，也顧不得沙僧等眾，使鐵棒打破幾重門走了。那老妖到中堂，黑洞洞的，叫一聲沒人答應，又叫一聲又沒人答應。及取燈火來看時，只見地下血淋淋的三塊肉餅，諸人俱在，只不見了行者、沙僧。點著火前後趕看，只見沙僧還背貼在廊下站哩，被他一把拿住摔倒，照舊捆了。又見幾層門盡皆破損，情知是行者打破走了，也不去追趕，即將破門修補，固守家業不題。

卻說大聖出了那九曲盤桓洞，跨祥雲徑轉玉華州。但見那城頭上各方的土地、城隍迎空拜接。行者道：「汝等怎麼今夜纔來？」城隍道：「小神等知大聖下降玉華州，因有賢王款留，故不敢見。今知王等遇難，大聖降魔，特來叩接。」行者正在嗔怪處，又見揭諦、丁甲神將，押著一個土地，跪在面前道：「大聖，他是竹節山土地，知道那妖精的根由。吾等特捉他來，乞大聖問他一問，便好處治，以救聖僧、賢王之苦。」行者便問土地，土地叩頭道：「那老妖前年下降竹節山。那九曲盤桓洞原是六獅之窩，六獅自得老妖到此，就都拜為祖翁。他是個九頭獅子，號為九靈元聖。若要降他，須到東極妙巖宮請他主人公來，方可收伏。他人莫想能治也。」行者聞言，思憶半晌道：「東極妙巖宮，是太乙救苦天尊啊，他坐下正是個九頭獅子。這等說，等我去來。」遂發付眾神各回。

他縱觔斗雲連夜前行，約有寅時，到了東天門外。正撞著廣目天王，拱手迎道：「大聖何往？」行者道：「前去妙巖宮走走。」天王道：「西天路不走，卻又東天來做甚？」行者道：「因到玉華州，蒙州王遣三子拜我等弟兄為師，習學武藝，不期遇著一夥獅怪。今訪得妙巖宮太乙救苦天尊乃怪之主人公，欲請他去降怪救師。」天王道：「那廂因你欲為人師，所以惹出這一窩獅子來也。」行者笑道：「正為此，正為此。」

遂進了東天門，不多時到妙巖宮前。那宮門內立著一個穿霓帔的仙童，忽見大聖，即入宮報道：「爺爺，外面是鬧天宮的齊天大聖來了。」天尊聽得，即喚侍衛眾仙，迎至宮中。只見天尊高坐九色蓮花座上，百億瑞光之中。見了行者，下座相見。

行者朝上施禮，天尊答禮道：「大聖，這幾年不見。前聞得你棄道歸佛，保唐僧西天取經，想是功行完了。」行者道：「功行未完，卻也將近。但如今到竹節山盤桓洞，受一個九頭獅子之害。問及本山土地，始知天尊是他主人，特來拜請收降他去。」

天尊聞言，即令仙將到獅子房喚出獅奴來問。那獅奴熟睡，被眾將推醒，揪至中廳來見。天尊問道：「獅獸何在？」那奴兒垂淚叩頭，只教饒命。天尊道：「孫大聖在此，且不打你。你快說為何不謹，走了九頭獅子。」獅奴道：「爺爺，我前日在大千甘露殿中見一瓶酒，偷去吃了，不覺沈醉睡著，失於拴鎖，是以走了。」天尊道：「那酒是太上老君送的，喚作輪迴瓊液，你吃了該醉三日不醒。那獅獸今走幾日了？」大聖道：「據土地說，他前年下降，到今二三年矣。」天尊笑道：「是了，是了，天宮裏一日，凡世就是一年。」叫獅奴：「且起來，饒你死罪，跟我與大聖下方去收他來。」

天尊遂與大聖、獅奴，駕雲徑至竹節山。只見揭諦、丁甲、本山土地都來跪接。行者道：「汝等護祐，可曾傷著我師？」眾神道：「妖精著了惱睡了，更不曾動甚捶楚。」天尊道：「我那元聖兒也是一個久修得道的真靈，他叫一聲，上通三界，下徹九泉，等閒也便不傷生。孫大聖，你去他門首索戰，引他出來，我好收之。」

行者即掣棒跳近洞口，高罵道：「潑妖精，還我人來！」連叫數聲，無人答應。行者惱起來，輪鐵棒往內打進，口中不住的喊罵。那老妖方纔驚醒，心中大怒，爬起來喝一聲，搖搖頭，便張口來銜，行者回頭跳出。妖精趕到外邊，罵道：「賊猴，那裏走！」行者立在高崖上笑道：「你還敢這等無禮，你死活也不知哩！」那妖趕到崖前，早被天尊念聲咒語，喝道：「元聖兒，我來了！」那妖認得主人，不敢展掙，四隻腳伏於地下，只是磕頭。旁邊跑過獅奴兒，一把撾住項毛，用拳打穀百十，罵道：

「你這畜生，如何偷走，教我受罪！」那獅獸啞口無聲，不敢搖動。獅奴兒打得手困，方纔住了，即將錦韂安在他身上。天尊騎了，喝聲教走。他就縱身駕起彩雲，徑往妙嚴宮去。

大聖望空稱謝了。卻入洞中，解放玉華王父子和師父三眾。共搜他洞裏物件，逍逍停停，將眾領出門外。八戒就取了若干枯柴，前後堆上，放起火來，把一個九曲盤桓洞，燒作個烏焦破瓦窯。大聖又發放了眾神，還教土地在此鎮守。卻令八戒、沙僧，各各使法，把王父子背馱回州。他攙著唐僧，不多時到了州城。天色漸晚，當有妃后官員，都來接見了，擺上齋筵，共坐同享。長老師徒仍在暴紗亭安歇，王子們入宮各寢，一宵無話。

次日，老王傳旨，大開素筵，共大小官員，一一謝恩。行者又與王子說，叫屠子來，把那六個活獅殺了，共那黃獅都剝了皮，將肉安排來受用。把一個留在本府內外人用，一個與王府長史等官分用；把五個都剁作一二兩重的塊子，差校尉給散州城內外軍民人等，各吃些須，一則嘗嘗滋味，二則押押驚恐。那合州之人，無不瞻仰。

又見那鐵匠人等，造成了三般兵器。行者問道：「各重多少觔兩？」鐵匠道：「金箍棒有千斤，九齒鈀與降妖杖各有八百觔。」行者道：「也罷！」叫請三位王子出來，各人收兵器。老王道：「為此兵器，幾乎傷了我父子之命。」小王子道：「幸蒙神師施法，救出我等，卻又掃蕩妖邪，除了後患，誠所謂太平之遠計也！」當時老王父子賞勞了匠作，又至暴紗亭拜謝了師恩。

三藏教大聖等快傳武藝，莫誤行程。他三人就一一傳授。不數日，那三個王子盡皆操演精熟，七十二般解數盡知之。一則那諸王子心堅，二則虧大聖授了神力，所以那千觔之棒，八百觔之鈀、杖，俱能舉運。較之初時自家的武藝，真天淵也！

那王子又大開筵酬謝，取出一大盤金銀，用答微情。行者笑道：「快拿進去！我們出家人，要他何用？」八戒在旁道：「金銀實不敢受，奈我這件衣服被那些獅精拉破了，但與我們換件衣服，足為愛也。」那王子隨取異錦數匹，與三位各做一件。三人忻然領受，收拾行裝起程。只見那城內城外，無一人不稱是羅漢臨凡，活佛下界，鼓樂旌旗，盈街塞道，送至許遠方回。他四眾方找路西行。這一去頓脫群思，潛心正果。纔是：

無慮無憂來佛界，誠心一意上雷音。

畢竟不知何時方到靈山，且聽下回分解。

第九十一回　金平府元夜觀燈　玄英洞唐僧供狀

話表唐僧四眾離了玉華城，一路平穩，誠所謂極樂之鄉。行有五六日程途，又見一座城池。走進東關廂，見那兩邊市肆喧嘩，生意熱鬧。街衢中有幾個閒遊的浪子，見八戒嘴長，沙僧臉黑，行者眼紅，都擁擁簇簇的爭看，只是不敢近前而問。唐僧揑著一把脈，惟恐他們惹禍。又走過幾條巷口，還不到城。忽見有一座山門，門上有「慈雲寺」三字。唐僧道：「此處略進去歇歇馬，打一個齋如何？」行者道：「好，好！」四眾遂一齊而入。

只見那廊下走出一個和尚，對唐僧作禮道：「老師何來？」唐僧道：「弟子中華唐朝來者。」那和尚倒身下拜，慌得唐僧攙起道：「院主何為行此大禮？」那和尚合掌道：「我這裏向善的人，看經念佛，都指望修到你中華地託生。纔見老師丰采衣冠，果然是前生修到的，方得此受用，故當下拜。」唐僧笑道：「惶恐，惶恐。我弟子乃行腳僧，有何受用？若院主在此，閒養自在，纔是享福哩！」那和尚領唐僧入正殿，拜了佛像。唐僧方纔招呼徒弟進來。那和尚見了行者三人，慌得叫：「爺爺呀！你高徒如何恁般醜樣？」唐僧道：「醜則雖醜，倒頗有些法力。我一路甚虧他們保護。」

正說處，裏面又走出幾個和尚作禮。先見的那和尚問道：「老師中華大國，到此何為？」唐僧道：「我奉唐王聖旨，向靈山拜佛求經。適過寶方，特奔上剎。一則求問地方，二則打頓齋飯就行。」那僧人個個歡喜，又邀入方丈。方丈內又有幾個與人家做齋的和尚，這先進去的又叫道：「你們都來看看中華人物。原來中華有俊的，有醜的，俊的真個難描難畫，醜的卻十分古怪。」那許多僧同齋主都來相見。坐下茶罷，唐僧問道：「貴處是何地名？」眾僧道：「我這裏乃天竺國外郡，金平府是也。」唐僧道：「貴府至靈山還有許遠？」眾僧道：「此間到都下有二千里，這是我等走過的。西去到靈山，我們未走，不知還有多少路，不敢妄對。」

少時，擺上齋來。齋罷唐僧要行，卻被眾僧並齋主款留道：「老師寬住一二日，過了元宵耍耍去不妨。」唐僧驚問道：「弟子在路，把光陰都錯過了，不知幾時是元宵佳節。」眾僧笑道：「老師拜佛心重，故不以此為念。今日乃正月十三，到晚就試燈。後日十五上元。直至十八九，方纔謝燈。我這裏人家好事，本府太守老爺愛民，各地方俱高張燈火，徹夜笙簫，還有個金燈橋，乃上古傳留，至今豐盛。老爺們寬住數日，我荒山頗管待得起。」唐僧無已，遂俱住下。當晚只聽得佛殿上鐘鼓喧天，乃是街坊眾信人等，送燈來獻佛。唐僧等都出方丈來看了燈，各自歸寢。次日齋罷，同步後園，閒玩一日。至晚在本寺內看了燈，又到各街上遊戲。到二更時，方纔回轉安置。

次日，唐僧對眾僧道：「弟子原有掃塔之願，趁今日上元佳節，等弟子了此願心。」眾僧隨開了塔門。唐僧拜佛禱祝畢，即將笤帚一層層掃畢下來，天色已晚，又都點上燈火。此夜正是十五元宵，眾僧道：「老師父，我們前晚只在荒山與關廂看燈。今晚正節，進城看看金燈如何？」唐僧忻然從之，同行三人及眾僧進城看燈。正是那：

錦繡場中唱彩蓮，太平境內簇人煙。燈明月皎元宵夜，雨順風調大有年。

此時正是金吾不禁，亂烘烘的無數人煙。有那跳舞的，躧蹺的，粧鬼的，騎象的，東一攢，西一簇，看之不盡。卻纔到金燈橋上，唐僧、眾僧近前看處，原來是三盞金燈。那燈有缸來大，上罩著玲瓏剔透的兩層樓閣，都是細金絲兒編成，內托著琉璃薄片，其光幌月，其油噴香。唐僧問眾僧道：「此燈是甚油，怎麼這等異香撲鼻？」眾僧道：「老師不知，我這府後有一縣，名喚旻天縣，縣有二百四十里，共有二百四十家燈油大户。府縣的各項差徭猶可，惟有此大户甚是吃累，每家當一年，要使二百多兩銀子。此油不是尋常之油，乃是酥合香油。這油每一兩值價銀二兩，每一斤值三十二兩銀子。三盞燈，每缸有五百斤，三缸共一千五百斤，共該銀四萬八千兩。還有雜項繳纏使用，將有五萬餘兩，只點得三夜。」行者道：「這許多油，三夜何以就點得盡？」眾僧道：「這缸內每缸有四十九個大燈馬，都是燈草紮的把，裹了絲綿，有雞子粗細。只點過今夜，見佛爺現了身，明夜油也沒了，燈就昏了。」八戒在旁笑道：「想是佛爺連油都收去了。」眾僧道：「正是此說。滿城人家，自古及今，皆是這等相傳。但油乾了，人俱說是佛祖收了燈，自然五穀豐登。若有一年不乾，卻就年程荒旱，風雨不調。所以人家都要這等供獻。」

正說處，只聽得半空中呼呼風響，唬得些看燈的人盡皆四散。那些和尚也立不住腳，道：「老師父，回去罷！風來了，是佛爺降祥，到此看燈也。」唐僧道：「怎見得是佛來看燈？」眾僧道：「年年如此，不上三更，就有風來，知道是諸佛降祥，所以人皆迴避。」唐僧道：「我弟子原是念佛拜佛的人，今逢佳景，果有諸佛降臨，就此拜拜，多少是好。」眾僧連請不回。少時，風中果現出三位佛身，近燈來了。唐僧即跑上橋頂，倒身下拜。行者認得，急忙扯起道：「師父不好，必定是妖邪也。」說不了，見燈光昏暗，呼的一聲把唐僧抱起，駕雲而去。噫！不知是那山那洞真妖怪，積年假佛看金燈。唬得那八戒、沙僧兩邊尋找，行者叫道：「兄弟，不須在此招呼，師父樂極生悲，已被妖精攝去了。」那幾個和尚害怕道：「爺爺，怎見得妖精攝去？」行者笑道：「原來你這夥凡人，累年不識，故被妖邪惑了，只說是真佛降祥，受此燈供。剛纔風到處現佛身者，就是三個妖精。我師父亦不能識，上橋頂就拜，卻被他弄暗燈光，將器皿盛了油，連我師父都攝去。我略走遲了些兒，所以他三個化風而遁。」沙僧道：「師兄，這般卻如之何？」行者道：「不必遲疑。你兩個同眾回寺，看守馬匹、行李，等老孫趁此風追趕去也。」說罷，急縱觔斗雲，起在半空，聞著那腥風氣，往東北上徑趕。趕至天曉，倏爾風息，只見一座大山，十分險峻。大聖在山崖上正自找尋，又見四個人趕著三隻羊，從西坡下而來，口中齊吆喝「開泰」。大聖仔細觀看，認得是四值功曹，即掣棒下崖，喝道：「你都藏頭縮頸的那裏走！」四值功曹慌得現了本相，施禮道：「大聖，恕罪，恕罪！」行者道：「這一向不曾用著你們，通不來見我一見！你們怎麼不暗保吾師，都往那裏去？」功曹道：「你師父寬了禪性，在慈雲寺貪歡，所以泰極生否，樂極生悲。今被妖邪攝去，他身邊有護法伽藍保著哩！吾等恐大聖不識山徑，特來傳報。」行者道：「你既傳報，怎麼隱姓埋名，趕著三個羊兒，吆吆喝喝作甚？」功曹道：「設此三羊，以應開泰之兆，喚作『三陽開泰』，破解你師之否厄也。」行者問道：「這座山，可是妖精之處？」功曹道：「正是。此山名青龍山，內有洞名玄英洞。洞中有三個妖精：名喚辟寒大王、辟暑大王、辟塵大王。這妖精在此有千年了，他自幼兒愛食酥合香油，當年成精，到此假粧佛像，哄了金平府官員人等，設立金燈，燈油用酥合香油，他年年到正月半變佛像收油；今年見你師父，他認得是聖僧，連你師父都攝在洞內，不日要割剮你師之肉，使酥合香油煎吃哩！你快用心救援去也。」

行者聞此，喝退四功曹，轉過山崖，找尋洞府。行未數里，只見那澗邊崖下有座石屋，兩扇石門半開半掩，門旁立個石碣，上有六字，卻是「青龍山玄英洞」。行者不敢擅入，立定步，叫聲：「妖怪，快送我師父出來！」那裏唿喇一聲，大開了門，跑出一陣牛頭精，齜鄧鄧的問道：「你是誰，敢在這裏呼喚！」行者道：「我是大唐聖僧唐三藏之徒弟。我師在金平府被你家魔頭攝來，快早送還，免汝等性命。」

那些小妖急入內報：「禍事！」三個老妖正把唐僧拿在洞中，教小妖剝了衣裳，清水洗淨，算計要細切細剉，著酥合香油煎吃。忽聞得報聲「禍事」，老大著驚，問是何故？小妖道：「門前有一個毛臉雷公嘴的和尚，嚷著要他師父哩！」那老妖聽說道：「纔拿了這廝，還不曾問他個姓名來歷。小的們，且把衣服與他穿了，帶過來審他一審。」眾妖一擁上前，把唐僧推至座前，唬得唐僧戰戰兢兢，跪在下面，只叫：「大王饒命！」三妖異口同聲道：「你是那方來的和尚？怎麼見佛像不躲，卻衝撞我的雲路。」唐僧磕頭道：「貧僧是東土大唐駕下差來，前往大雷音寺拜佛取經的。因到金平府慈雲寺打齋，蒙那寺僧留過元宵看燈。正在金燈橋上，見大王顯現佛像，貧僧乃肉眼凡胎，見佛就拜，故此衝撞大王雲路。」那妖道：「你那東土到此，路程甚遠，一行幾眾，叫甚名字，快實實供來，饒你性命。」唐僧道：「貧僧法名陳玄奘，又號唐三藏。有三個徒弟，第一個是孫悟空行者，乃齊天大聖歸正。」群妖聞得此名，著了一驚道：「這個齊天大聖，可是五百年前大鬧天宮的？」唐僧道：「正是。第二個豬悟能八戒，乃天蓬元帥轉世。第三個沙悟淨和尚，乃捲簾大將臨凡。」三個妖王聽說，個個心驚道：「早是不曾吃他。小的們，且把他將鐵鏈鎖在後面，待拿他三個徒弟來湊吃。」遂點了一群牛精，各持兵器出門，掌了號頭，搖旗擂鼓。

三妖披掛整齊，都到門外喝道：「是誰人敢在我這裏吆喝！」行者睜睛觀看，那三個妖精，一個使鉞斧，一個使大刀，一個肩擔扢撻藤。又見那七長八短的小妖，都是牛頭鬼怪，各執槍棒。有三面大旗，明寫著「辟寒、辟暑、辟塵大王」。行者看了，上前高叫道：「潑賊怪，認得老孫麼？」那妖喝道：「你是那鬧天宮的孫悟空？真個是『聞名不曾見面，見面羞殺天神』，你原來是這等個小猴兒，敢說大話！」行者大怒道：「我把你這個偷油的油嘴賊怪，不要亂談，快還我師父來！」走近前輪棒就打，那三妖舉三般兵器急架相迎。在山凹中鬥經百五十合，天色將晚，勝負未分。只見那辟塵大王把扢撻藤閃一閃，跳過陣前，將旗搖了一搖，那夥牛頭怪簇擁上前，把行者圍在垓心，各輪兵器亂打將來。行者見事不諧，唿喇的駕雲而走。那妖更不趕，徑自收兵轉洞。

行者回至慈雲寺內，見了八戒、沙僧，備言前事。八戒道：「那裏想是酆都城鬼王弄喧。」沙僧道：「你怎麼知道？」八戒笑道：「哥哥說是牛頭鬼怪，故知之耳。」行者道：「不是，不是，若論老孫看那怪，是三隻犀牛成的精。」八戒道：「若是犀牛，拿住他，鋸下角來，倒值好幾兩銀子哩！」

正說處，眾僧擺上晚齋吃了。行者道：「且收拾睡覺，待明日我等齊去，拿住妖王，庶可救師父也。」沙僧道：「哥哥，常言道：『停留長智。』那妖精倘或今晚把師父害了，卻如之何？不若如今就去，等他措手不及，方纔好救師父。」八戒聞言，抖擻神威道：「沙兄弟說得是，我們都趁此月光去降魔耶！」行者即吩咐寺僧：「看守行李、白馬。待我等把妖精捉來，對本府刺史證明假佛之情，免卻燈油，以甦概縣小民之困，卻不是好？」眾僧領諾稱謝。他三個遂縱雲出城而去。畢竟不知此去勝敗何如，且聽下回分解。

第九十二回　三僧大戰青龍山　四星挾捉犀牛怪

卻說大聖三人駕雲，頃刻至青龍山玄英洞口，按落雲頭，八戒就欲築門，行者道：「且待我進去看看師父生死如何，再好與他爭持。」即念訣念咒，變作個火焰蟲兒，飛入洞中。見幾隻牛橫攲直倒，一個個呼吼如雷，盡皆睡熟。又至中廳裏面，見四下門户通關，不知那三個妖精睡在何處。轉過廳房向後，只聞得啼泣之聲，乃是唐僧鎖在後房檐柱上哭哩。

行者展開翅，飛近師前。唐僧揩淚道：「呀，西方景象不同。此時正月，蟄蟲始振，為何就有螢飛？」行者忍不住，叫聲：「師父，我來了！」唐僧喜道：「悟空，原來是你。」行者即現了本相道：「師父呵，為你不識真假，誤了多少路程，費了多少心力。我日間與此怪鬥至天晚方回，如今又同兩個師弟來此。我恐夜深不便交戰，又不知師父下落，所以變化進來打聽。方纔見妖精都睡著，我帶你出去罷。」

即使個解鎖法，用手一抹，那鎖早自開了。領著師父，往前正走，忽聽得妖王在中廳房裏叫道：「小的們，這會怎麼不叫更巡邏，梆鈴都不響了？」原來那夥小妖征戰一日，辛辛苦苦睡著，聽見叫喚，卻纔醒了。梆鈴響處，有幾個從後而走，可可的撞著他師徒兩個。眾妖一齊喊道：「好和尚啊，扭開鎖往那裏去！」行者不容分説，掣棒就打，打死了兩個。其餘的跑到中廳，打著門叫：「大王，不好了，毛臉和尚在家裏打殺人了！」那三怪聽見，一轂轆爬起來，只叫：「拿住，拿住！」唬得個唐僧手酥腳軟。行者也不顧師父，一路棒，滚向前來，眾妖遮架不住，被他打開幾層門出來。叫著八戒、沙僧，將洞中之事說了一遍。

卻說那妖王把唐僧捉住，依然使鐵索鎖了。執刀輪斧，燈火齊明，問道：「你這廝怎樣開鎖，那猴子如何得進，快早供來，饒你之命，不然就一刀兩段！」慌得那唐僧戰兢兢的跪道：「大王爺爺！我徒弟孫悟空，他會七十二般變化，纔變個火焰蟲兒飛進來救我。不期大王知覺，被長官等撞見，是我徒弟不知好歹，打傷兩個。眾皆喊叫，他遂顧不得我，走出去了。」三妖呵呵大笑道：「早是驚覺，未曾走了！」叫小的們把前後門緊緊關閉，亦不喧嘩。沙僧道：「閉門不喧嘩，莫是暗害我師父？我們快早打門。」那獃子舉鈀儘力一築，把那石門築得粉碎，厲聲喊罵道：「偷油的賊怪，快送吾師出來也！」三妖聞知，十分惱怒，即披掛結束，各持兵器，帥小妖出門迎敵。

此時約有三更時候，半天中月明如晝。走出來更不打話，便就輪兵。這裏行者抵住鉞斧，八戒敵住大刀，沙僧迎住大棍。賭鬥多時，不見輸贏。那辟寒大王喊一聲，叫小的們上來，眾精各執兵刃齊來，早把個八戒絆倒在地，被幾個水牛精拖入洞裏捆了。沙僧見沒了八戒，即掣寶杖，望辟塵大王虛丟個架子要走，又被群精一擁而來，拉一個蹦踵，也捉去捆了。行者覺道難為，縱觔斗雲而起，復回至慈雲寺。寺僧接著，問唐老爺救得否。行者道：「難救，難救，那妖精神通廣大，倒把我兩個師弟捉去了。汝等可看好馬匹、行李，等老孫上天去求救兵來。」眾僧道：「爺爺又能上天？」行者笑道：「天宮原是我的舊家，時常走走兒，只當頑耍。」眾僧又磕頭禮拜。

行者出得門，打個唿哨，早至西天門外。忽見太白金星與增長天王、殷、朱、陶、許四大靈官講話。他見行者來，都慌忙施禮道：「大聖那裏去？」行者將玄英洞之事說了一遍，道：「老孫不能收伏此怪，特來啟奏玉帝，查他來歷，請命將降之。」金星呵呵大笑道：「大聖既與妖怪相持，豈看不出他的出處？」行者道：「認便認得是一夥牛精。只是他大有神通，急不能降也。」金星道：「那是三個犀牛之精。他因有天文之象，累年修悟成真，亦能飛雲步霧，行於江海之中，能開水道。若要拿他，只是四木禽星，見面就伏。」行者連忙唱喏問道：「是那四木禽星？煩長庚老明示明示。」金星笑道：「此星在斗牛宮外，羅佈乾坤。你去奏聞玉帝，便見分明。」

行者拱手稱謝，徑入天門，到通明殿下，見了四大天師，即領行者至靈霄寶殿啟奏，備言其事。玉帝傳旨：「教點那路天兵相助？」行者奏道：「老孫纔到西天門，遇長庚星說：『那怪是犀牛成精，惟四木禽星可以降伏。』」玉帝即差許天師同行者去斗牛宮，點四木禽星下界收降。旁邊即閃過角木蛟、斗木獬、奎木狼、井木犴，應聲呼道：「孫大聖，點我等何處降妖？」行者笑道：「原來是你們，這長庚老兒卻隱瞞著我。早說是二十八宿中的四木，老孫徑來相請，又何必煩勞旨意？」四木道：「大聖說那裏話！我等不奉旨意，誰敢擅離？如今可快早去來。」

行者即同四星官，縱雲徑到了青龍山玄英洞。四木道：「大聖，你先去索戰，引他出來，我們隨後動手。」行者即近前打門大罵。那三妖又各持兵器，走出洞來。行者咬牙發狠，舉鐵棒就打。三妖調小妖跑個圈子陣，把行者圈在垓心。那壁廂四木禽星，一個個各輪兵刃道：「孽畜，休動手！」那三妖看見四星，自然害怕，俱道：「不好了，他尋將降手兒來了。小的們，各顧性命走耶！」只聽得呼呼吼吼，眾妖都現了本相，原來是些山牛精、水牛精、黃牛精，滿山亂跑。那三妖也丟了兵器，現了本相，放下手來，還是四隻蹄子，就如鐵炮一般，徑往東北上跑。這大聖帥井木犴、角木蛟緊追急趕，略不放鬆。惟有斗木獬、奎木狼在東山凹裏、澗谷之中，把些牛精打死、活捉，盡皆收淨。卻向玄英洞裏解了唐僧、八戒、沙僧。

沙僧認得是二星，因問：「二位如何到此相救？」二星道：「吾等是孫大聖奏玉帝，請旨調來收怪救你也。」唐僧道：「我悟空徒弟怎麼不見？」二星道：「那三個老怪是三隻犀牛，他見吾等，各各顧命逃奔。孫大聖同井、角二星追趕去了。我二人掃蕩群妖到此，特來解放聖僧。」唐僧再三稱謝。奎木狼道：「天蓬元帥，你與捲簾大將可保護你師回寺，待吾等還去艮方迎敵。」八戒道：「正是，正是。你二位還協力一行，我等在此收拾。」二星官即時追襲。八戒與沙僧收拾那洞內細軟之物，有許多珊瑚、瑪瑙、珍珠、琥珀、琿琚、寶貝、美玉、良金，搜出一石，搬在外面，請師父到山崖上坐了。他進去放起火來，把玄英洞燒成灰燼，卻纔領唐僧找路回慈雲寺去。

卻說斗、奎二星官駕雲直向東北艮方趕怪，在那半空中尋看不見。直到西洋大海，遠望見孫大聖在海上吆喝。他兩個按落雲頭道：「大聖，妖怪那裏去了？」行者恨道：「你兩個怎麼不來？」斗木獬道：「我見大聖與井、角二星追趕妖魔，料必擒拿。我二人卻就掃蕩群精，入洞救出你師父、師弟，回城去了。多時不見大聖回轉，故又追尋到此也。」行者聞言，方纔喜謝道：「如此卻是多累。但那三個妖魔，被我趕到此間，他就鑽下海去。有井、角二星，緊緊追拿，教老孫在岸邊抵擋。你兩個既來，且在岸邊把截，等老孫也再去去。」

大聖即輪棒捻訣，闢開水徑，直入波濤深處。只見那三妖在水底下，與井、角二宿，捨死忘生苦鬥哩。他跳近前喊道：「老孫來也！」那妖正在危難之處，忽聽得行者叫喊，顧殘生撥轉頭往海心裏飛跑。原來這怪頭上角極能分水，只聽見得花得花，衝開明路。這後邊二星官並孫大聖併力追之。

那西海中有個探海的夜叉，遠見犀牛分開水勢，又認得孫大聖與二天星，即忙赴水晶宮報知龍王。老龍王敖順聽言，即喚太子摩昂：「快點水兵。想是犀牛精辟寒、辟暑、辟塵兒三個惹了孫大聖。今既至海，快快拔刀相助。」摩昂得令，即忙點起蝦兵蟹卒等，各執槍刀，一齊吶喊，擋住犀牛精。犀牛精不能前進，急退後，又有井、角二星並大聖攔阻，慌得他失了群，各各逃生，四散奔走。早把個辟塵兒圍住，孫大聖見了叫道：「消停，消停，捉活的，不要死的。」摩昂聽令，一擁上前，將辟塵兒扳翻在地，用鐵鈎子穿了鼻，攢蹄捆倒。

老龍王又傳號令，教分兵趕那兩個，協助擒拿。摩昂帥眾前來，只見井木犴現原身，按住辟寒兒啃著吃哩。摩昂高叫道：「井宿，井宿，莫咬死他。孫大聖要活的，不要死的哩！」連喊是喊，已是被他把頸項咬斷了。摩昂吩咐兵卒，將個死犀牛擡轉水晶宮，卻又與井木犴向前追趕。只見角木蛟把那辟暑兒倒趕回來，正撞著井宿、摩昂，帥兵圍住。那怪只教饒命，饒命。井木犴走近前，一把揪住耳朵道：「不殺你，不殺你，拿與孫大聖發落去來。」

即俱至水晶宮外，報道：「都捉來也。」行者見一個斷了頭，血淋津的倒在地下。近前看了道：「這頭不是兵刀傷的呵！」摩昂笑道：「不是我喊得緊，連身子都著井星官吃了。」行者道：「既是如此，也罷，取鋸子鋸下他這兩隻角，剝了皮帶去。犀牛肉還留與龍王賢父子享之。」又把辟塵、辟暑兒都穿了鼻，教角、井二宿牽著，帶他上金平府，見那刺史官，明究罪由，然後的決。

眾等辭龍王父子，都出西海，牽著犀牛，會著奎、斗二星，駕雲霧徑轉金平府。行者足踏祥雲，半空中叫道：「金平府刺史，各佐貳郎官，並府城內外軍民人等聽著：吾乃東土大唐差往西天取經的聖僧。你這府縣，每年家供獻金燈，假充諸佛降祥者，即此犀牛之怪。我等過此，因元夜觀燈，見這怪將燈油並我師父攝去，是我請天神收伏。今已掃清山洞，剿盡妖魔，不復為害。以後你府縣再不可供獻金燈，勞民傷財也。」那慈雲寺裏，八戒、沙僧方保唐僧進得山門，只聽見行者在半空言語，即便撇了師父，縱雲起到空中，問行者降怪之事。行者道：「那一隻被井星咬死，已鋸角剝皮帶來，兩隻現拿在此。」八戒道：「這兩個索性押下此地，與官員人等看看，也認得我們是神聖。左右煩四位星官收雲下地，同到府堂，將這怪的決。已此情真罪當，再有何辭！」

眾神果推落犀牛，一簇彩雲，降至府堂之上。唬得這府縣官員，城裏城外人等，都家家焚香，户户禮拜。少時間，慈雲寺僧把長老用轎擡進府門，會著行者，備述前事。長老讚揚稱謝不已。又見那府縣各官都在那裏高燒寶燭，滿斗焚香，朝上禮拜。少頃間，八戒發起性來，掣出戒刀，將辟塵、辟暑兒頭都砍下。隨即取鋸子鋸下四隻角來。大聖更有主張，就教四位星官，將此四隻犀角，拿上界去進貢玉帝，回繳聖旨。把自己帶來的二隻，留一隻在府堂鎮庫，以作向後免徵燈油之證，我們帶一隻去獻靈山佛祖。四星心中大喜，即時別了大聖，駕彩雲回空而去。

府縣官留住他師徒四眾，大排素宴，遍請鄉官陪奉。一壁廂出給告示，曉諭軍民人等，下年不許點設金燈，永蠲買油大户之役。一壁廂叫屠子宰剝犀牛之皮，製造鎧甲，把肉普給官員人等。又一壁廂動支無礙錢糧，買民間空地，起建四星降妖之廟，又為唐僧四眾建立生祠，各各樹牌刻文，用傳千古，以為報謝。

師徒們索性寬懷領受。又被那二百四十家燈油大户，家家酬請，略無虛刻。八戒遂心滿意受用，把洞裏搜來的寶貝，每樣攜些在袖，以為各家齋筵之賞。住經個月，猶不得起身。長老吩咐悟空：「將餘剩的寶物，盡送慈雲寺僧，以為酬禮。瞞著那些大户人家，天不明走罷。恐只管貪樂，誤了取經，恐佛祖見罪，又生災厄，深為不便。」行者隨將前件一一處分。

次日五更早起，喚八戒鞴馬。那獃子吃了自在酒飯，睡得夢夢乍道：「這早鞴馬怎的？」行者喝道：「師父教走路哩！」獃子抹抹臉道：「可是沒正經！二百四十家大户都請，纔吃了有三十幾頓飽齋，怎麼又弄老豬忍餓。」長老罵道：「饢糟的夯貨，莫亂説，快早起來。再若強嘴，教悟空拿棒打呀！」那獃子聽見説打，慌了道：「師父今番變了，常時疼我、護我，今日怎麼轉教打麼？」行者道：「師父怪你為嘴誤了路程。快早收拾走路。免打！」那獃子只得起來，沙僧也隨跳起，各各收拾皆完。長老搖手道：「悄悄的，不要驚動寺僧。」連忙開了山門，找路而去。畢竟不知天明時酬謝之家如何，且聽下回分解。

起念斷然有愛，留情必定生災。靈明何事辨三台，行滿自歸元海。
不論成仙成佛，須從個裏安排。清清淨淨絕塵埃，果正飛昇上界。

却說寺僧天明不見了三藏師徒，都道：「不曾留得，不曾別得，不曾求告得，清清的把個活菩薩放去了！」正說處，只見有幾個大户來請。眾僧撲掌道：「昨夜都駕雲去了。」眾人齊望空拜謝。此言一講，滿城中官員人等盡皆知之。叫此大户人家，俱治辦五牲花果，往生祠祭獻酬恩不題。

却說唐僧四眾，餐風宿水，一路平寧，行有半個多月，忽見一座高山。唐僧又悚懼道：「徒弟，那前面山嶺險峭，是必小心。」行者笑道：「這邊將近佛地，斷乎無甚妖邪，師父放懷勿慮。」唐僧道：「徒弟，雖然佛地不遠，但前日那寺僧說，到天竺國都下有二千里，還不知到靈山有多少路哩？」行者道：「師父，你好是又把烏巢禪師《心經》忘記了？」三藏道：「《般若心經》我那一日不誦，顛倒也念得來，怎會忘得？」行者道：「師父只是念得，不曾求他解得。」三藏說：「猴頭，怎又說我不曾解得，你解得麼？」行者道：「我解得。」自此再不作聲。旁邊笑倒一個八戒，道：「嘴臉，替我一般的做妖精出身，又不是那裏禪和子聽過講經，那裏應佛僧見過說法，弄虛頭，找架子，說甚麼曉得，解得，怎麼就不作聲？聽講，請解。」沙僧說：

「大哥扯長話，哄師父走路。他曉得弄棒罷了，那裏曉得講經！」三藏道：「悟能、悟淨，休要亂說。悟空解得的是無言語文字，乃是真解。」

師徒們說著話，卻倒也走過幾個山岡，路旁早見一座大寺，那山門匾上大書著「布金禪寺」四字。三藏馬上沈思道：「布金，布金，這莫不是舍衛國界了麼？」八戒道：「奇啊！我跟師父幾年，再不曾見識得路，今日也識得路了。」三藏道：「不是。我常見經典上說，佛在舍衛城祇樹給孤園。說是給孤獨長者問太子買園，請佛講經。太子說：『我這園不賣。他若要買時，除非黃金滿佈園地。』給孤獨長者聽說，隨以黃金為磚，佈滿園地，方買得太子祇園，請得世尊說法。我想這布金寺莫非就是這個故事。」八戒笑道：「造化！若就是這個故事，我們也去摸他塊把磚兒送人。」

大家笑了一會，三藏纔下馬進三門。只見三門下挑擔的，背包的，推車的，整堆坐下，也有睡的睡，講的講。忽見他們師徒四眾，俊的又俊，醜的又醜，大家有些害怕，卻就讓開些路兒。三藏生怕惹事，口中不住只叫：「斯文，斯文。」這時節卻也大家收斂。轉過金剛殿後，早有一位禪僧走出，看他威儀不俗。真是：

面如滿月光，身似菩提樹。擁錫袖飄風，芒鞋石頭路。

三藏見了問訊。那僧即忙還禮道：「師從何來？」三藏道：「弟子陳玄奘，奉東土大唐皇帝之旨，差往西天拜佛求經，路過寶方，造次奉謁，便處一宿，明早就行。」那僧道：「荒山十方常住，都可隨喜，況長老東土神僧，但得供養，幸甚！」三藏謝了，隨即喚他三人同入方丈；相見禮畢坐定。

這時寺中聽說到了東土大唐取經僧人，不問常住、掛榻、長老、行童，一一都來參見。茶罷擺齋，長老正開齋念偈，八戒早是饅頭、粉湯一攪直下。這時方丈卻也人多，有知識的讚說三藏威儀，好耍子的都看八戒吃飯。沙僧見了，暗把八戒捏了一把，說道：「斯文！」八戒著急，叫將起來道：「斯文，斯文，肚裏空空。」沙僧笑道：「二哥，你不曉的，天下多少斯文，若論起肚子裏來，正和你我一般哩！」三藏念了結齋，左右撤了席面，三藏稱謝了。

寺僧問起東土來因，三藏說到古跡，纔問布金寺名之由。那僧答道：「這寺原是舍衛國給孤獨園寺，因給孤獨長者請佛講經，金磚佈地，故易今名。我這寺一望之前乃是舍衛國。那時給孤獨長者正在舍衛國居住，我荒山原是長者之祇園，因此遂名給孤布金寺。寺後邊還有祇園基址，若遇時雨滂沱，還淋出金銀珠兒，有造化的每每拾著。」三藏道：「話不虛傳果是真。」又問道：「纔進寶山，見門下兩廊有許多騾馬車擔的行商，為何在此歇宿？」眾僧道：「我這山喚作百腳山，先年且是太平。近來不知怎的，生幾個蜈蚣精，常在路上傷人。雖不至於傷命，其實人不敢走。山下有一座關，喚作雞鳴關。但到雞鳴之時，纔敢過去，那些客人因到晚了，惟恐不便，權借荒山一宿，等雞鳴後便行。」三藏道：「我們也等雞鳴後去罷！」師徒們正說處，又見拿上齋來，四眾吃畢。

此時上弦月皎，三藏與行者步月閒行。又見個道人來報道：「我們老師爺要見見中華人物。」三藏急轉身，見一個老和尚，手持竹杖，向前作禮道：「此位就是中華來的師父？」三藏答禮道：「不敢。」老僧稱讚不已，因問：「老師高壽？」三藏道：「虛度四十五年矣。敢問老院主尊壽？」老僧笑道：「比老師癡長一花甲也。」行者道：「今年是一百零五歲了。你看我有多少年紀？」老僧道：「師家貌古神清，況月夜眼花，急看不出來。」敍了一會，又向後廊看看。三藏道：「纔說給孤園基址，果在何處？」老僧道：「後門外就是。」快教開門，但見一塊空地，還有些碎石疊的牆腳。三藏合掌歎曰：

憶昔檀那須達多，曾將金寶濟貧痾。祇園千古留名在，長者何方伴覺羅？

他都玩著月，緩緩而行，行到臺上，又坐了一坐，忽聞得有啼哭之聲。三藏誠心靜聽，哭的是爺娘不知苦痛之言。他就感觸心酸，不覺淚墮，回問眾僧道：「是甚人在何處悲切？」老僧見問，即命眾僧先回去煎茶，見無人，方纔對唐僧、行者下拜。三藏攙起道：「老院主為何行此禮？」老僧道：「弟子年歲百餘，略通人事。每於禪靜之間，也曾見過幾番景象。若老爺師徒，弟子一見便知與他人不同。所言悲切之事，非這位師家明辨不得。」行者道：「你且說是甚事？」老僧道：「舊年今日，弟子正明性月之時，忽聞一陣風響，就有悲怨之聲。弟子下榻，到祇園基上看處，乃是一個美貌端正之女。我問他是誰家女子，為甚到此？那女子道：『我是天竺國王的公主。因月下觀花，被風颳來的。』我將他鎖在一間空房裏，將那房砌作個監房模樣，門上留一小孔，僅遞得碗過。當日與眾僧傳道：『是個妖邪，被我鎖了。』每日與他兩頓粗茶粗飯，吃著度命。』那女子也聰明，即解吾意，恐為眾僧點污，就粧風作怪。白日家說鬼話，獃獃鄧鄧的，到夜靜時卻思量父母啼哭。我幾番進城打探公主之事，全然無損。故此堅收緊鎖，更不放出。今幸老師來國，萬望到國中廣施法力，辨明辨明。一則救援良善，二則昭顯神通也。」三藏與行者聽罷，切切在心。正說處，只見兩個小和尚請回方丈吃茶安置。因此老僧散去，唐僧就寢。正是那：

人靜月沈花夢悄，暖風微透碧窗紗。銅壺點點看三漏，銀漢明明照九華。

當夜睡還未久，即聽雞鳴。那前邊行商烘烘皆起，點燈造飯。這長老也喚起八戒、沙僧，扣馬收拾。那寺僧已安排茶湯點心候敬。師徒吃罷，對眾辭謝。老僧又向行者叮囑悲切之事。行者笑道：「謹領，謹領。」那夥行商鬨鬨嚷嚷的也一同上了大路。將有寅時，過了雞鳴關。至巳時方見城垣，真是鐵甕金城，神州天府。詩曰：

虎踞龍蟠形勢高，鳳樓麟閣彩光搖。御溝流水如環帶，福地依山似錦標。
曉日旌旗明輦路，春風簫鼓遍溪橋。國王有道衣冠勝，玉筍英賢列滿朝。

當日行入東市街，眾商各投旅店，他師徒們進城。正走處，有一個會同館驛，三藏等徑入驛內。那驛內管事的即報驛丞道：「外面有四個異樣的和尚，牽一匹白馬進來了。」驛丞聽說有馬，就知是官差的，出廳迎迓。三藏施禮道：「貧僧是東土唐朝欽差往靈山大雷音見佛求經的，隨身有關文入朝照驗。借大人高衙一宿，事畢就行。」驛丞答禮道：「請進，請進。」三藏喜悅，教徒弟們都來相見。那驛丞看見嘴臉醜陋，暗自心驚，不知是人是怪，戰兢兢的，只得看茶擺齋。三藏道：「大人勿驚。貧僧三個頑徒，相貌雖醜，心地俱良，俗謂面惡人善，切勿過疑！」

驛丞聞言，方纔定了心性，問道：「國師，唐朝在於何方？」三藏道：「在南贍部洲中華之地。」又問：「幾時離家？」三藏道：「貞觀十三年出門，今已過十四載，苦歷了些萬水千山，方到貴處。」驛丞道：「神僧，神僧！」三藏問道：「上國歷年幾何？」驛丞道：「我這敝處大天竺國，自太祖、太宗，傳到今已五百餘年。現在位的爺爺愛山水花卉，號作怡宗皇帝，改元靖宴，今已二十八年了。」三藏道：「今日貧僧要去見駕倒換關文，不知可得遇朝？」驛丞道：「正好，正好！我王有一位公主娘娘，年登二十青春，正在十字街頭，高結彩樓，拋打繡球，撞天婚招駙馬。今日正當熱鬧之際，想我王還未退朝。若欲倒換關文，趁此時好去。」三藏忻然要走，只見擺上齋來，遂與行者等吃了。

時已過午。行者道：「我和師父同去。」八戒道：「我去。」沙僧道：「二哥罷麼，你的嘴臉不見怎的，莫到朝門外粧胖，還教大哥去。」於是三藏穿了袈裟，行者拿了引袋同去。只見街坊上，士農工商，文人墨客，愚夫俗子，亂紛紛都道：「看拋繡球去也！」三藏立於道旁，對行者道：「他這裏人物衣冠，宮室器用，言語談吐，也與我大唐一般。我想著我俗家先母，也是拋打繡球，遇姻緣結了夫婦，此處亦有此等風俗。」行者道：「我們也去看看如何？」三藏道：「你我服色不便，恐有嫌疑。」行者道：「師父，你忘了那布金寺老僧之言？一則去看彩樓，二則去辨真假。」三藏聽說，果與行者同去。呀！那知此去，卻是漁翁拋下鈎和綫，從今釣出是非來。話表那個天竺國王，因愛山水花卉，前年帶后妃公主，在御花園月夜賞玩。惹動一個妖邪，把真公主攝去，他卻變作一個假公主。知得唐僧今年今月今日今時到此，他假借國家之富，搭起彩樓，欲招唐僧為偶，採取元陽真氣，以成太乙上仙。正當午時三刻，三藏與行者雜入人叢，行近樓下。那公主纔拈香焚起，祝告天地，左右有五七十煙嬌繡女，近侍的捧著繡球。那樓四面玲瓏，公主轉睛觀看，見唐僧來得至近，將繡球取過來，親手拋在唐僧頭上。唐僧著了一驚，把個毗盧帽子打歪，雙手忙扶著那球，那球轂轆的滾在他衣袖之內。只聽得樓上齊聲發喊道：「打著個和尚了，打著個和尚了！」

那樓上繡女宮娥，並大小太監，都來對唐僧下拜道：「貴人，貴人，請入朝堂賀喜。」三藏急還禮，扶起眾人，回頭埋怨行者。行者笑道：「繡球兒打在你頭上，滾在你袖裏，干我何事？」三藏道：「似此怎生區處？」行者道：「師父放心。你便入朝見駕，我回驛報與八戒、沙僧知道。若是公主不招你便罷，倒換了關文就行。如必欲招你，你對國王說，『叫我徒弟來，我要吩咐他一聲。』那時召我三個入朝，我其間自能辨別真假。此是倚婚降怪之計。」唐僧點頭應諾，行者轉身回驛。

那長老被眾宮娥等撮擁至樓前。公主下樓，玉手相挽，同登寶輦，擺開儀從，回轉朝門。早有黃門官先奏道：「萬歲，公主娘娘挽著一個和尚，想是繡球打著，現在午門外候旨。」那國王見說，心甚不喜，又不知公主之意何如，只得含情宣入。公主與唐僧遂至金鑾殿下，正是一對夫妻呼萬歲，兩門邪正拜千秋。禮畢，又宣至殿上問道：「僧人何來，遇朕女拋球得中？」唐僧俯伏奏道：「貧僧乃南贍部洲大唐皇帝差往西天大雷音寺拜佛求經的。因有長路關文，特來朝王倒換。路過十字街彩樓之下，不期公主娘娘拋繡球，打在貧僧頭上。貧僧是出家異教之人，怎敢與玉葉金枝為偶？萬望赦貧僧死罪，倒換關文，打發早赴靈山，見佛求經，回我國土，永註陛下之天恩也！」國王道：「你乃東土聖僧，正是千里姻緣使綫牽。寡人公主，今登二十歲未婚，因擇今日年月日時俱利，所以結彩樓拋球，以求佳偶。可可的你來拋著，但不知公主之意如何？」那公主叩頭道：「父王，常言嫁雞逐雞，嫁犬逐犬。女有誓願在先，結了這球，告奏天地神明，撞天婚拋打。今日打著聖僧，即是前世之緣，豈敢更移，願招他為駙馬。」國王方喜。即宣欽天監正臺官選擇日期，一壁廂收拾粧奩，又出旨曉諭天下。三藏聞言，更不謝恩，只教：「放赦，放赦。」國王道：「這和尚甚不通理。朕以一國之富，招你做駙馬，為何不肯依從？再若推辭，教錦衣官推出斬了！」長老唬得魂不附體，只得戰兢兢叩頭啟奏道：「感蒙陛下天恩。但貧僧一行四眾，還有三個徒弟在外，今貧僧在此，卻不曾吩咐得一言。萬望召他到此，倒換關文，教他早去，庶不誤了西來之意。」國王遂准奏：「你徒弟在何處？」三藏道：「都在會同館駟。」隨即差官召聖僧徒弟領關文西去，留聖僧在此為駙馬。長老只得起身侍立。

卻說行者自彩樓下別了唐僧，走兩步，笑兩聲，喜喜歡歡的回驛。八戒、沙僧迎著道：「哥哥，你怎麼那般喜笑，師父如何不見？」行者道：「師父大喜了。」八戒道：「是何來之喜？」行者笑道：「我與師父走至十字街彩樓之下，可可的被當朝公主拋繡球，打中了師父，師父被些宮女、太監推擁至樓前，同公主坐輦入朝，招為駙馬，此非喜而何？」八戒聽說，跌腳捶胸道：「早知我去好來，都是沙僧憊懶，你不阻我啊，我徑奔彩樓之下，一繡球打著老豬，那公主招了我，卻不美哉，妙哉！俊刮標致，停當，大家造化耍子兒，何等有趣。」沙僧上前，把他臉上一抹道：「不羞，好個嘴巴姑子，三錢銀子買個老驢，自誇騎得。要是一繡球打著你，就連夜燒退送紙也還道遲了，敢惹你這晦氣進門？」八戒道：「你這黑子不知趣，醜自醜，卻有些風味。」行者道：「獃子莫亂談，且收拾行李。但恐師父來叫我們，卻好進朝保護他。」八戒道：「哥哥又說差了。師父做了駙馬，到宮中與皇帝的女兒交歡，又不是爬山踵路，遇怪逢魔，要你保護他怎的？他那樣一把子年紀，豈不知被窩裏之事，要你去幫扶他？」

正說間，只見驛丞來報道：「聖上有旨，差官來請三位聖僧。」八戒道：「端的請我們為何？」驛丞道：「老神僧幸遇公主娘娘，打中繡球，招為駙馬，故此差官來請。」行者道：「教他進來！」那官看見行者施禮，不敢仰視，只管暗念誦道：「是鬼，是怪？是雷公，夜叉？」行者道：「那官兒，有話不說，為何沈吟？」那官兒慌得戰戰兢兢的，雙手舉著聖旨，口裏亂道：「我公主有請會親，我主公會親有請。」

八戒道：「我這裏又不打你，你慢慢說，不要怕。」行者道：「莫成道怕你打？怕你那臉嘴！快收拾進朝，見師父議事去也。」畢竟不知見了國王有何話說，且聽下回分解。

第九十四回　四僧宴樂御花園　一怪空懷情欲喜

話表行者三人，隨著宣召官至午門外，黃門官即時傳奏宣進。他三個齊齊站定，更不下拜。國王問道：「那三位是聖僧駙馬之高徒，姓甚名誰，何方居住，因甚事出家，取何經卷？」行者即近前，意欲上殿。旁有護駕的喝道：「不要走！有甚話立下奏來。」行者笑道：「我們出家人，得一步就進一步。」隨後八戒、沙僧亦俱近前。長老恐他村鹵驚駕，便起身叫道：「徒弟呵，陛下問你來因，你即奏上。」行者見師父在旁侍立，忍不住大叫道：「陛下輕人輕己，既招我師為駙馬，如何教他侍立？世間稱女夫謂之貴人，豈有貴人不坐之理！」國王聽說，大驚失色，欲退殿恐失了觀瞻，只得硬著膽，教近侍的取繡墩來，請唐僧坐了。行者纔奏道：

老孫祖居東勝神洲傲來國花果山，父天母地，石裂吾生。曾拜至人，學成大道，復轉仙鄉，嘯聚在洞天福地。下海降龍，登山擒怪，消死名，上生籍，官拜齊天大聖，會天仙日日歌歡，居聖境朝朝快樂。只因亂卻蟠桃宴，大反天宮，被佛擒伏，困壓在五行山下，飢餐鐵丸，渴飲銅汁，五百年未嘗茶飯。幸我師出東土，拜西方，觀音教令脫災離難，皈正瑜伽門下。舊諱悟空，稱名行者。

國王聞得這般名重，慌得下了龍牀，以御手挽定長老道：「駙馬，也是朕之天緣，得遇你這仙姻仙眷。」三藏滿口謝恩，請國王登位。復問：「那位是第二高徒？」八戒掬嘴揚威道：

老豬先世為人，貪歡愛懶，一生混沌，亂性迷心。忽然間遇一真人，半句話解開業網，當時省悟，立地投師，謹修二八之工夫，敬煉三三之前後，行滿飛昇，得超天府。荷蒙玉帝厚恩，官賜天蓬元帥，管押河兵，逍遙漢闕。只因蟠桃酒醉，戲弄嫦娥，謫官銜遭貶臨凡；錯投胎託生豬像，住福陵山，造孽無邊。遇觀音指明善道，皈依佛教；保唐僧徑往西天，拜求妙典。法諱悟能，稱為八戒。

國王聽言，膽戰心驚，不敢觀覷。這獃子越弄精神，搖著頭，掬著嘴，撐起耳朵，呵呵大笑。三藏又怕驚駕，即叱道：「八戒收斂！」方纔叉手拱立，假扭斯文。又問：「第三位高徒，因甚皈依？」沙和尚合掌道：

老沙原係凡夫，因怕輪迴訪道，雲遊海角天涯，常將衣缽隨身，每煉心神在舍。因此虔誠，得逢仙侶，養就嬰兒姹女，工滿三千，合和四相。超天界，拜玄穹，官授捲簾大將，侍御鳳輦龍車。也為蟠桃會上，失手打破玻璃盞，貶在流沙河，改頭換面，造業傷生，幸菩薩勸善皈依，隨唐朝佛子，往西天求經果正。指河為姓，法諱悟淨，稱名和尚。

國王見說，又驚又喜。喜的是女兒招了活佛，驚的是三個實乃妖神。正的恍惚之間，忽有正臺陰陽官奏道：「婚期已定本年本月十二日壬子良辰，周堂通利，宜配婚姻。」國王道：「今日是何日辰？」陰陽官奏：「今日初八，乃戊申之日，猿猴獻果，正宜進賢納士。」國王大喜，即著當駕官打掃御花園，且請駙馬同三位高徒安歇，待後安排合巹佳筵，與公主匹配。眾等欽遵，國王退朝，多官皆散。

三藏師徒們都到御花園，天色漸晚，擺了素膳。八戒喜道：「這一日也該吃飯了。」管辦人即將米飯、麵飯等物，整擔挑來。那八戒直吃得撐腸拄腹，方纔住手。少頃點燈鋪牀，各自歸寢。長老見左右無人，卻恨責行者道：「你這猴頭，番番害我！我說只去倒換關文，莫向彩樓前去，你怎麼定要引我去看看，如今卻惹出這般事來，怎生是好？」行者陪笑道：「師父，是你說『先母也是拋打繡球，遇緣成其夫婦』，似有慕古之意，老孫纔同你去。又想著那個布金寺長老之言，就此探視真假。適見那國王之面，略有些晦暗之色，但只未見公主何如耳。」長老道：「你見公主便怎的？」行者道：「老孫的火眼金睛，但見面就認得真假善惡，卻好施為，分辨邪正。」三藏道：「他如今定要招我，將何以處之？」行者道：「且到十二日會喜之時，那公主必定出來參拜父母，等老孫在旁觀看。若還是個真女人，你就做了駙馬，享用國內之榮華也罷。」三藏聞言，嗔怒道：「好猴頭，你還害我哩！卻是悟能說的，我們十節兒已上了九節七八分了，你還說這樣混話？快早閉著那臭口，再若無禮，我就念起咒來，教你了當不得。」行者慌得跪在面前道：「師父，莫念，莫念。待到拜堂時節，我們一齊大鬧皇宮，領你去也。」師徒說罷，遂各自安歇。

一宵已過，早又金雞唱曉。五更三點，國王登殿設朝。但見：

宮殿開軒紫氣高，風吹御樂透青霄。雲移豹尾旌旗動，日射螭頭玉珮搖。
香霧細添宮柳綠，露珠微潤苑花嬌。**山呼舞蹈千官列，海晏河清慶盛朝。**

眾文武百官朝罷，又宣唐僧四眾進見。命光祿寺安排十二日會喜佳筵，今日且整春，請駙馬在御花園中款玩。吩咐儀制司領三位賢親去會同館少坐，著光祿寺安排三席素宴去彼奉陪。兩處俱著教坊司奏樂答應，賞春景、消遲日也。八戒聞言道：「陛下，我師徒自相隨，更無一刻相離。今日既在御花園飲宴，帶我們也耍兩日，好教師父替你家做駙馬。不然，這個買賣弄不成。」那國王見他醜陋村俗，又見他掬嘴巴，搖耳朵，卻像有些風氣，猶恐攪破親事，只得依從。便教：「在鎮華閣裏安排二席，我與駙馬同坐。留春亭上安排三席，請三位別坐。恐他師徒們坐次不便。」那獃子纔朝上稱謝，各各退回。又傳旨教內宮官排宴，著三宮六院后妃與公主上頭添粧，以待十二日佳配。

將有巳時前後，那國王排駕，請唐僧都到御花園內觀看。遊玩良久，早有儀制司官邀請行者三人入留春亭，國王攜唐僧上鎮華閣，各自飲宴。那歌舞吹彈，鋪張陳設，富麗真不可言。

此時長老見那國王敬重，無可奈何，只得勉強隨喜，誠是外喜而內憂也。坐間見壁上掛四面金屏，屏上畫著春夏秋冬四景，皆有題詠，俱是翰林名士之詩：

《春景詩》曰：

周天一氣轉洪鈞，大地熙熙萬象新。桃李爭妍花爛熳，燕來畫棟疊香塵。

《夏景詩》曰：

熏風拂拂思遲遲，宮院榴葵映日輝。玉笛音調驚午夢，芰荷香散到庭幃。

《秋景詩》曰：

金井梧桐一葉黃，珠簾不捲夜來霜。燕知社日辭巢去，雁折蘆花過別鄉。

《冬景詩》曰：

凍雨飛雲黯淡寒，朔風吹雪積千山。深宮自有紅爐暖，報道梅開玉滿欄。

那國王見唐僧恣意看詩，便道：「駙馬喜玩詩詞，必定善於吟味。如不吝珠玉，請依韻各和一首如何？」長老是個對景忘情，明心見性之意，見國王欽重求教，他不覺忽吟一句道：「日暖冰消大地鈞。」國王大喜，即召侍衛官取文房四寶，「請駙馬和完錄下，俟朕緩緩味之。」長老忻然不辭，舉筆而和。

《和春景詩》曰：

日暖冰消大地鈞，御園花卉又更新。和風膏雨民沾澤，海晏河清絕戰塵。

《和夏景詩》曰：

斗指南方白晝遲，槐雲榴火鬥光輝。黃鸝紫燕啼宮柳，巧轉雙聲入絳幃。

《和秋景詩》曰：

香飄橘綠與橙黃，松柏青青喜降霜。籬菊半開攢錦繡，笙歌韻徹水雲鄉。

《和冬景詩》曰：

瑞雪初晴氣味寒，奇峰巧石玉為山。爐燒獸炭烹佳茗，袖手高歌倚翠欄。

國王見了大喜，稱讚道：「好個『袖手高歌倚翠欄』！」遂命教坊司以新詩奏樂，盡日而散。

行者三人在留春亭亦儘受用，各飲了幾杯，也都有些酣意。正欲去尋長老，只見長老同國王坐在一閣。八戒獃性發作，叫道：「好快活，好自在，今日也受用這半日了，卻該趁飽兒睡覺去也！」沙僧笑道：「二哥忒沒修養，這等氣飽，如何睡覺？」八戒道：「你那裏知道，俗語云『吃了飯兒不挺屍，肚裏沒板脂』哩！」

唐僧遂與國王相別，到亭內嗔責八戒道：「這夯貨越發村了，這是甚麼去處，只管大呼小叫。倘或惱著國王，卻不被他傷害性命？」八戒道：「沒事，沒事，我們與他親家禮道的，他怎好嗔怪。常言道：『打不斷的親，罵不斷的鄰。』大家耍子，怕他怎的？」長老叱道：「教拿過獃子來，打他二十禪杖！」行者果一把揪翻，長老舉杖就打。獃子喊叫道：「駙馬爺爺，饒罪，饒罪。」旁有陪宴官勸住。獃子爬將起來，嚷嚷突突的道：「好貴人，好駙馬，親還未成，就行起王法來了！」行者侮著他嘴道：「莫亂說，快早睡去！」他們又在留春亭住了一宿，到明早依舊宴樂。

不覺樂了三四日，正值十二日佳辰，有光祿寺、工部各官回奏道：「臣等奉旨，駙馬府已修完，專等粧奩鋪設。合巹宴亦已完備，葷素共五百餘席。」國王心喜，欲請駙馬赴席，忽有內宮官對御前啟奏道：「萬歲，正宮娘娘有請。」國王遂退入內宮，只見那三宮皇后，六院嬪妃，引領著公主，都在昭陽宮談笑。真個是花團錦簇，那一片富麗妖嬈，勝似天堂月殿，不亞仙府瑤宮。

國王喜孜孜進了昭陽宮坐下，后妃同公主等朝拜畢，國王道：「公主賢女，自初八日結彩拋球，幸遇聖僧，想是心願已足。各衙門官又能體朕心，各項事俱已完備。今日正是佳期，可早赴合巹之宴。」那公主近前，倒身下拜，奏道：「父王，乞赦小女萬千之罪，有一言啟奏。這幾日聞得宮官傳說，唐聖僧有三個徒弟，都生得十分醜惡。小女不敢見他，萬望父王先將他發放出城，方不致驚傷弱體，反為禍害也。」國王道：「孩兒不說，朕幾乎忘了。那三個果然生得醜惡。連日安置他在御花園裏管待，趁今日就上殿打發關文，教他出城，卻好會宴。」公主叩頭謝了恩。國王即出宮上殿，傳旨請駙馬共他三位。

原來唐僧掐指頭兒算日子，熬至十二日，天未明，就與他三人計較道：「今日卻是十二了，這事如何區處？」行者道：「那國王我已識得他有些晦氣，還未沾身，不為大害，但只不得公主見面。若得出來，老孫一見，就知真假，方纔動作，你只管放心。他如今一定來請，打發我等出城，我閃閃身兒就來，緊緊隨護你也。」

師徒們正講，果見當駕官同儀制司來請。行者笑道：「去來，去來！」帶了行李、馬匹，隨那些官到於丹墀下。國王見了，教請行者三位近前道：「汝等將關文拿上來，朕當用寶花押，交付汝等，外多備盤纏，送你三位早去靈山見佛。若取經回來，還有重謝。留駙馬在此，勿得懸念。」行者稱謝。遂取出關文遞上。國王看了，即用了印，押了花字，又取黃金十錠，白金二十錠，聊表親禮。八戒即去接了。行者朝上唱個喏，叫聲「多謝」，便轉身要走。慌得三藏向前扯住道：「你們當真的都去了！」行者把手捏著三藏手掌，丟個眼色道：「你在這裏寬懷歡會，我等取了經，回來看你。」國王即請駙馬上殿，著多官送三位出朝。長老只得放手上殿。行者三人同眾出了朝門，各自相別。

行者等還走到驛中。驛丞接入，看著擺飯。行者對八戒、沙僧道：「你兩個只在此，切莫出頭。但驛丞問甚麼事情，且含糊答應，莫與我說話。我保師父去也。」他即拔一根毫毛，變作本身模樣在驛內，真身卻跳在半空，變作一個蜜蜂兒，輕輕的飛入朝中。見那唐僧在國王左邊繡墩上坐著，愁眉不展，竟飛至他耳邊，悄悄的叫道：「師父，我來了，切莫憂慮。」這句話只有唐僧聽見，唐僧始覺心寬。不一時，宮官來請道：「萬歲，合巹嘉筵已排設在鳷鵲宮中，娘娘與公主俱在宮伺候，專請萬歲同貴人會親也。」國王欣喜不盡，即同駙馬進宮而去，畢竟不知唐僧入宮何如，且聽下回分解。

卻說唐僧隨著國王至後宮，只聞得鼓樂喧天，異香撲鼻，低著頭不敢仰視。行者暗裏欣然，釘在那毗盧帽頂上，運神光睜眼觀看。又只見那兩班彩女，擺列的似蕊宮仙府，煞強似錦帳銀屏。行者見師父全不動念，暗自咂嘴誇讚。

少時，皇后、嬪妃簇擁著公主出鳷鵲宮，一齊迎接，都道聲：「我王萬歲，萬萬歲！」慌得個長老戰戰兢兢，莫知所措。行者早已看破，見那公主頭直上微露出一點妖氛，卻也不十分兇惡，即忙近耳邊叫道：「師父，公主是個假的。」長老道：「是假的，卻如何教他現相？」行者道：「使出法身，就此拿他也。」長老道：「不可，不可，恐驚了主駕。且待君后散，再使法力。」

那行者一生性急，那裏容得，即現了本相，大咤一聲，趕上前揪住公主罵道：「好孽畜，你在這裏弄假成真，只這等受用也儘彀了，心尚不足，還要騙我師父，破他的真陽，遂你的淫性哩！」唬得那國王獃獃掙掙，后妃跌跌爬爬，宮娥彩女，無一個不東躲西藏，各顧性命。三藏慌了手腳，戰兢兢抱住國王，只叫：「陛下，莫怕，莫怕，此是我頑徒使法力，辨真假也。」

那妖精見事不諧，掙脫了手，解剝了衣服，捽落了釵環首飾，即跑到御花園土地廟裏，取出一條碓嘴樣的短棍，急轉身來亂打行者。行者隨即跟著，使鐵棒劈面相迎。他兩個吆吆喝喝，就在花園內鬥起。後卻大顯神通，各駕雲霧，在半空中賭鬥。唬得那滿城百姓心慌，朝裏多官膽怕。長老扶著國王只叫休驚，勸娘娘與眾等莫怕，「你公主是個妖邪假作真形的，等我徒弟拿住他，方知好歹也。」那些妃子把那衣服、釵環拿與皇后看了，道：「這是公主穿戴的，今都丟下，精著身子，與那和尚在天上爭打，必定是個妖邪。」此時國王、后妃人等纔正了性，大家望空仰視。

卻說那妖與大聖鬥經半日，不分勝敗。行者把棒丟起，叫一聲「變」，就以一變十，以十變百，半天裏好似蛇游蟒攪，亂打妖邪。那妖慌了，將身一閃，化道清風，即奔碧空之上逃走。行者收了鐵棒，縱祥光一直趕來。將近西天門，望見那旌旗閃灼，行者厲聲高叫道：「把天門的，擋住妖精，不要放他走了！」真個那天門上有護國天王，帥領著龐、劉、苟、畢四大元帥，各輪兵器攔阻，妖邪不能進去，急回頭，捨死忘生，使短棍又與行者相持。

這大聖輪鐵棒迎著，仔細看那短棍兒，一頭大，一頭小，卻似舂碓臼的杵頭模樣，喝道：「孽畜，你拿的是甚麼器械，敢與老孫抵敵！」那妖咬著牙道：「你也不知我這兵器！聽我道來：

仙根是段羊脂玉，磨琢成形不計年。混沌開時已屬我，久住蟾宮桂殿邊。
這般器械名頭大，在你金箍棒子前。廣寒宮裏搗藥杵，打人一下命歸泉。」

行者聞說，呵呵笑道：「好孽畜呵！你既住在蟾宮之內，就不知老孫的手段，你還敢在此支吾？快早現相降伏，饒你性命。」那怪道：「我認得你是五百年前大鬧天宮的弼馬溫，理當讓你。但只是破人親事，如殺父母之仇，故此情理不甘，定要打你！」行者大怒，舉棒劈面就打，那妖輪杵相迎。就於西天門外發狠相持，又鬥了十數回。

那妖料難取勝，虛丟一杵，將身幌一幌，金光萬道，徑奔正南上走。大聖隨後追襲。忽至一座大山，妖精按金光鑽入山洞，寂然不見。又恐他遁身回國，暗害唐僧，他認了這山的規模，返雲頭徑轉國內。

此時有申時矣，那國王、妃后正俱愴惶，只見大聖自雲端落下，叫道：「師父，我來也！」三藏道：「悟空立住，不可驚了聖躬。我問你，假公主之事，端的如何？」行者立於鳷鵲宮外，叉手當胸道：「假公主是個妖邪。我與他打了半日，他戰不過我，敗回到一座山上。我急追至山，無處尋覓，恐怕他來此害你，特地回顧。」國王聽說，扯住唐僧問道：「既然假公主是個妖邪，我真公主在於何處？」行者應道：「待我拿住假公主，你那真公主自然來也。」那后妃等聞得此言，都解了恐懼，一個個上前拜告道：「望聖僧救得我真公主來，必當重謝。」行者道：「此間不是我們說話處。請陛下與我師出宮上殿，娘娘等各轉回宮，召我師弟八戒、沙僧來保護著師父，我卻好去降妖。一則分了內外，二則免我懸掛。必當辨明此事，以表我一場心力。」國王感謝不已，遂與唐僧攜手出宮，徑至殿上。眾宮妃各各回宮。一壁廂教備素膳，一壁廂召八戒、沙僧。須臾間，二人早至。行者備言前事，教他兩個用心護持。

這大聖縱雲飛空而去，徑至正南方那座山上找尋。原來那妖到此山，鑽入窩中，將門兒使石塊擋塞，藏隱不出。行者尋了一會，不見動靜，心甚焦惱，遂捻著訣，念動真言，喚出那山神、土地問道：「我且不打你。我問你，這山叫作甚麼名字，此處有多少妖精，從實說來，饒你罪過。」二神告道：「大聖，此山喚作毛穎山，山中只有三處兔穴，亘古至今，沒有妖怪，乃五環之福地也。大聖要尋妖精，還是西天路上去有。」行者道：「我方纔趕一妖精到此，如何不見？」

二神聽說，即引行者去那三窟中尋找。先到山腳下穴邊看處，只有幾個草兔兒，驚得走了。尋至絕頂上窟中看時，只見兩塊大石頭將窟門擋住。土地道：「此間必是妖邪趕急鑽進去也。」行者即使鐵棒，捎開石塊。那妖果藏在裏面，呼的一聲，就跳將出來，舉杵來打，行者輪棒架住。唬得那山神倒退，土地忙奔。那妖口裏罵著山神、土地道：「誰教你引他往這裏來找尋！」他支支撐撐的，抵著鐵棒，且戰且退，奔至空中。

卻又天色晚了。這行者愈發狠性，恨不得一棒打殺。忽聽得九霄碧漢之間，有人高叫道：「大聖，莫動手！」行者回頭看時，原來是太陰星君，後帶著姮娥仙子，降彩雲到於當面，慌得行者收了棒，躬身施禮道：「老太陰，往那裏去。」太陰道：「與你對敵的這個妖邪，是我廣寒宮搗玄霜仙藥之玉兔。他私自偷開玉關金鎖，走出宮來，今經一載。我算他目下有傷命之災，特來救他性命。望大聖看老身饒他罷！」行者喏喏連聲道：「不敢，不敢。怪道他會使搗藥杵，原來是個玉兔兒！老太陰不知，他攝藏了天竺國王之公主，卻又假合真形，欲破我師父之元陽，其情罪實難輕恕。」太陰道：「你卻不知。那國王之公主，也不是凡人，原是蟾宮中之素娥。二十年前，他曾把玉兔兒打了一掌，卻就思凡下界，一靈遂投於國王正宮皇后之腹，得為公主。這兔兒懷那一掌之仇，故於舊年私走出宮，抛素娥於荒野。但只是不該欲配唐僧，此罪真不可逭。幸汝識破真假，卻也未曾傷損你師。萬望看我面上，恕他之罪，我收他去也。」行者笑道：「既有這些因果，老孫也不敢抗違。只是你收了這兔兒，恐那國王不信，敢煩太陰君同眾仙妹，將兔兒拿到那廂，對國王明證明證。一則顯老孫之手段，二來說那素娥下降之因由，然後著那國王取素娥公主之身，以見顯報之意也。」

太陰君聽説，用手指定那妖，喝道：「孽畜還不歸正同來！」玉兔兒打個滾，現了原身。

大聖見了，不勝忻喜，踏雲光向前，引導那太陰君領著衆姮娥仙子，帶著玉兔兒，徑轉天竺國界。此時正黄昏，看看月上，譙樓方纔擂鼓，那國王與唐僧等俱在殿上，正議退朝。只見正南上一片彩霞，光明如晝，又聞得大聖厲聲高叫道：「天竺陛下，請出你那皇后嬪妃看者。這寶幢下乃月宫太陰星君，兩邊的仙妹是月裏嫦娥。這個玉兔兒卻是你家的假公主，今現真相也。」那國王急召皇后、嬪妃與宫娥、彩女等衆，朝天禮拜，他和唐僧及多官亦俱望空拜謝。滿城中各家各户，也無一人不設香案，叩頭念佛。正觀看處，八戒動了欲心，忍不住跳在空中，把霓裳仙子抱住道：「姐姐，我與你是舊相識，我和你耍子兒去耶！」行者上前，揪住八戒，打了兩掌，罵道：「你這個村潑獃子，此是甚麽去處，敢動淫心！」八戒道：「拉閑散悶，耍子而已！」那太陰君即命轉仙幢，與姮娥收回玉兔。徑上月宫而去。

行者把八戒揪落塵埃。這國王在殿上又謝了行者，道：「多感神僧大法力，捉了假公主，朕之真公主卻在何處？」行者道：「你那真公主也不是凡胎，就是月宫裏素娥仙子下界。因二十年前，他將玉兔兒打了一掌。那兔兒懷恨前仇，所以於舊年走下來，把素娥攝拋荒野，他卻變形哄你。這段因果，是太陰君纔與我説的。今日既去其假者，明日請御駕去尋其真者。」國王聞説，止不住腮邊流淚道：「孩兒！我自幼登基，雖城門也不曾出去，卻教我那裏去尋你也！」行者笑道：「不須煩惱，你公主現在給孤布金寺裏。今日各散，到天明我還你個真公主便了。」衆官拜伏奏道：「我王且寬心。這幾位神僧，乃騰雲駕霧之佛，明日敬煩同去一尋，便知端的。」國王依言，即請至留春亭擺齋安歇。正是那：

銅壺漏斷月華明，金鐸叮噹風送聲。杜宇正啼春去半，落花無語近三更。

這一夜，國王退了妖氣，陡長精神。至五更三點，復出臨朝，朝畢命請唐僧四眾。長老隨至，朝上行禮，大聖三人一同打個問訊。國王欠身道：「昨所云公主孩兒，敢煩神僧為一尋救。」長老即將布金寺女子粧風之事，細說一遍。國王聽罷，放聲大哭。早驚動三宮六院，都來問及前因，無一人不悲痛者。良久，國王便問布金寺離城多遠，三藏道：「只有六十里路。」國王即傳旨：「著東西二宮守殿，太師掌朝，朕同正宮皇后帥多官、四神僧，去寺取公主也。」

當時擺駕，一行出朝。行者就跳在空中，把腰一扭，先到了寺裏。眾僧慌忙跪接道：「老爺去時，與眾步行，今日何從天上下來？」行者笑道：「你那老師在於何處？快叫他出來，排設香案接駕。天竺國王、皇后、多官與我師父都來了。」眾僧不解其意，即請出那老僧。老僧見了行者，倒身下拜道：「老爺，公主之事如何？」行者把上項事備陳了一遍，那老僧又磕頭拜謝。行者攙起道：「且莫拜，快安排接駕。」眾僧纔知後房裏鎖的是個女子，一個個驚驚喜喜，便都去擺香案，穿袈裟，撞起鐘鼓等候。不多時，王駕就到了山門之外，只見那些眾僧，齊齊整整，俯伏接拜，又見行者立在中間。國王道：「神僧何先到此？」行者笑道：「老孫把腰略扭扭兒就到了。你們怎麼就走這半日？」隨後唐僧等俱到，即引駕到於後面房邊。那公主還粧風亂說哩，老僧跪指道：「此房內就是舊年風吹來的公主娘娘。」即忙打開鎖，開了門。國王與皇后見了公主，認得形容，近前一把摟抱道：「我的受苦的兒呵，你怎麼遭這等折磨，在此受罪！」真是父母子女相逢，比他人不同。三人抱頭大哭。哭了一會，敘畢離情，即令取香湯，教公主沐浴更衣，上輦回國。

行者又對國王拱手道：「老孫還有一事奉聞。」國王答禮道：「神僧有何吩咐？」行者道：「他這山名為百腳山。近來說有蜈蚣成精，黑夜傷人，往來行旅，甚為不便。我思蜈蚣惟雞可以降伏，可選絕大雄雞千隻，撒放山中，除此毒蟲。就將此山名改換改換，賜文一道敕封，只當謝此僧供養公主之恩也。」國王甚喜領諾，隨差官進城取雞，又改山名為寶華山，仍著工部辦料重修，賜與封號，喚作「敕建寶華山給孤布金寺」，把那老僧封為報國僧官，永遠世襲，賜俸三十六石。僧眾謝了恩，送駕回宮。公主入宮，各各相見，安排筵宴，與公主釋悶賀喜。后妃母子，復聚首團圓。國王君臣，亦欣喜共宴一宵。

次早，國王傳旨，召丹青圖下四眾喜容，供養在鎮華閣上。又請公主重整新粧，出殿謝四眾救苦之恩。謝畢，唐僧辭王西去。那國王那裏肯放，大設佳宴，一連吃了五六日。國王見他們拜佛心重，苦留不住，遂取金銀二百錠、寶貝各一盤奉謝，師徒們一毫也不肯受。國王即叫擺鑾駕，請老師父登輦，差官遠送，那君臣士民人等俱各叩謝不盡。及至前途，又見眾僧叩送，盡俱不肯回去，行者只得捻個訣，往巽地上吹口氣，一陣暗風，把送的人都迷了眼目，方纔得脫身而去。畢竟不知前路如何，且聽下回分解。

第九十六回　寇員外喜待高僧　唐長老不貪富惠

色色色原無色，空空空亦非空。靜喧語默本來同，夢裏何勞說夢。有用用中無用，無功功裏施功。還如果熟自然紅，莫問如何修種。

話表唐僧師眾，使法力阻住那布金寺僧。僧見黑風過處，不見他師徒，以為活佛臨凡，磕頭而回不題。他師徒西行，正是春盡夏初時節，說不盡那朝餐暮宿，轉澗尋坡。在那平安路上，行經半月，前邊又見一城垣相近。三藏問道：「徒弟，此又是甚麼去處？」行者道：「不知，不知。」八戒笑道：「這路是你行過的，怎說不知？想是故意捉弄我們哩！」行者道：「這獃子全不察哩！這路雖是走過幾遍，那時只在九霄空裏，雲來雲去，何曾落在此地？事不關心，查他做甚，此所以不知，卻有甚的捉弄也。」

說話間，不覺已至邊前。三藏下馬，過吊橋，徑入門裏。長街上，只見那廊下坐著兩個老兒敘話。三藏叫徒弟在那街心裏站住，他近前合掌道：「老施主，貧僧問訊了。」那二老正在那裏閒論甚麼興衰得失，誰聖誰賢，當時英雄事業，而今安在，誠可為大歎息。忽聽得道聲問訊，隨答禮道：「長老有何話說？」三藏道：「貧僧乃遠方來拜佛祖的，適到寶方，不知是甚地名，那裏有向善的人家化齋一頓？」老者道：「我敝處是銅臺府，府後有一縣，叫作地靈縣。長老若要吃齋，不須募化，過此牌坊，有一個寇員外家。他門前有個『萬僧不阻』之牌。似你這遠方僧，儘著受用。去，去，去，莫打斷我們的話頭。」三藏謝了，轉身對行者說知。四眾緩步至長街，又惹得那市口裏人都驚驚恐恐，猜猜疑疑的，圍繞爭看。長老吩咐只教莫放肆，三人果低著頭，不敢仰視。

轉過拐角，正行處，只見一個虎坐門樓，門裏邊影壁上掛著一面大牌，書著「萬僧不阻」四字。三藏點頭歎道：「西方佛地，果然不差。」八戒就要進去。行者道：「獃子且住。待有人出來問及，方可進去。」遂在門口歇下馬匹、行李。須臾間，有個蒼頭出來，提著一把秤，一隻籃兒，猛然看見，慌的丟了，倒跑進去報道：「主公，外面有四個異樣僧人來也！」那員外拄著拐，正在天井中閒走，口裏不住的念佛。一聞報道，就丟了拐，出來迎接。見他四眾，也不怕醜惡，只叫：「請進，請進。」三藏謙謙遜遜，一同都入。轉過一條巷，員外引路，至一座房裏，說道：「此上首房宇，乃接待老爺佛堂、經堂、齋堂。下首的，是我弟子老小居住。」三藏稱讚不已。隨取袈裟穿了拜佛，舉步登堂，淨手拈香，叩頭拜畢，卻轉回與員外行禮。員外挽住，請到經堂中相見。

長老正欲行禮，那員外又攙住道：「請寬佛衣。」三藏脫了袈裟，纔與長老見了禮。又請行者三人見了。叫把馬餵養，行李安在廊下，方問起居。三藏道：「貧僧是東土大唐欽差，詣寶方上靈山見佛祖求真經者。聞知尊府敬僧，故此拜見，求一齋就行。」員外面生喜色，笑吟吟的道：「弟子賤名寇洪，字大寬，虛度六十四歲。自四十歲上，許齋萬僧，纔做圓滿。今已二十四年，已齋過九千九百九十六眾，止少四眾，不得圓滿。今日可可的天降老師四位，圓滿萬僧之數。好歹寬住月餘，待做了圓滿，弟子著轎馬送老師上山。此間到靈山只有八百里路，苦不遠也。」三藏聞言，十分歡喜，就權且應承不題。

他那些大小家僮，往宅裏搬柴打水，整治齋供。忽驚動媽媽問道：「是那裏來的僧，這等上緊？」僮僕道：「纔有四位異僧，爹爹問他起居，他說是東土大唐皇帝差來的，往靈山拜佛爺爺，到我們這裏不知有多少路程。爹爹說是天降的，吩咐我們快整齋供養他也。」那老嫗聽說也喜，叫丫鬟：「取衣服來我穿，我也去看看。」那僮僕跑至經堂，對員外說了。三藏即起身下座，老嫗已至堂前。舉目見唐僧丰姿英偉，轉面見行者三人模樣非凡，雖料他是天人下降，卻也有幾分悚懼，朝上跪拜。三藏急急回禮道：「有勞菩薩錯敬。」老嫗問員外道：「四位師父，怎不併坐？」八戒掬著嘴道：「我三個是徒弟。」噫！他這一聲，就如深山虎嘯，那媽媽一發害怕。

正說處，又見兩個年少秀才走上經堂，對長老倒身下拜，慌得三藏急忙還禮。員外上前扯住道：「這是我兩個小兒，喚名寇樑、寇棟，在書房裏讀書方回，來吃午飯。知老師下降，故來拜也。」三藏喜道：「賢哉，賢哉！正是欲高門第須為善，要好兒孫在讀書。」二秀才啟上父親道：「這老爺是那裏來的？」員外笑道：「來路遠哩，南贍部洲東土大唐皇帝欽差到靈山拜佛祖爺爺取經的。」秀才道：「我看《事林廣記》上，概天下只有四大部洲。我們這裏是西牛賀洲，想南贍部洲至此，不知走了多少年代？」三藏笑道：「貧僧在路，耽閣的日子多，行的日子少。常遭毒魔狠怪，萬苦千辛。共計一十四遍寒暑，方得至寶方。」秀才聞言，稱獎不盡道：「真是神僧，真是神僧！」說未畢，小使來請進齋。員外著媽媽與兒子轉宅，他卻陪四眾進齋堂吃齋。鋪設得甚是齊整。只見那上湯的上湯，添飯的添飯。一往一來，真如流星趕月。

這八戒一口一碗，就是風捲殘雲。師徒們儘受用了一頓。長老起身，對員外謝了齋，就欲走路。那員外攔住道：「老師，放心住幾日兒。常言道：『起頭容易結梢難。』只等我做過了圓滿，方敢送程。」三藏見他心誠意懇，沒奈何只得住了。

早經過五七遍朝夕，那員外纔請了本處應佛僧二十四員，辦做圓滿道場。眾僧們寫作有三四日，選定良辰，開啟佛事。做了三晝夜道場已畢，唐僧想著雷音，一心要去，又相辭謝。員外道：「老師辭別甚急，想是連日佛事冗忙，多致簡慢，有見怪之意。」三藏道：「深擾尊府，不知何以為報，怎敢言怪？但只當時唐王送我出城，問幾時可回，我就誤答三年可回。不期在路耽閣，今已十四年矣！取經未知有無，及回又得十二三年，豈不違背聖旨，罪何可當！望老員外讓貧僧前去，待取得經回，再造府久住些時，有何不可。」八戒忍不住高叫道：「師父忒也不近人情！老員外大家巨富，許下這等齋僧之願，今已圓滿，又況留得至誠，就住年把，也不妨事，只管要去怎的？放下這等現成好齋不吃，卻往人家化募，前頭有你甚老爺、老娘家哩？」長老咄的一聲道：「你這夯貨，只知好吃，更不管回向之因，正是那初世為人的畜生。汝等既要貪此安享，明日等我自家去罷！」行者見師父變了臉，即揪住八戒，著頭打一頓拳，罵道：「獃子不知好歹，惹得師父連我們都怪了。」那獃子氣呼呼的，立在旁邊，再不敢言。員外只是滿面陪笑道：「老師莫焦燥，今日且少寬容，待明日我辦些旗鼓，請幾個親鄰，送你們起程。」

正講處，那老嫗又出來道：「老師父，到舍幾日了？」三藏道：「已半月矣。」老嫗道：「這半月算我員外的功德。老身也有些針綫錢兒，也願齋老師父半月。」說不了，寇樑兄弟又出來道：「四位老爺，家父齋僧二十餘年，更不曾遇著好人。今幸圓滿，四位下降，誠然是蓬屋生輝。學生年幼，不知因果，常聞得有云：『公修公得，婆修婆得，不修不得。』我家父、家母，各求因果，就是愚兄弟也省得有些束脩錢兒，也只望供養老爺半月，方纔送行。」三藏道：「令堂老菩薩盛情，已不敢領，怎麼又承賢昆玉厚愛？決不敢領。今日定要起身，萬勿見罪。不然，久違欽限，罪不容誅矣。」那老嫗與二子見他執性不住，便惱起來道：「好意留他，他這等執性要去，要去便就去了罷，只管嘮叨甚麼！」母子遂抽身進去。

員外又見他師徒們煩惱，再也不敢苦留，遂此出了經堂，吩咐書辦寫帖兒，邀請鄰里親戚，明早奉送唐朝老師西行。一壁廂又叫庖人安排筵宴，管辦的置辦彩旗，覓一班鼓手、樂人，請一班和尚、道士，限明日巳時，俱要整齊。眾人俱領命去訖。不多時，天又晚了。吃了晚齋，各歸寢處。

你看那些管事的家僮，東走西跑，上呼下應。一夜直忙到天明，將至巳時，各項俱完。唐僧師徒早起，收拾行李、馬匹伺候。只要起身。員外又請至後面大敞廳內。那裏面又鋪設了筵宴，比齋堂相待更是不同。長老正與員外作禮，只見客俱到了。卻是那請來的左鄰右舍、親眷朋友，一齊都向長老禮拜，拜畢敍坐。只見堂下鼓瑟吹笙，堂上弦歌酒宴。這一席盛宴，果不比泛常。

長老領罷，謝了員外和眾人，一同出行。那門外擺列著彩旗、寶蓋，鼓手、樂人，兩班僧道。眾等讓長老四眾前行。只聞得鼓樂喧天，旗旛蔽日，人煙湊集，車馬駢填，都來看寇員外迎送唐僧，這一場富貴無比。那一班僧打一套佛曲，那一班道吹一道玄音，俱送出府城門外。行至十里長亭，又設有素筵，擎杯把盞，勸飲相別。那員外噙著淚道：「老師取經回來，是必到舍再住幾日，以了我寇洪之心。」三藏感之不盡道：「我若到靈山，得見佛祖，首表員外之大德。回時定踵門叩謝。」説説話兒，不覺的又有二三里路。長老懇切拜辭，那員外纔放聲大哭而轉。這正是：

有願齋僧歸妙覺，無緣得見佛如來。

卻説他師徒四眾，行有四五十里之地，天色將晚。長老道：「天晚了，何方借宿？」八戒努著嘴道：「放了現成茶飯不吃，清涼瓦屋不住，卻要走甚麼路。如今天晚，倘下起雨來，卻如之何？」三藏罵道：「潑孽畜，又來報怨了！常言道：『長安雖好，不是久戀之家。』待我們有緣拜了佛祖，取得真經，那時回轉大唐，奏過主公，將那御廚裏飯，憑你吃上幾年，脹死你這孽畜，教你做個飽鬼。」那獃子吸吸的暗笑，不敢復言。

行者舉目遙觀，只見大路旁有幾間房宇，急對師父道：「那裏安歇。」長老至前，見是一座倒塌的牌坊，坊上有一舊匾，乃「華光行院」四字。長老下了馬道：「華光菩薩是火焰五光佛的徒弟，因剿除毒火鬼王，降了職，化作五顯靈官。此間必有廟祝。」遂一齊進去。見廊房俱倒，牆壁皆傾，更不見人之蹤跡，只是雜草叢蒿。欲抽身而出，不期天上黑雲蓋頂，大雨淋漓。沒奈何，卻在那破房之下，將就躲避，密密寂寂，不敢高聲，恐有妖邪知覺。坐的坐，站的站，苦捱了一夜未睡。咦！真個是：

泰中還有否，樂處又逢悲。

畢竟不知天曉還是如何，且聽下回分解。

且不言唐僧等在華光破屋中，苦捱夜雨存身。卻說銅臺府地靈縣城內有夥賊徒，專以打劫為生。他算道本城那家是第一個財主，那家是第二個財主，好去下手。內有一人道：「也不用緝訪算計，只有今日送那唐朝和尚的寇家，十分富厚。我們乘此夜雨，街上人也不防備，火甲等也不巡邏，去劫他些金銀用度，豈不美哉！」眾賊歡喜齊心，都帶了兇器、火把，冒雨前來。打開寇家大門，吶喊殺入。慌得他家裏大小男女，俱躲個乾淨。媽媽兒躲在牀底，老頭兒閃在門後，寇樑、寇棟與幾個兒女都四散逃命。那夥賊，拿著刀，點著火，將他家金銀寶貝、首飾衣服、器皿傢伙，盡情搜劫。那員外割捨不得，拚了命走出門來，對眾賊哀告道：「列位大王，彀你用的便罷，還留幾件衣物與我老漢送終。」那賊那容分說，趕上前，把寇員外撩陰一腳，踢翻在地，可憐三魂渺渺歸陰府，七魄悠悠別世人。眾賊得了手，越城而出，冒著雨連夜奔西而去。那寇家僮僕，見賊退了，方敢出頭。及看時，老員外已死在地下。放聲哭道：「天呀，主人公已打死了！」眾皆伏屍而哭，悲悲啼啼。

將四更時，那媽媽想恨唐僧等不受他的齋供，因為花撲撲的送他，惹出這場災禍，便生妒害之心，欲陷他四眾。扶著寇樑道：「兒啊，不須哭了。你老子今日也齋僧，明日也齋僧，豈知今日做圓滿，齋著這一夥送命僧也！」他兄弟道：「母親，怎麼是送命僧？」媽媽道：「賊勢兇勇，殺進房來，我躲在牀下，留心向燈火處看得明白。你說是誰？點火的是唐僧，持刀的是豬八戒，搬金銀的是沙和尚，打死你父親的是孫行者。」二子聽言，認了真實道：「母親既然看得明白，必定是了。他在我家住了半月，將門牆巷道俱看熟了，財動人心，所以乘此夜雨，復到我家。既劫去財物，又害了父親，此情何毒！待天明到府裏遞失狀，坐名告他。」寇棟道：「失狀如何寫？」寇梁道：「就依母親之言，寫道：

唐僧點著火，八戒叫殺人。沙和尚劫出金銀去，孫行者打死我父親。」

一家子吵吵鬧鬧，不覺天曉。一壁廂買辦棺木，一壁廂赴府投告。原來這銅臺府刺史正直賢良，名聲素著。當時坐了堂，擡出放告牌。這寇家兄弟抱牌而入，跪倒高叫道：「爺爺，小的們是告強盜劫財殺人重情事。」刺史接上狀去看了，問了備細，即叫點起馬步快手民壯，共有百五十人，各執鋒利器械，出西門一直追趕唐僧四眾。

卻說他師徒們在那破屋下捱至天曉，方纔出門，上路奔西。可可的那些強盜當夜繫出城外，也向這條路上，走過華光院，西去有二十里遠近，藏於山凹中，分撥金銀等物。分還未了，忽見唐僧四眾前來，眾賊心猶不歇，指定唐僧道：「那不是昨日送行的和尚來了！」眾賊笑道：「來得好，來得好，我們也總是幹這沒天理的買賣。這些和尚沿路來，又在寇家許久，不知身邊有多少東西。我們索性去截住他，奪了盤纏，搶了白馬湊分，卻不是好？」眾賊遂持兵器，吶一聲喊，跑上大路，一字兒擺開，叫道：「和尚，不要走，快留下買路錢，饒你性命！」唬得唐僧在馬上亂戰，行者笑道：「師父莫怕，等老孫去問他一問。」

即走近前，叉手當胸道：「列位是做甚麼的？」賊徒喝道：「這廝不知死活，敢來問我！你額顱下沒眼，不認得我是大王爺爺？快將買路錢來，放你過去。」行者聞言，滿面陪笑道：「你原來是剪徑的強盜。」賊徒發狠叫殺了。行者假驚恐道：「大王，大王，我是鄉村中的和尚，不會說話，衝撞莫怪！若要買路錢，不要問那三個，只消問我。我是個管賬的。凡有經錢、襯錢、化緣佈施的，都在包袱中，盡是我管出入。那騎馬的雖是我師父，他卻只會念經，不管閒事。那個黑臉的，是我半路上收的個後生，只會養馬。那個長嘴的，是我傭的長工，只會挑擔。你把三個放過去，我將盤纏、衣缽盡情送你。」眾賊聽說：「這個和尚倒是個老實頭兒。即如此，饒了你命，教那三個丟下行李，放他過去。」行者回頭使個眼色，沙僧就丟了行李擔子，與三藏牽著馬，同八戒往西徑走。行者低頭打開包袱，就地搗把塵土，往上一灑，念動咒語，乃是個定身法兒，喝一聲「住」。那夥賊共有三十來名，一個個睜著眼，撒著手，直直的站定，不能言動。行者跳出路口，叫師父：「回來，回來！」長老即勒回馬，到眼前問悟空何事？行者道：「你們看這些賊是怎的說？」八戒近前推著他叫道：「強盜，你怎的不動彈了？」那賊渾然無知，不言不語。八戒道：「好是癡啞的了！」行者笑道：「是老孫使個定身法兒定住也。師父請下馬坐著。常言道：『只有錯拿，沒有錯放。』兄弟，你們把賊都放倒捆了，等我且審他一審。」即拔下些毫毛，變作三十條繩索，一齊把賊扳翻，都四馬攢蹄捆住，卻又念念解咒，那夥賊漸漸甦醒。

行者執著棒，喝道：「毛賊！你們一起有多少人，做了幾年買賣，打劫了有多少東西，可曾殺傷人口，還是初犯卻是二犯，三犯，一一從實供來！」眾賊叫道：「爺爺，我們不是久慣做賊的，都是好人家子弟。只因不才，將父祖家業花費盡了，無錢使用，訪知寇員外家豪富，昨去打劫得些金銀服飾，在這裏正自分贓。忽見老爺們來，內中有認得是寇家送行的，必定身邊有物，又見行李沈重，人心不足，故又來邀截。豈知老爺有大法力，將我們捆住。萬望老爺慈悲，收去那劫的財物，饒了我等性命罷！」

三藏聽說是寇家劫的財物，猛吃一驚，慌忙站起道：「悟空，寇員外十分好善，如何招此災厄？」行者笑道：「只為送我們起身，那等奢華炫耀，驚動了人的眼目，所以這夥賊徒就去下手。今又幸遇我們，奪下這許多東西。」三藏道：「我們感他厚情，無以為報，不如將此財物送還他家，卻不是一件好事？」行者依言，即與八戒、沙僧，去山凹裏取將那些贓物，收拾了，馱在馬上。又叫八戒挑了一擔金銀，沙僧挑著自己行李。行者欲將這夥強盜打死，又恐師父怪他傷生，只得將身一抖，收上毫毛。那夥賊鬆了手腳，爬起來，一個個落草逃生而去。這唐僧轉步回身，將財物送還員外。這一去，卻似飛蛾投火，反受其殃。

師徒們正行處，忽見那槍刀簇簇而來。三藏大驚道：「徒弟，你看那兵器簇擁，是甚好歹？」八戒道：「禍來了，這是放去的強盜，他夥些人，轉過路來與我們鬥殺也！」沙僧道：「那來的不是賊勢，大哥你仔細觀之。」行者悄悄的向沙僧道：「師父的災星又到了，此必是捕賊的官兵。」言未了，眾兵一擁近前，撒開圈子陣，把他師徒圍住，叫道：「好和尚，劫掠了人家的東西，還在這裏搖擺哩！」一齊下手，先把唐僧抓下馬來，用繩捆了，又把行者三人也都捆起，穿上扛子，兩個擡一個，趕著馬，奪了擔，徑轉府城。只見那：

唐三藏戰兢兢，滴淚難言。豬八戒絮叨叨，心中報怨。沙和尚囊突突，意下躊躇。

孫行者笑唏唏，要施手段。

眾官兵簇擁扛擡，須臾間拿到城裏，徑自解上黃堂報道：「老爺，民快人等捕獲強盜來了。」那刺史端坐堂上，賞勞了民快，撿看了賊贓，即叫寇家領去。卻將三藏等提近廳前，問道：「你這起和尚，口稱是東土遠來，向西天拜佛，卻原來是些打家劫舍之賊！」三藏道：「大人容告，貧僧實不是賊，隨身見有通關文牒可照。只因寇員外家齋我等半月，情意深重，我等路遇強盜，奪轉打劫的財物，因送還寇家報恩，不期民快人等捉獲，以為是賊，實不是賊，望大人詳察。」刺史道：「你這廝見官兵捕獲，卻巧言報恩。既是路遇強盜，何不連他捉來，如何只是你四眾？你看寇樑遞有失狀，坐名告你，你還敢展辯！」三藏看了狀子，魂飛魄喪。叫悟空：「你何不上來折辯？」行者道：「有贓是實，折辯何為？」刺史道：「正是啊！贓證見存，還敢抵賴？」叫手下拿腦箍來，把這禿賊的光頭箍他一箍，然後再打。行者想道：「雖是我師父該有此難，卻不可教他受苦。」他見那皂隸們收拾腦箍，即便開口道：「大人且莫箍那個和尚。昨夜打劫寇家，點火的也是我，持刀的也是我，劫財殺人的也是我。我是個賊頭，要打只打我，與他們無干，但只不放我便是。」刺史聞言，就教先箍起這個來，皂隸們齊動手，把行者套上腦箍，收緊了一勒，扢撲的把索子斷了。又結了箍，又扢撲的斷了。一連箍了三四次，他的頭皮也不曾皺皺兒。卻又換索子再結時，只聽得有人來報道：「老爺，都下陳少保爺爺到了，請老爺出郭迎接。」那刺史即命刑房吏：「把賊收監，好生看轄。待我接過上司，再行拷問。」刑房吏遂將唐僧四眾，推進監門。八戒、沙僧將自己行李擔進隨身。

三藏道：「徒弟，這是怎麼起的？」行者笑道：「師父，進去，進去！這裏沒狗叫，倒好耍子。」可憐把四眾捉將進去，一個個都推入轄牀，叩拽了滾肚、敵腦、扳胸，禁子們又來亂打。三藏苦痛難忍，只叫：「悟空！怎的好！」行者道：「他打是要錢哩！常言道：『好處安身，苦處用錢。』如今與他些錢便罷了。」三藏道：「我的錢自何來？」行者道：「若沒錢，衣物也是，把那袈裟與了他罷！」三藏聽說，就如刀刺其心，一時間見他打不過，無奈只得開言道：「悟空，隨你罷！」行者便叫：「列位長官，不必打了。我們那兩個包袱中，有一件錦襴袈裟，價值千金。你們解開拿了去罷！」眾禁子聽言，一齊動手，把兩個包袱解看。雖有幾件衣物，俱不值錢。只見幾層油紙包裹著，內中霞光焰焰，知是好物，抖開看時，只見：

巧妙明珠綴，稀奇佛寶攢。盤龍鋪繡結，飛鳳錦邊襴。

眾皆爭看，又驚動本司獄官，走來喝道：「你們在此嚷甚的？」禁子們跪道：「老爹，纔方提控送下四個和尚，乃是大夥強盜。他見我們打了他幾下，把這件衣服與我們。若眾人扯破分之，其實可惜；若獨歸一人，眾人無利。幸老爹來，憑老爹做個劈著。」獄官見了，乃是一件袈裟。又打開袋內關文一看，見有各國的寶印花押，道：「早是我來看呀，不然，你們都撞出事來了。這和尚不是強盜，切莫動他衣服。待明日大爺再審，方知端的。」眾禁子聽言，將包袱照舊包裹，交與獄官收訖。

漸漸天晚，聽得樓頭起鼓，火甲巡更。捱至四更三點，行者見他們都睡著，他暗想：「師父該有這一夜牢獄之災。老孫不開口使法力者，蓋為此耳。如今四更已過，災將滿矣，我須去打點打點，天明好出牢門。」他即將身小一小，脱出轄牀，搖身一變，變作個蟊蟲兒，從瓦縫裏飛出。見那星光月皎，他認了方向，徑飛向寇家門首。只見那街西下一家兒燈火明亮，又飛近他門口看時，原來是個做豆腐的。見一個老頭兒燒火，媽媽兒擠漿。那老兒忽的叫聲：「媽媽，寇大官且是有子有財，只是沒壽。我和他小時同學讀書，我還大他五歲。他老子叫作寇銘，當時也不上千畝田地，放些租賬，也討不起。他到二十歲時，那銘老兒死了，他掌著家當，其實也是他一步好運。娶的妻是那張旺之女，小名叫作穿針兒，卻倒旺夫。自進他門，種田又收，放賬又起，買著的有利，做著的賺錢，被他如今掙了有十萬家私。他到四十歲上，就回心向善，齋了萬僧，不期昨夜被強盜踢死。可憐今年纔六十四歲，正好享用，何期這等向善，不得好報，乃死於非命，可歎，可歎。」

行者一一聽之，卻早五更初點。他就飛入寇家，只見那堂屋裏已停著棺材，材頭擺列著香燭花果，媽媽在旁啼哭。又見他兩個兒子也來拜哭，兩個媳婦拿兩碗飯兒貢獻。行者就釘在他材頭上，咳嗽了一聲。唬得兩個媳婦查手舞腳的往外跑。寇樑兄弟伏在地下不敢動，只叫：「爹爹，怎麼說？」那媽媽子膽大，把材頭撲了一把道：「老員外，你活了？」行者學著那員外的聲音道：「我不曾活。」兩個兒子一發驚慌。媽媽子硬著膽，又問道：「員外，你不曾活，如何說話？」行者道：「我是閻王差鬼使押將來與你們講話的，說道那張氏穿針兒枉口誑舌，陷害無辜。」那媽媽子聽見叫他小名，慌得跪倒磕頭道：「好老兒呵，這等大年紀還叫我的小名兒！我那些枉口誑舌，害甚麼無辜？」行者喝道：「有個甚麼

唐僧點著火，八戒叫殺人。沙和尚劫出金銀去，孫行者打死你父親？

只因你誑言，把那好人受難。那唐朝四位老爺，路遇強徒，奪將財物，送來還我，是何等好意。你卻假捻失狀，著兒子們告官，官府又未詳審，把他們監禁。那獄神、土地、城隍俱慌了，坐立不寧，報與閻王，閻王轉差鬼使押解我來家，教你們急早解放

他去。不然，教我在家攪鬧一月，將闔門老幼並雞犬之類，一個也不存留！」寇樑兄弟磕頭哀告道：「爹爹請回，切莫傷殘老幼。待天明就去本府投遞解狀，願認招回，只求存歿均安也。」行者聽了，即叫燒紙：「我去呀！」他一家兒都來燒紙。

行者一翅飛起，徑又飛至刺史住宅裏面，低頭觀看，那房裏已有燈光，見刺史已起來了。他就飛進中堂看時，只見中間後壁掛著一軸畫兒，是一個官兒，騎著一匹點子馬，有幾個從人，打著一把青傘，搴著一張交椅，更不識是甚麼故事，行者就釘在中間。忽然那刺史自房裏出來，彎著腰梳洗。行者猛的咳嗽一聲，把刺史唬得慌慌張張，走入房內。梳洗畢，穿了大衣，即走出來，對著畫兒焚香禱告道：「伯考姜公乾一神位。孝姪姜坤三蒙祖上德蔭，忝中甲科，今叨受銅臺府刺史，旦夕侍奉，香火不絕。為何今日發聲，切勿為邪為祟，恐唬家眾。」行者暗笑道：「此事他大爺的神子。」卻就綽著經兒叫道：「坤三賢姪，你做官雖承祖蔭，一向清廉，怎的昨日無知，把四個聖僧當賊，不審來因，囚於禁內。那獄神、土地不安，報與閻王，閻王差鬼使押我來對你說，教你推情察理，快快解放他，不然就叫你去陰司折證也。」刺史聽說，心中悚懼道：「大爺請回，小姪昇堂，當就解放。」行者道：「既如此，燒紙來，我去見閻君回話。」刺史復添香燒紙拜謝。

行者又飛出來看時，東方早已發白。及飛到地靈縣，又見那合縣官都在堂上。他思道：「蟭蟲兒説話，被人看見，露出馬腳來不好。」他就半空中改了個大法身，從空裏伸下一隻腳來，把個縣堂躧滿，口中叫道：「眾官聽著，我乃玉帝差來的浪蕩遊神，説你這府監裏屈打了取經的佛子，驚動三界諸神不安，教我傳説，趁早放他。若還稍遲，教我一腳先蹋死府縣各官，後躧死四境居民，把城池都踏為灰燼！」概縣官吏人等慌得一齊跪拜道：「上聖請回。我們如今進府，稟上府尊，即教放出。千萬莫動腳，驚死下官。」行者纔收了法身，仍變作個蜢蟲兒，飛入監中，依舊鑽入轄牀中間睡著。

卻說那刺史昇堂，纔擡出投文牌去，早有寇樑兄弟抱牌叫喊，將解狀遞上。刺史發怒道：「你昨日遞了失狀，就與你拿了賊來，怎麼今日又來遞解狀？」二人滴淚，將他父親顯魂之事說了一遍道：「望老爺方便，方便。」刺史聽了，暗想道：「他的父親，乃是熱屍新鬼，顯魂報應猶可。我伯父死去五六年了，卻怎麼今夜也來顯魂，教我審放，看起來必是冤枉。」正忖度間，只見那地靈縣知縣等官，急急跑上堂，亂叫道：「老大人，不好了！適纔玉帝差浪蕩遊神下界，教你快放獄中的那幾個和尚，他不是強盜，都是取經的佛子。若少遲延，就要踢殺我等官員，還要把城池連百姓盡皆踏為灰燼。」刺史又大驚失色，即叫刑房吏火速寫牌，開監提出。八戒愁道：「今日又不知怎的打哩！」行者笑道：「包你一下兒也不敢打，老孫俱已幹辦停當。上堂切不可下跪，他還要下來請我們上坐，卻等我發作他你看。」

說不了，已至堂口。那府縣廳衙各官，一見都下來迎接道：「聖僧昨日來時，一則接上司忙迫，二則又見了所獲之贓，未及細問端的。」唐僧合掌躬身，又將前情細陳了一遍。眾官滿口稱認，都道：「錯了，錯了！得罪，得罪！」行者近前努目厲聲道：「我的白馬、行李，快快還我！今日卻該我考較你們了，誣拿平人做賊，你們該得何罪？」各官見他作惡，無一個不怕，即忙叫牽馬取行李來，一一交付明白。你看他三人一個個逞兇，眾官只以寇家遮飾。三藏勸解道：「徒弟，是也不得明白。我們且到寇家去，一則弔問，二來與他對證對證，看是何人見我做賊。」行者道：「說得是。等老孫把那死的叫他起來，看是那個打死他的。」沙僧就在府堂上把唐僧撮上馬，吆吆喝喝，一擁而出。那些府縣多官，也一一俱到寇家。唬得那寇樑兄弟在門前磕頭接進。只見他孝堂之中，一家兒都在孝幔裏啼哭。行者叫道：「那捏謊害人的媽媽子，且莫哭，等老孫叫你老公來，看他說是那個打死的，羞他一羞！」眾官只道行者說的是笑話。行者道：「列位大人，請在此略坐一坐，我去去就來。」他跳出門，望空就起。眾等方纔曉是個騰雲駕霧之仙，一一焚香禮拜。

那大聖一路觔斗雲，直至幽冥地界，徑撞入森羅殿上。慌得那十殿閻王接見，問及此來何事。行者道：「銅臺府地靈縣齋僧的寇洪之鬼，是那個收了？快點查來與我。」秦廣王道：「寇洪善士，也不曾有鬼使勾他，他自家到此，遇著地藏王的金衣童子，他引見地藏王去也。」行者即別了，徑至翠雲宮，見地藏王具言前事。地藏王道：「寇洪陽壽，止該卦數，命終不染牀席。我因他是個善士，收他做個掌善緣簿子的案長。既大聖來取，我再延他陽壽一紀，教他跟大聖去。」金衣童子遂領出寇洪，見了行者。行者道：「你被強盜踢死，此乃陰司地藏王菩薩之處，我老孫特來取你到陽世間對明此事。既蒙菩薩放回，又延你陽壽一紀，待十二年之後你再來也。」那員外頂禮不盡。

行者辭謝了菩薩，將他吹化為氣，綽於衣袖之內，復返陽間。按落雲頭，進了寇家。即喚八戒捎開材蓋，把他魂靈兒推入本身，須臾間透出氣來活了。那員外爬出材來，對唐僧四眾磕頭道：「師父，師父，寇洪死於非命，蒙師父至陰司救活，乃再造之恩！」言謝不已。及回頭見各官羅列，即又磕頭道：「列位老爺都如何在舍？」那刺史也將前事與他說了一遍。那員外跪道：「老爺，其實枉了這四位聖僧！那夜有三十多名強盜，明火執杖，劫去家私，是我向賊理說，不期被他一腳踢死，與這四位何干？」叫過妻子來：「你等如何誣告？請老爺治罪。」當時一家老小只是磕頭，刺史寬恩免究。寇洪教安排筵宴，酬謝府縣厚恩，各各未坐回衙。至次日，再掛齋僧牌，又款留三藏。三藏決不肯住，卻又請親友，辦旌幢，如前送行而去。咦！這正是：

地闊能存凶惡事，天高不負善心人。逍遙穩步如來徑，只到靈山極樂門。

畢竟不知此去見佛如何，且聽下回分解。

第九十八回　猿熟馬馴方脱殼　功成行滿見真如

話説唐僧四衆別了寇員外，上了大路，果然西方佛地，與他處不同。見了些琪花、瑤草，古柏、蒼松。所過地方，家家向善，户户齋僧。每逢山下人修道，又見林間客誦經。師徒們夜宿曉行，又經有六七日，忽見一帶高樓，幾層傑閣。真個是：

沖天百尺能凌漢，拔地千尋可摘星。黃鶴信來秋樹老，彩鸞書到晚風清。

三藏舉鞭遙指道：「悟空，好去處耶！」行者道：「師父，你在那假境界、假佛像處，倒強要下拜。今日到了這真境界、真佛像處，倒還不下馬何也？」三藏聞言，慌得翻身跳下來，已到了那樓閣門首。只見一個道童，斜立在山門之前，應聲叫道：「那來的莫非是東土取經人麼？」長老急擡頭觀看，卻不相識。大聖認得他，即叫師父：「此乃是靈山腳下玉真觀金頂大仙，他來接我們哩！」三藏方纔醒悟，進前施禮。大仙笑道：「聖僧今年纔到，我被觀音菩薩哄了。他十年前領佛金旨，向東土尋取經人，原説二三年就到我處。我年年等候，杳無消息，不意今日纔相逢也。」三藏合掌道：「有勞大仙盛意，感激，感激！」遂此四衆牽馬挑擔，同入觀裏。卻又與大仙一一相見。即命看茶擺齋，又叫小童兒燒香湯與聖僧沐浴了，好登佛地。正是那：

行滿功完宜沐浴，煉馴本性合天真。千辛萬苦今方息，九戒三皈始自新。
魔盡果然登佛地，災消故得見沙門。洗塵滌垢全無染，反本還原不壞身。

師徒們沐浴了，不覺天色將晚，就於玉真觀安歇。

次早，唐僧換了衣服，披上錦襴袈裟，戴了毗盧帽，手持錫杖，登堂拜辭大仙。大仙笑道：「昨日藍縷，今日鮮明，觀此相真佛子也。」三藏拜別就行。大仙道：「且住，等我送你。」行者道：「不勞相送，老孫認得路。」大仙道：「你認得的是雲路。聖僧還未登雲路，當從本路而行。」行者道：「這個講得是。老孫雖走了幾遭，只是雲來雲去，實不曾踏著此地。既有本路，還煩你送送。我師父拜佛心重，幸勿遲疑。」那大仙笑吟吟攜著唐僧手，接引旃檀上法門。原來這條路不出山門，就是觀宇中堂穿出後門便是。大仙指著靈山道：「聖僧，你看那半天中有祥光五色，瑞藹千重的，就是靈鷲高峰，佛祖之聖境也。」唐僧見了就拜。行者笑道：「師父，還不到拜處哩！常言道：『望山走倒馬。』離此地還有許遠，如何就拜？若拜到頂上，得多少頭磕是。」大仙道：「聖僧，你與大聖、天蓬、捲簾四位，已到福地，望見靈山，我回去也。」三藏遂拜辭而行。

大聖引著唐僧等，徐徐緩步，不上五六里，只見一道活水，響潺潺滾浪飛流，約有八九里寬闊，四無人跡。三藏心驚道：「悟空，這路莫非大仙錯指了？此水這般寬闊洶湧，又不見舟楫，如何可渡？」行者笑道：「不差，你看那壁廂不是一座大橋？要從那橋上行過去，方成正果哩！」長老等即近前看時，橋邊有一匾，匾上有「凌雲渡」三字，原來是一根獨木橋。正是：

遠看橫空如玉棟，近觀斷水一枯槎。單梁細滑渾難渡，除是神仙步彩霞。

三藏心驚道：「悟空，這橋不是人走的，我們別尋路徑去來。」行者笑道：「正是路，正是路。」八戒道：「這是路，那個敢走？水面又寬，波浪又湧，獨獨一根木橋，又細又滑，怎生動腳？」行者道：「你都站下，等老孫走個兒你看。」他即拽開步，跳上橋，搖搖擺擺，須臾跑將過去，在那邊招呼道：「過來，過來！」唐僧搖手，八戒、沙僧咬指道：「難，難，難！」行者又從那邊跑過來，拉著八戒道：「獃子，跟我走！」那八戒臥倒在地道：「滑，滑，滑，走不得！你饒我罷，讓我駕風霧過去。」行者按住道：「這是甚麼去處，許你駕風霧？必須從此橋上走過，方可成佛。」八戒道：「哥啊，佛做不成也罷，實是走不得！」

他兩個在那橋邊扯扯拉拉，忽見那下溜中有一人撐一隻船來，叫道：「上渡，上渡！」長老大喜道：「徒弟，休得亂頑，那裏有渡船來了。」他三個同眼觀看，那船原來是一隻無底的船兒。行者火眼金睛，早已認得是接引佛祖，又稱為南無寶幢光王佛。行者卻不題破，只管叫：「撐攏來，撐攏來！」霎時撐近岸邊。三藏見了，又心驚道：「你這無底的破船兒，如何渡人？」佛祖道：「我這船：

鴻濛初判有聲名，幸我撐來不變更。有浪有風還自穩，無憂無慮但身輕。
六塵不染虛空過，萬劫安然自在行。無底船兒難過海，今來古往渡群生。」

大聖合掌稱謝道：「承盛意接引吾師，師父上船去。他這船兒雖是無底，卻穩，總有風浪也不得翻。」長老還自遲疑，被行者叉著脖子，往上一推。師父踏不住腳，轂轆的跌在水裏，早被撐船人一把扯起，站在船上。師父還抖衣服，報怨行者。行者卻引沙僧、八戒，牽馬挑擔，也上了船，都立在䑲䑽之上。那佛祖輕輕用力撐開。只見上溜頭泱下一個死屍。長老見了大驚。行者笑道：「師父莫怕，那個原來是你。」八戒、沙僧拍著手，也都道：「是你，是你。」那撐船的打著號子，也說：「那是你，可賀，可賀！」

不一時，穩穩當當的早過了凌雲仙渡。三藏纔轉身，輕輕的跳上彼岸。詩曰：

脫卻胎胞骨肉身，相親相愛是元神。今朝行滿方成佛，洗淨當年六六塵。

此誠所謂廣大智慧，登彼岸無極之法。四眾上岸回頭，連無底船兒都不見了。行者方說是接引佛祖。三藏方纔省悟，急轉身，反謝了徒弟。行者道：「兩不相謝，彼此皆扶持也。我等虧師父解說，入門修功，幸成了正果。師父也賴我等保護，秉教加持，幸脫了凡胎。師父，你看這面前花草松篁，鸞鳳鶴鹿之勝境，比那妖邪顯化之處，何善何凶？」三藏稱謝不已。一個個身輕體快，步上靈山。早看見雷音古剎，那去處：

頂摩霄漢，根接須彌。巧峰排列，怪石參差。懸崖下瑤草琪葩，曲徑旁紫芝香蕙。浮屠塔顯，優缽花香。黃森森金瓦疊鴛鴦，明幌幌花磚嵌瑪瑙。數不盡蕊宮珠闕，看不了寶閣珍樓。天王殿上放霞光，護法堂前噴紫焰。正是地勝疑天別，雲閒覺晝長。紅塵不到諸緣盡，萬劫無虧大法堂。

師徒們逍逍遙遙，走上靈山之頂。又見青松林下列優婆，翠柏叢中排善士，長老就便施禮。慌得那優婆塞、優婆夷、比丘僧、比丘尼合掌道：「聖僧且休行禮。待見了牟尼，卻來相敘。」行者笑道：「早哩，早哩，且去拜上位者。」

那長老手舞足蹈，隨著行者，直至雷音寺山門之外。那廂有二大金剛迎住道：「聖僧來耶？」三藏躬身道：「是弟子玄奘到了。」答畢，就欲進門。金剛道：「聖僧少待，容稟過再進。」那金剛著一個轉山門報與二門上四大金剛，二門上又傳入三門上，三山門內原有打供的神僧，急至大雄殿下，報與如來至尊釋迦牟尼文佛，說：「唐朝取經僧到了。」佛祖大喜，即召聚八菩薩、四金剛、五百阿羅、三千揭諦、十一大曜、十八伽藍，兩行排列，卻傳金旨召唐僧進來。這唐僧循規蹈矩，同悟空、悟能、悟淨，牽馬挑擔，徑入山門。正是：

當年奮志奉欽差，領牒辭王出玉階。清曉登山迎霧露，黃昏枕石臥雲霾。
擔簦遠步三千水，飛錫長行萬里崖。念念在心求正果，今朝始得見如來。

四眾到大雄寶殿殿前，對如來倒身下拜。拜罷，又向左右再拜。各各三匝已遍，復向佛祖長跪，將通關文牒奉上。如來看了，還遞與三藏。三藏頫顖作禮，啟上道：「弟子玄奘，奉東土大唐皇帝旨意，遙詣寶山，拜求真經，以濟眾生。望我佛祖垂恩，早賜回國。」如來方開憐憫之口，大發慈悲之心，對三藏言曰：「你那東土乃南贍部洲，只因天高地厚，物廣人稠，多貪多殺，多淫多誑，多欺多詐，不尊佛教，不向善緣，不敬三光，不重五穀，不忠不孝，不義不仁，瞞心昧己，大斗小秤，害命殺生，造下無邊之孽，罪盈惡滿，致有地獄之災。所以永墮幽冥，受那許多碓搗磨舂之苦，變化畜類，有那許多披毛帶角之形，將身還債，將肉飼人，其永墮阿鼻不得超昇者，皆此之故也。雖有孔氏在彼，立下仁義禮智之教，帝王相繼，治有徒流絞斬之刑，其如愚昧不明放縱無忌之輩何耶！我今有經三藏，可以超脫苦惱，解釋災愆。三藏者，有《法》一藏談天，有《論》一藏說地，有《經》一藏度鬼，共計三十五部，該一萬五千一百四十四卷，真是修真之徑，正善之門，凡天下四大部洲之天文、地理、人物、鳥獸、花木、器用、人事，無般不載。汝等遠來，待要全付與汝取去，但那方之人，愚蠢村強，譭謗真言，不識我沙門之奧旨。」叫阿難、迦葉：「你兩個引他四眾，到珍樓之下，先將齋食待他。齋罷，開了寶閣，將我那三藏之中，三十五部之內，各檢幾卷與他，教他傳流東土，永註洪恩。」

二尊者即奉佛旨，將他四眾，領至樓下。看不盡那奇珍異寶，百種千般，只見那設供的諸神，鋪排齋宴，並皆仙品、仙餚、仙茶、仙果，珍饈百味，與凡世不同。師徒們頂禮了佛恩，隨心享用。正是那：

寶焰金光映日明，異香奇品總難名。千層傑閣迎眸麗，一派迦音入耳清。
蛻卻凡胎能不老，呑來仙液得長生。向來受盡千般苦，今日榮華喜道成。

這番便宜了八戒、沙僧，佛祖處正壽長生、脱胎換骨之饌，儘著他受用。二尊者陪奉四眾餐畢，卻入寶閣，開門登看。那廂有霞光瑞氣罩千重，彩霧祥雲遮萬道。經櫃上，寶篋外，都貼了紅籤，楷書著經卷名目。乃是：

《涅槃經》……一部七百四十八卷
《菩薩經》……一部一千二十一卷
《虛空藏經》……一部四百卷
《首楞嚴經》……一部一百一十卷
《恩意經大集》……一部五十卷
《決定經》……一部一百四十卷
《寶藏經》……一部四十五卷
《華嚴經》……一部五百卷
《禮真如經》……一部九十卷
《大般若經》……一部九百一十六卷
《大光明經》……一部三百卷
《未曾有經》……一部一千一百一十卷
《維摩經》……一部一百七十卷

《三論別經》……一部二百七十卷
《金剛經》……一部一百卷
《正法論經》……一部一百二十卷
《佛本行經》……一部八百卷
《五龍經》……一部三十二卷
《菩薩戒經》……一部一百一十六卷
《大集經》……一部一百三十卷
《摩竭經》……一部三百五十卷
《法華經》……一部一百卷
《瑜伽經》……一部一百卷
《寶常經》……一部三百六十卷
《西天論經》……一部一百三十卷
《僧祇經》……一部一百五十六卷
《佛國雜經》……一部一千九百五十卷
《起信論經》……一部一千卷
《大智度經》……一部一千八十卷
《寶威經》……一部一千二百八十卷
《本閣經》……一部八百五十卷
《正律文經》……一部二百卷
《大孔雀經》……一部二百二十卷

《維識論經》……一部一百卷
《具舍論經》……一部二百卷

阿難、迦葉引唐僧看遍經名，對唐僧道：「聖僧東土到此，有些甚麼人事送我們？快拿出來，好傳經與你去。」三藏聞言道：「弟子玄奘，來路迢遙，不曾備得。」二尊者笑道：「好，好，好，白手傳經，繼世後人當餓死矣！」行者見他講口扭捏，不肯傳經，他忍不住叫道：「師父，我們去告如來，教他自家來把經與老孫也。」阿難道：「莫嚷！此是甚麼去處，你還撒野放刁，到這邊來接經。」八戒、沙僧勸住了行者，轉身來接，一卷卷收在包裹，馱在馬上，又捆了兩擔，八戒與沙僧挑著。卻來寶座前叩頭，謝了如來，一直出門，逢一位佛祖拜兩拜，見一尊菩薩拜兩拜。又到大門，拜了比丘僧、尼，優婆夷、塞，一一相辭，下山奔路。

卻說那寶閣上有一尊燃燈古佛，聽著那傳經之事，心中甚明，原來阿難、迦葉將無字之經傳去。他暗笑云：「東土眾生愚迷，不識無字之經，卻不枉費了聖僧這場跋涉？」問座邊有誰在此，只見白雄尊者閃出。古佛吩咐道：「你可趕上唐僧，把那無字之經追轉，教他再來求取有字之經。」白雄尊者即離了雷音寺山門之外，大作神威，起一陣狂風。

長老正行間，忽聞香風滾滾，只道是佛祖之禎祥，未曾隄防。又聞得響一聲，半空中伸下一隻手來，將馬馱的經輕輕搶去。唬得個三藏搥胸叫喚，行者急趕去如飛。那白雄尊者見行者趕得將近，恐他棒頭上沒眼，一時間不分好歹，打傷身體，即將經包捽碎，拋在塵埃。行者見經包破落，又被風吹得飄零，卻就按下雲頭顧經，不去追趕。那白雄尊者收風斂霧，回報古佛不題。

八戒見經本落下，遂與行者收拾背著，來見唐僧。唐僧滿眼垂淚道：「徒弟呀，這個極樂世界，也還有兇魔欺害哩！」沙僧接了抱著的散經，打開看時，原來雪白，並無半點字跡，慌忙遞與三藏道：「師父，這一卷沒字。」行者又打開一卷看時，也無字。三藏叫通打開來看看，卷卷俱是白紙。長老短歎長吁的道：「我東土果是沒福，似這般無字的空本，取去何用，怎麼敢見唐王？誑君之罪，誠不容誅也！」行者早已知之，對唐僧道：「師父，不消說了，這就是阿難、迦葉那廝，問我要人事沒有，故將此白紙本子與我們來了。快回去告在如來之前，問他掯財作弊之罪。」八戒嚷道：「正是，正是！」四眾急急回山無好步，忙忙又轉上雷音。

不多時，到於山門之外。眾皆拱手相迎，笑道：「聖僧是來換經了？」三藏點頭稱謝。眾金剛也不阻擋，讓他進去。直至大雄殿前，行者嚷道：「如來！我師徒們受了千辛萬苦，萬折千磨，自東土拜到此處，蒙如來吩咐傳經。被阿難、迦葉掯財不遂，通同作弊，故意將無字的白紙本兒教我們拿去。我們拿他去何用，望如來敕治。」佛祖笑道：「你且休嚷。他兩個問你要人事之情，我已知矣。但只是經不可以輕傳，亦不可以空取。向時眾比丘聖僧下山，曾將此經在舍衛國趙長者家與他誦了一遍，保他家生者安全，亡者超脫，只討得他三斗三升米粒黃金、白銀。我還說他們忒賣賤了，教後代兒孫沒錢使用。你如今空手來取，是以傳了白本。白本者，乃無字真經，倒也是好的。因你那東土眾生，愚迷不悟，只可以此傳之耳。」即叫阿難、迦葉：「快將有字的真經，每部中各檢幾卷與他，來此報數。」

二尊者復領四眾，到珍樓寶閣之下，仍問唐僧要些人事。三藏無物奉承，即命沙僧取出紫金缽盂，雙手奉上道：「弟子委是窮寒路遠，不曾備得人事。這缽盂乃唐王親手所賜，教弟子持此，沿路化齋。今特奉上，聊表寸心。萬望尊者以有字真經賜下，庶不孤欽差之意，遠涉之勞也。」那阿難接了，但微微而笑。被那些管珍樓的力士，看寶閣的尊者，你抹他臉，我撲他肩，彈指的，扭脣的，個個笑道：「不羞，不羞，需索取經的人事！」須臾把臉皮都羞皺了，只是拿著缽盂不放。迦葉卻纔進閣檢經，一一查與三藏。三藏卻叫徒弟們：「你們都好生看看，莫似前番。」他三人接一卷，看一卷，卻都是有字的。傳了五千零四十八卷，乃一藏之數，收拾齊整，馱在馬上，剩下的還裝了一擔，八戒挑著。行者牽了馬，沙僧挑著行李，唐僧拿了錫杖，纔喜喜歡歡，到我佛如來之前。正是那：

真經三藏福無邊，可笑阿難卻愛錢。白本換來虧古佛，至今東土始流傳。

其時如來高昇蓮座，指令降龍、伏虎二大羅漢敲響雲磬，遍請三千諸佛，揭諦、金剛、菩薩，五百尊羅漢，八百比丘僧大眾，各天各洞，福地靈山，大小尊者聖僧，該坐的請登寶座，該立的侍立兩旁。一時間，天樂遙聞，仙音響喨，滿空中祥光疊疊，瑞氣重重，諸佛畢集，參見了如來。如來纔問阿難、迦葉：「傳了多少經卷與他，可一一報數。」二尊者即開報：「現付去唐朝：

《涅槃經》……四百卷　《菩薩經》……三百六十卷
《虛空藏經》……二十卷　《首楞嚴經》……三十卷
《恩意經大集》……四十卷　《決定經》……四十卷
《寶藏經》……二十卷　《華嚴經》……八十一卷
《禮真如經》……三十卷　《大般若經》……六百卷
《大光明經》……五十卷　《未曾有經》……五百五十卷

《維摩經》……三十卷
《金剛經》……一卷
《佛本行經》……一百一十六卷
《菩薩戒經》……六十卷
《摩竭經》……一百四十卷
《瑜伽經》……三十卷
《西天論經》……三十卷
《佛國雜經》……一千六百三十八卷
《大智度經》……九十卷
《本閣經》……五十六卷
《大孔雀經》……十四卷
《具舍論經》……十卷
《三論別經》……四十二卷
《正法論經》……二十卷
《五龍經》……二十卷
《大集經》……三十卷
《法華經》……十卷
《寶常經》……一百七十卷
《僧祇經》……一百一十卷
《起信論經》……五十卷
《寶威經》……一百四十卷
《正律文經》……十卷
《維識論經》……十卷

在藏之經，共三十五部，各部中總檢出五千零四十八卷，與聖僧傳流東土。現俱收拾整頓於馱擔之上，專等謝恩。」

三藏四眾拴了馬，歇了擔，一個個合掌躬身，朝上禮拜。如來對唐僧言曰：「此經功德，不可稱量。雖為我門之龜鑒，實乃三教之源流。若到你那南贍部洲，示與一切眾生，不可輕慢，非沐浴齋戒，不可開卷，寶之，重之。蓋此內有成仙了道之奧妙，發明萬化之奇方也。」三藏叩頭謝恩，信受奉行，依然對佛祖遍禮三匝，領經而去。去到三山門，一一又謝了眾聖。

如來因發付唐僧去後，纔散了傳經之會。旁邊閃上觀世音菩薩，合掌啟佛祖道：

「弟子當年領了金旨，向東土尋取經之人，今已功成，共計一十四年，乃五千零四十日，還少八日，不合藏數。乞准弟子繳還金旨。」如來大喜道：「所言甚當，准繳金旨。」即傳八大金剛吩咐道：「汝等快使神威，駕送聖僧回東，把真經傳留，即引聖僧西回。須在八日之內，以完一藏之數。勿得遲違。」金剛隨即趕上唐僧，叫道：「取經的，跟我來！」唐僧等俱身輕體健，飄飄蕩蕩，隨著金剛，駕雲而起。這纔是：

見性明心參佛祖，功完行滿即飛昇。

畢竟不知回東土怎生傳授，且聽下回分解。

第九十九回　九九數完魔滅盡　三三行滿道歸根

話表八金剛既送唐僧回國。那二層門下，有五方揭諦、四值功曹、六丁六甲、護教伽藍，走向觀音菩薩前啟道：「弟子等向蒙菩薩法旨，暗中保護聖僧。今日聖僧行滿，菩薩繳了佛祖金旨，我等望菩薩准繳法旨。」菩薩亦甚喜道：「准繳，准繳。」又問道：「那唐僧四眾，一路上心行何如？」諸神道：「委實心虔志誠，料不能逃菩薩洞察。但只是唐僧受過之苦，真不可言。他一路上歷過的災愆患難，弟子已謹記在此。這就是他災難的簿子。」菩薩從頭細看。上寫著：

金蟬遭貶第一難　出胎幾殺第二難　滿月拋江第三難
尋親報冤第四難　出城逢虎第五難　落坑折從第六難
雙叉嶺上第七難　兩界山頭第八難　陡澗換馬第九難
夜被火燒第十難　失卻袈裟十一難　收降八戒十二難
黃風怪阻十三難　請求靈吉十四難　流沙難渡十五難
收得沙僧十六難　四聖顯化十七難　五莊觀中十八難
難活人參十九難　貶退心猿二十難　黑松林失散二十一難
寶象國捎書二十二難　金鑾殿變虎二十三難　平頂山逢魔二十四難
蓮花洞高懸二十五難　烏雞國救主二十六難　被魔化身二十七難

號山逢怪二十八難　風攝聖僧二十九難　心猿遭害三十難
請聖降妖三十一難　黑河沈沒三十二難　搬運車遲三十三難
大賭輸贏三十四難　祛道興僧三十五難　路逢大水三十六難
身落天河三十七難　魚籃現身三十八難　金峴山遇怪三十九難
普天神難伏四十難　問佛根源四十一難　吃水遭毒四十二難
西梁國留婚四十三難　琵琶洞受苦四十四難　再貶心猿四十五難
難辨獼猴四十六難　路阻火焰山四十七難　求取芭蕉扇四十八難
收縛魔王四十九難　賽城掃塔五十難　取寶救僧五十一難
棘林吟詠五十二難　小雷音遇難五十三難　諸天神遭困五十四難
稀柿衕穢阻五十五難　朱紫國行醫五十六難　拯救疲癃五十七難
降妖取后五十八難　七情迷沒五十九難　多目遭傷六十難
路阻獅駝六十一難　怪分三色六十二難　城裏遇災六十三難
請佛收魔六十四難　比丘救子六十五難　辨認真邪六十六難
松林救怪六十七難　僧房臥病六十八難　無底洞遭困六十九難
滅法國難行七十難　隱霧山遇魔七十一難　鳳仙郡求雨七十二難
失落兵器七十三難　會慶釘鈀七十四難　竹節山遭難七十五難
玄英洞受苦七十六難　趕捉犀牛七十七難　天竺招婚七十八難
銅臺府監禁七十九難　凌雲渡脫胎八十難

這正是：

揭諦伽藍護法多，聖僧歷歷苦遭魔。路過十萬八千里，難簿分明記不訛。

菩薩將難簿目過了一遍，急傳聲道：「佛門中九九歸真。聖僧受過八十難，還少一難，不得完成此數。」即令揭諦，趕上金剛，還生一難者。這揭諦得令，飛雲駕向東來。一晝夜趕上八大金剛，附耳低言道：「如此如此，謹遵菩薩法旨，不得違誤。」八金剛聞得此言，刷的把風按下，將他四眾，連馬與經，墜落在地。噫！正是那：

九九歸真道行難，堅持篤志立玄關。必須歷練邪魔退，方得修持正法還。
好把功程勤苦積，莫將經卷等閒看。古來妙合參同契，毫髮差時不結丹。

三藏腳踏了凡地，自覺心驚。八戒呵呵大笑道：「好，好，好！這正是要快得遲。」沙僧道：「想是因我們忒走快了些，教我們在此歇歇哩！」大聖道：「這正是俗語云：『十日灘頭坐，一日行九灘。』」三藏道：「你三個且休閒講，認認這是甚麼地方。」行者擡頭四望道：「是這裏，是這裏，師父，你聽聽水響。」八戒對沙僧道：「水響想是你的祖家了。」行者道：「他祖家乃流沙。不是，不是，此通天河也。」三藏道：「徒弟呵，仔細看在那岸。」行者縱身跳起看了，下來道：「師父，此是通天河西岸。」三藏道：「我記起來了，東岸邊原有個陳家莊，那年到此，感你救了他兒女，他要造船送我們，幸虧白黿相渡。我記得西岸上四無人煙。這番如何是好？」八戒道：「只說凡人不作弊，原來這金剛也會作弊。他奉佛旨，教送我們東回，怎麼到此半路上就丟下我們？如今進退兩難，怎生過去？」沙僧道：「二哥，我師父已脫了凡胎，今番斷不落水。教師兄同你我都作起攝法，把師父駕過去也。」行者微微笑道：「駕不去，駕不去。」你道他怎麼說個駕不去？若肯使出神通，就一千個河也過去了。只因心裏明白，知道唐僧九九之數未完，還該有一難，故羈留於此。

師徒們口裏講著，足下徐行，直至水邊，四無人跡，又沒船隻。正俱彷徨間，忽聽得有人高叫道：「唐聖僧，這裏來，這裏來！」四眾皆驚，舉頭看時，卻還是那個大白賴頭黿，在岸邊探著頭叫道：「老師父，我等了你這幾年，卻纔回也？」行者笑道：「老黿，向年累你，今歲又得相逢。」三藏與八戒、沙僧都歡喜不盡。行者道：「老黿，你果有接待之心，可上岸來。」那黿即縱身爬上來。行者叫把馬牽上他身，八戒還蹲在馬後，唐僧站在馬頸左邊，沙僧站在右邊。行者一腳踏著老黿的項，一腳踏著老黿的頭，叫道：「老黿，好生走穩著。」那老黿登開四足，踏水面如行平地，將他師徒四眾，連馬五口，馱在身上，徑向東岸而來。誠所謂：

不二門中法奧玄，諸魔戰退識人天。本來面目今方見，一體原因始得全。
果證三乘憑出入，丹成九轉任周旋。挑包策杖通休講，幸喜還元遇老黿。

老黿馱著他們，行經多半日，將次天晚，好近東岸，忽然問道：「老師父，我向年曾央你到西方見佛祖如來，與我問聲歸著之事，何時可得人身可曾問否？」原來那長老自到靈山，專心拜佛取經，他事一毫不理，所以不曾問得老黿歸著，無言可答。卻又不敢打誑語，沈吟半晌，不曾答應。老黿即知不曾替他問，他就將身一幌，唿喇的淬下水去，把他四眾連馬並經，通皆落水。咦！還喜得唐僧脫了胎，成了道，若似前番，已經沈底。又幸白馬是龍，八戒、沙僧會水。行者笑巍巍顯大神通，把唐僧扶駕出水，登彼東岸。只是經包、衣服、鞍轡，俱盡濕了。

師徒方登岸整理，忽又一陣狂風，天色昏暗，雷電俱作，走石飛沙。唬得那三藏按住經包，沙僧壓住經擔，八戒牽住白馬，行者卻雙手輪棒，左右護持。原來那風、霧、雷、電，乃是些陰魔作耗，欲奪所取之經。勞嚷了一夜，直到天明，卻纔止息。長老一身水衣，戰兢兢的道：「悟空，這是怎的起？」行者道：「師父，你不知就裏。

我等保護你取獲此經，乃是奪天地造化之功，可與乾坤並久，日月同明，壽享長春，法身不朽。故此為鬼神所忌，欲求暗奪耳。一則這經是水濕透了，二則是你的正法身壓住，三則是老孫使純陽之性護持定了。及至天明，陽氣又盛，所以不能奪去。」三藏、八戒、沙僧方纔省悟。少頃，太陽高照，卻移經於高崖上，開包曬晾。至今彼處曬經之石尚存。他們又將衣鞋都曬在崖旁，立的立，坐的坐。真個是：

一體純陽接太陽，陰魔不敢逞強梁。曬經石上留遺跡，千古誰人到此方。

他四眾檢看經本，一一曬晾。早見幾個打魚人，來過河邊，內有認得的道：「老師父，可是前年過此河，往西天取經的？」八戒道：「正是，正是。你怎麼認得我們？」漁人道：「我們是陳家莊上人。」八戒道：「陳家莊離此有多遠？」漁人道：「過此沖南有二十里就是也。」八戒道：「師父，我們把經搬到陳家莊上曬去。他那裏有住坐，又有得吃，就教他家與我們漿漿衣服，卻不是好？」三藏道：「不去罷，在此曬乾了，就收拾找路回也。」那幾個漁人行過南沖，恰遇著陳澄，叫道：「大老官，前年在你家替祭兒子的師父回來了。」陳澄道：「在那裏？」漁人道：「都在那石上曬經哩！」

陳澄隨帶了幾個佃户到，走過沖來，跑近前跪下道：「老爺取經回來，功成行滿，怎麼不到舍下，卻在這裏盤弄？快請到舍。」行者道：「等曬乾了經，和你去。」陳澄道：「老爺這經典、衣物，如何濕了？」三藏道：「昔年虧白黿馱渡河西，今年又蒙他馱渡河東，已將近岸，被他問昔年託問佛祖之事，我未曾問得，他遂淬在水內，故此濕了。」又將前後事細說了一遍。那陳澄拜請甚懇，三藏無已，遂收拾經卷。不期石上把《佛本行經》沾住了幾卷，遂將經尾沾破了，所以至今《本行經》不全，曬經石上猶有字跡。三藏懊悔道：「是我們怠慢了，不曾看顧得。」行者笑道：「不在此，不在此，蓋天地不全。這經原是全全的，今沾破了，乃是應不全之奧妙也，豈人力所能與耶！」師徒們收拾畢，即同陳澄赴莊。

那莊上人家，一傳十，十傳百，若老若幼，都來接看。陳清聞說，就擺香案，在門前迎迓，又命鼓樂吹打。少頃到了迎入，陳清領闔家人眷俱出來拜見，謝昔日救兒女之恩。隨命看茶擺齋。三藏自受了佛祖的仙品、仙餚，又脫了凡胎，全不思凡間之食。二老苦勸，沒奈何，略見他意。大聖自來不吃煙火食，也道：「彀了。」沙僧也不甚吃。八戒也不是前番，就放下碗。行者道：「獃子也不吃了？」八戒道：「不吃怎麼，脾胃一時就弱了。」遂此收了齋筵，卻問取經之事。三藏又細陳了一遍，就欲拜別。

那二老舉家如何肯放，且道：「向蒙救拔兒女，深恩莫報，已創建一座院宇，名曰救生寺，專侍奉香火不絕。」又喚出原替祭之兒女陳關保、一秤金叩謝，复請至寺觀看。三藏打開經包，在他家堂前念了一卷《寶常經》。後移至寺中，只見陳家又設饌在此。還不曾坐下，又一起來請，絡繹不絕。三藏俱不敢辭，略略見意。

只見那座寺果蓋得齊整。三藏看畢上樓，樓上果粧塑著他四眾之像。三藏道：「卻好，卻好。」遂下樓來。下面前殿後廊，還有擺齋的候請。行者卻問：「向日大王廟如何了？」眾老道：「那廟當年就拆了。老爺，這寺自建立之後，年年成熟，歲歲豐登，都是老爺之福庇。」行者笑道：「此天賜耳，與我們何與？但自今以後，我們保祐你這一方人家，子孫繁衍，六畜安生，年年歲歲，風調雨順。」眾等都叩頭拜謝。只見那前前後後，獻果獻齋的無限。八戒笑道：「我的蹭蹬！那時節吃得，卻沒人家請。今日吃不得，卻一家不了又一家。」

時已深夜，三藏守定真經，不敢暫離，就於樓下打坐看守。將及三更，三藏悄悄的叫道：「悟空，這裏人家，識得我們道成事完了。自古道：『真人不露相，露相不真人。』恐為久淹，誤了大事。」行者道：「師父說得有理。我們趁此夜深，人皆熟睡，寂寂的去了罷！」遂叫起八戒、沙僧，他們俱能會意，大家輕輕的擡垛挑擔。到於山門，那門上有鎖，行者使個解鎖法開了門，找路望東而去。只聽得半空中有八大金剛叫道：「逃走的，跟我來！」那長老聞得，香風蕩蕩，起在空中。這正是：

丹成識得本來面，體健如如拜主人。

畢竟不知怎生見那唐王，且聽下回分解。

且不言他四眾脱身，卻説陳家莊救生寺內多人，天曉起來，仍治果餚來獻，至樓下不見了唐僧。眾人慌慌張張，莫知所措，叫苦連天的道：「清清把個活佛放去了！」尋思無計，將辦下的品物，俱擡在樓上祭祀燒紙。以後每年四大祭，二十四小祭。還有那告病、保安、許願的，無時無日，不來燒香祭賽。真個是金爐不斷千年火，玉盞常明萬載燈。不題。

卻説八大金剛使第二陣香風，把他四眾不一日送至東土，漸漸望見長安。原來那太宗自貞觀十三年九月望前三日送唐僧出城，至十六年，即差工部官在西安關外，起建了望經樓接經。太宗年年親至其地。恰好那一日御駕復到樓上，忽見正西方滿天瑞靄，陣陣香風。金剛停在空中叫道：「聖僧，此間乃長安城了。我們不好下去，這裏人伶俐，恐泄漏吾像。孫大聖三位也不消去，汝自去傳了經與汝主，即便回來。我在霄漢中等你，與你一同繳旨。」大聖道：「尊者之言雖當，但吾師如何挑得經擔，牽得馬匹，須得我等同去一送。煩你在空少等，諒不敢誤。」金剛道：「前日觀音菩薩啟過如來，往來不過八日，完滿藏數。今已過五日有餘，只怕八戒貪圖富貴，誤了限期。」八戒笑道：「師父成佛，我也望成佛，豈有貪戀之理！尊者都在此等我，待交了經，就來與你回向也。」於是獃子挑著擔，沙僧牽著馬，行者扶著唐僧，都按下雲頭，落於望經樓邊。

太宗同多官一齊見了，即下樓相迎道：「御弟來也！」唐僧即倒身下拜。太宗扶起，又問道：「此三者何人？」唐僧道：「是途中收的徒弟。」太宗大喜，命近侍官：「將朕御馬扣鞴，請御弟上馬，同朕回朝。」唐僧謝了恩，騎上馬，大聖輪金箍棒緊隨，八戒、沙僧俱扶馬挑擔，隨駕共入長安。真個是：

當年清宴樂昇平，文武紛紛顯俊英。水陸場中僧演法，金鑾殿上主差卿。
關文敕賜題三藏，經卷原因配五行。苦煉兇魔種種滅，功成今喜上朝京。

唐僧四眾，隨駕入朝。滿城中無人不知是取經人來了。那唐僧舊住的洪福寺大小僧人，看見幾株松樹一棵棵頭俱向東，驚訝道：「怪哉，怪哉！昨夜未曾颳風，如何這樹頭都扭過來了？」內有三藏的舊徒道：「快取衣服來，取經的老師父來了！」眾僧問道：「你何以知之？」舊徒道：「當年師父去時，曾有言道：『我去之後，或三五年，或六七年，但看松樹枝頭東向，我即回矣。』我師父佛口聖言，故此知之。」急披衣而出，至西街時，早已有人傳播說：「取經的人適纔方到，萬歲爺爺接入城來了。」眾僧聽說，急急跑來，卻遇著大駕，不敢近前，隨後跟至朝門之外。

唐僧下馬，同眾進朝。唐僧將龍馬與經擔，同行者、八戒、沙僧，站在玉階之下。太宗傳宣御弟上殿賜坐。唐僧謝恩坐了，教把經卷擡來。行者等取出，近侍官傳上。太宗問多少經數，怎生取來？三藏道：「臣僧到了靈山，參見佛祖，蒙差阿難、迦葉二尊者先引至珍樓內賜齋，次到寶閣內傳經。那尊者需索人事，因未曾備得，不曾送他，他遂將經付與。已謝佛恩東行，忽被妖風搶了經去。小徒疾忙趕奪，卻俱拋擲散漫，因展看皆是無字空本。臣等著驚，復去拜告懇求。佛祖明知，二尊者需索人事，只得將欽賜紫金鉢盂送他，方傳了有字真經。此經有三十五部，各部中檢了幾卷傳來，共計五千零四十八卷。此數蓋合一藏也。」太宗大喜，命光祿寺設宴在東閣酬謝。又見他三徒立在階下，容貌異常，便問：「高徒皆外國人耶？」長老俯伏道：「大徒弟姓孫，法名悟空，臣又呼他為孫行者。他出身原是東勝神洲傲來國花果山水簾洞人氏，因五百年前大鬧天宮，被佛祖困壓在西番兩界山石匣之內，蒙觀音菩薩勸善，情願皈依，是臣到彼救出，甚虧此徒保護。二徒弟姓豬，法名悟能，臣又呼他為豬八戒。他出身原是福陵山雲棧洞人氏，因在烏斯藏高老莊上作怪，亦蒙菩薩勸善，虧行者收之，一路上挑擔有力，涉水有功。三徒弟姓沙，法名悟淨，臣又呼他為沙和尚。他出身原是流沙河作怪者，也蒙菩薩勸善，秉教沙門。那匹馬不是主公所賜者。」太宗道：「毛片相同，如何不是？」三藏道：「臣到蛇盤山鷹愁澗，原馬被此馬吞之，虧行者請菩薩問此馬來歷，原是西海龍王之子，因有罪也蒙菩薩救解，教他與臣作腳力，當時變作原馬，毛片相同。幸虧他登山越嶺，跋涉崎嶇，去時騎坐，來時馱經，亦甚賴其力也。」太宗聞言，稱讚不已。又問：「遠涉西方，端的路程多少？」三藏道：「總記菩薩之言，有十萬八千里之遠。途中未曾記數，只知經過了一十四遍寒暑，日日登山涉水，遇怪遭魔。還經過幾座國土，俱有照驗印信。」叫徒弟：「將通關文牒取上來，對主公繳納。」當時遞上，太宗看了，乃貞觀一十三年九月望前三日給。太宗笑道：「久勞遠涉，今已貞觀二十七年矣。」牒文上有寶象國印、烏雞國印、車遲國印、西梁女國印、祭賽國印、朱紫國印、比丘國印、滅法國印，又有玉華州印、天竺國印。太宗覽畢收了。

早有當駕官請宴，即下殿攜手而行。又問：「高徒能禮貌乎？」三藏道：「小徒俱是山村曠野之妖身，未諳中華聖朝之禮數，萬望主公赦罪。」太宗笑道：「不罪他，不罪他，都請到東閣赴宴去也。」三藏又謝了恩，招呼他三眾同到閣內。師徒與文武多官，俱侍列左右，太宗皇帝仍坐當中。

歌舞吹彈，整齊嚴肅，遂盡樂一日。正是：

君王嘉會賽唐虞，取得真經福有餘。千古流傳千古盛，佛光普照帝王居。

當日天晚，謝恩宴散，太宗回宮，多官回宅。唐僧等歸於洪福寺，只見寺僧磕頭迎接。方進山門，眾僧道：「師父，這樹頭兒今早俱忽然向東。我們記得師父之言，遂出城來接，果然到了！」長老喜之不勝，遂入方丈。此時八戒也不嚷茶飯，也不弄喧頭。行者、沙僧，個個穩重。只因道果完成，自然安靜。當晚睡下。

次早，太宗昇朝，對群臣言曰：「朕思御弟之功，至深至大，無以為酬，一夜無寐，口占幾句俚談，權表謝意。」命中書官來：「朕念與你書之。」其文云：

蓋聞二儀有象，顯覆載以含生；四時無形，潛寒暑以化物。是以窺天鑒地，庸愚皆識其端；明陰洞陽，賢哲罕窮其數。然天地包乎陰陽，而易識者，以其有象也；陰陽處乎天地，而難窮者，以其無形也。故知象顯可徵，雖愚不惑；形潛莫覩，在智猶迷。況乎佛道崇虛，乘幽控寂。弘濟萬品，典御十方。舉威靈而無上，抑神力而無下。大之則彌於宇宙，細之則攝於毫釐。無滅無生，歷千劫而不古；若隱若顯，運百福而長今。妙道凝玄，遵之莫知其際；法流湛寂，挹之莫測其源。是豈蠢蠢凡愚，區區庸鄙，投其旨趣，能無疑惑者哉！粵稽大教之興，基乎西土。騰漢庭而皎夢，照東域而流慈，昔者分形分跡之時，言未馳而成化；當常見常隱之世，民仰德而知遵。及乎晦影歸真，遷儀越世。金容掩色，不鏡三千之光；麗像開圖，空端四八之相。於是微言廣被，拯含類於三途；遺訓遐宣，導群生於十地。然而真教難仰，莫能一其指歸；曲學易遵，邪正於焉紛糾。所以空有之論，或習俗而是非，大小之乘，乍沿時而隆替。有玄奘法師者，法門之領袖也。幼懷貞敏，早悟三空之心；長契神情，先苞四忍之行。松風水月，未足比其清華；仙露明珠，詎能方其朗潤。故以智通無累，神測未形。超六塵而迥出，隻千古而無對。凝心內境，悲正法之陵遲；棲慮玄門，慨深文之訛謬。思欲分條析理，廣彼前聞；截偽續真，開茲後學。是以翹心淨土，法遊西域。乘危遠邁，策杖孤征。積雪晨飛，途間失地；驚沙夕起，空外迷天。萬里山川，撥煙霞而進影；百重寒暑，躡霜雨而前蹤。誠重勞輕，求深欲達。周遊西宇，十有四年。窮歷異邦，詢求正教。雙林八水，味道餐風；鹿苑鷲峰，瞻奇仰異。承至言於先聖，受真教於上賢。探賾妙門，精窮奧業。一乘五律之道，馳驟於心田；八藏三篋之文，波濤於口海。爰自所歷之國無涯，求取之經有數。總得大乘要文，凡三十五部，計五千四十八卷，譯佈中華，宣揚勝業。引慈雲於西極，注法雨於東陲。聖教缺而復全，蒼生罪而還福。濕火宅之乾焰，共拔迷途；朗愛水之昏波，同臻彼岸。是知惡因業墜，善以緣昇。昇墜之端，惟人自作。譬之桂生高嶺，雲露方得泫其花；蓮出綠波，飛塵不能污其葉。非蓮性自潔而桂質本貞，良由所附者高，則微物不能累；所憑者淨，則濁類不能沾。夫以卉木無知，猶資善而成善，況乎人倫有識，不緣慶而求慶？方冀茲經流施，並日月而無窮；斯福遐敷，與乾坤而永大。

書畢，即召聖僧。此時長老已在朝門外候謝，聞宣急入，行俯伏之禮。太宗傳請上殿，將文字賜與長老。覽遍，復下謝恩，奏道：「主公文辭高古，理趣淵微。但不知是何名目？」太宗道：「朕夜口占，答謝御弟之意，名曰《聖教序》，不知好否？」長老叩頭，稱謝不已。太宗又曰：

朕才媿珪璋，言慚金石。至於內典，尤所未聞。口占敍文，誠為鄙拙。惟恐穢翰墨於金簡，標瓦礫於珠林。循躬省慮，靦面恧心。善不足稱，虛勞致謝。

當時多官齊賀，頂禮《聖教》御文，遍傳內外。太宗道：「御弟將真經演誦一番何如？」長老道：「主公，若演真經，須尋佛地，寶殿非誦經之處。」太宗甚喜，即問當駕官：「長安城中有那座寺院潔淨？」班中閃上大學士蕭瑀奏道：「城中有一雁塔寺潔淨。」太宗即令多官：「把真經各虔捧幾卷，同朕到雁塔寺，請御弟談經去來。」多官遂各各捧著，隨太宗駕幸寺中，搭起高臺，鋪設齊整。長老仍命：「八戒、沙僧，牽龍馬，理行囊，行者在我左右。」又向太宗道：「主公欲將真經傳流天下，須當謄錄副本，方可佈散。原本還當珍藏，不可輕褻。」太宗又笑道：「御弟之言甚當。」隨召翰林院及中書科官，謄寫真經。又建一寺在城之東，名曰謄黃寺。

長老捧經卷登臺，方欲諷誦。忽聞得香風繚繞，半空中八大金剛現身，高叫道：「誦經的，放下經卷，跟我回西去也。」這底下行者三人，連白馬平地而起。長老亦將經卷丟下，對太宗稽首道：「萬歲保重！臣僧見佛祖去也。」即從臺上起於九霄，相隨騰空而去。慌得那太宗與多官望空下拜。這正是：

聖僧努力取經編，西宇周流十四年。苦歷程途遭患難，多經山水受迍邅。
功完八九還加九，行滿三千及大千。正覺妙文回上國，至今東土永留傳。

太宗與多官拜畢，即選高僧，就於雁塔寺裏，修建水陸大會，看誦《大藏真經》，超脫幽冥業鬼，普施善慶。將謄錄過經文，傳播天下不題。

卻說八大金剛駕香風，引著長老四眾，連馬五口，復轉靈山。連去連來，恰在八日之內。此時靈山諸神，都在佛前聽講。八金剛引他師徒進去，對如來道：「弟子前奉金旨，駕送聖僧等已到唐國。將經交納，今特繳旨。」遂叫唐僧等近前受職。如來道：「聖僧，汝前世原是我之二徒，名喚金蟬子，因汝不聽説法，輕慢大教，故貶汝靈，轉生東土，今喜皈依，秉我迦持，又乘我教，取去真經，甚有功果，加昇大職，正果汝為旃檀功德佛。孫悟空，汝因大鬧天宮，吾以甚深法力，壓在五行山下，幸天災滿足，歸於釋教，且喜汝隱惡揚善，在途中煉魔降怪有功，全終全始，加昇大職，正果汝為鬥戰勝佛。豬悟能，汝本天河水神天蓬元帥，為汝蟠桃會上，酗酒戲了仙娥，貶汝下界投胎，身如畜類，在福陵山雲棧洞造業，幸歸大教，入我沙門，保聖僧在路，卻又有頑心，色情未泯，因汝挑擔有功，加昇汝職，正果做淨壇使者。」八戒口中嚷道：「他們都成佛，如何把我做個淨壇使者？」如來道：「因汝口壯身慵，食腸寬大。蓋天下四大部洲，瞻仰吾教者多，凡諸佛事，教汝淨壇，乃是個有受用的品級，如何不好？沙悟淨，汝本是捲簾大將，因蟠桃會上打碎玻璃盞，貶汝下界，落於流沙河，傷生吃人造孽，幸皈吾教，誠敬迦持，保護聖僧，登山牽馬有功，加昇大職，正果為金身羅漢。」又叫那白馬：「汝本是西洋大海廣晉龍王之子，因汝違逆父命，犯了不孝之罪，幸得皈我沙門，虧你馱負聖僧西來，又馱負聖經東去，亦有功者，加昇汝職，正果為天龍八部。」

長老四眾俱各叩頭謝恩。馬亦謝恩訖，仍使揭諦引馬下靈山後崖化龍池邊，將馬推入池中，須臾間那馬打個轉身，即退下毛皮，換了頭角，渾身上長起金鱗，腮頷下生出銀鬚，一身瑞氣，四爪祥雲，飛出化龍池，盤繞在山門裏擎天華表柱上。諸佛讚揚如來的大法。行者卻又對唐僧道：「師父，此時我已成佛，與你一般，莫成你還念甚《緊箍咒兒》勒掯我？趁早兒念個《鬆箍咒兒》褪下來，打他粉碎，切莫叫那菩薩再去捉弄他人。」唐僧道：「當時只為你難管，故以此法制之。今已成佛，自然去矣，豈有還在你頭上之理？你試摸看。」行者舉手一摸，果然無了。此時旃檀佛、鬥戰佛、淨壇使者、金身羅漢，俱正果了本位，天龍馬亦自歸真。

詩曰：

一體真如轉落塵，合和四相復修身。五行妙色空還寂，百怪虛名總莫論。
正果旃檀皈大覺，完成品職脫沈淪。經傳天下洪恩遠，五聖高居不二門。

五聖正果位之時，諸眾佛祖、菩薩、聖僧、羅漢、揭諦、比丘、優婆夷塞、各山諸洞神仙、丁甲、功曹、伽藍、土地，一切得道的仙師，始初俱來聽講，至此各歸方位。

大眾合掌皈依，都念：

南無燃燈上古佛　南無藥師琉璃光王佛
南無釋迦牟尼佛　南無過去未來現在佛
南無清淨喜佛　南無毗盧尸佛
南無寶幢王佛　南無彌勒尊佛
南無阿彌陀佛　南無無量壽佛
南無接引歸真佛　南無金剛不壞佛
南無寶光佛　南無龍尊王佛
南無精進喜佛　南無寶月光佛
南無現無愚佛　南無婆留那佛
南無那羅延佛　南無功德華佛

南無才功德佛　南無善遊步佛
南無旃檀光佛　南無摩尼幢佛
南無慧炬照佛　南無海德光明佛
南無大慈光佛　南無慈力王佛
南無賢善首佛　南無廣莊嚴佛
南無金華光佛　南無才光明佛
南無智慧勝佛　南無世靜光佛
南無日月光佛　南無日月珠光佛
南無慧幢勝王佛　南無妙音聲佛
南無常光幢佛　南無觀世燈佛
南無法勝王佛　南無須彌光佛
南無大慧力王佛　南無金海光佛
南無大通光佛　南無才光佛
南無旃檀功德佛　南無鬥戰勝佛
南無觀世音菩薩　南無大勢至菩薩
南無文殊菩薩　南無普賢菩薩
南無清淨大海眾菩薩　南無蓮池海會佛菩薩
南無西天極樂諸菩薩　南無三千揭諦大菩薩
南無五百阿羅大菩薩　南無比丘夷塞尼菩薩
南無無邊無量法菩薩　南無金剛大士聖菩薩

南無淨壇使者菩薩　南無八寶金身羅漢菩薩
南無八部天龍廣力菩薩
如是等一切世界諸佛，
願以此功德，莊嚴佛淨土。上報四重恩，下濟三途苦。
若有見聞者，悉發菩提心。同生極樂國，盡報此一身。
十方三世一切佛，諸尊菩薩摩訶薩，摩訶般若波羅蜜。